心有一得——
我们不再贫困

闰 生 著

ZHEJIANG UNIVERSITY PRESS
浙江大学出版社

图书在版编目(CIP)数据

心有一得——我们不再贫困/闰生著. —杭州：浙江大学出版社，2011.1

ISBN 978-7-308-08148-1

I. ①心… II. ①张… III. ①散文—作品集—中国—当代②随笔—作品集—中国—当代 IV. ①I267

中国版本图书馆 CIP 数据核字(2010)第 233233 号

心有一得——我们不再贫困

闰　生　著

责任编辑	张　琛
封面设计	联合视务
出版发行	浙江大学出版社
	(杭州天目山路 148 号　邮政编码 310007)
	(网址: http://www.zjupress.com)
排　　版	杭州中大图文设计有限公司
印　　刷	德清县第二印刷厂
开　　本	710mm×1000mm　1/16
印　　张	16.25
字　　数	290 千
版 印 次	2011 年 1 月第 1 版　2011 年 1 月第 1 次印刷
书　　号	ISBN 978-7-308-08148-1
定　　价	32.50 元

浙江大学出版社发行部邮购电话　(0571)88925591

　　当我把自己平日里即兴写的百十篇"豆腐干"小文章整理成集子时，就像一位"十月怀胎、一朝分娩"，初次见到呱呱坠地的婴孩的母亲，说不出道不明有多么欣慰和期望！欣慰这"婴孩"首先是属于自己的，期望她终于要属于别人的好。因为只有别人接受、社会认同，才会使她的诞生变得更有意义，她的名字，无论叫什么，才可以由一般符号变得响亮乃至可能经久传世。因此，我不刻意去追求一个好的书名，使其能够对书自身的吸引力和传播产生多么大的影响，让人印象深刻甚至成为流行语，而是淡然澄然地把她叫做"心有一得"。希望这"心有一得"能够与更多的人有心与心的互动，心之得的交流。

　　"心有一得"首先是心之所得。此心即我心，是内心，是用心。如孟老夫子所言："心之官则思，思则得之，不思则不得也。"（《孟子·告子上》）古人认为心是思维器官，所以把心作为脑的代称。内心有所思想，有所领悟，有所收获，叫做心之所得。这心之所得包括在工作和学习等活动中体验或领会到的知识方法、思想认识等。所以说"心得而听得，听得而事得"（清·朱克敬《瞑庵杂识·卷二》）。要是"耳目之官不思，而蔽于物。物交物，则引之而已矣"（《孟子·告子上》），其结果只能是相惜颜面，上下雷同，无所谓得与不得了。

　　"心有一得"之此"得"即彼"德"。中文道德的德，原本作"惪"或"悳"，从直从心，指一个人的心理特征。这种心理特征可以用一个"得"字来概括：心有所得。德就是得，是获得、占有某种好东西的意思。《广雅·释诂》和《释名·释言语》诸书都把"德"解释为"得"。《说文解字》也说"德即得也"。段玉裁注文更明了，说"悳（德），外得于人，内得于己。外得于人谓惠泽使人得之也；内得于己，谓身心所自得也"。英文中的"德性"一词 virtue，源于拉丁文 Vir，本义为"力量"、"勇气"或"能力"，也有获得、占有某种好东西的意思。可见，从词源上来说，不论中西，"得"与"德"都是相通的。

此"得"即彼"德"，就是按照道德规范去行事而心有所得，身有所得。身有所得是生活充实，身体健康。心有所得即德在心中。按照德的要求思考的是社会，关注的是民生，追求的是福祉。因此才会担心"大明清官做不下去"，才会认真作"人字的解读"，才会分辨"德字缺一还是不缺好"，才会有"我所推奉的十大社会公德名言"，才会发现思想贫困比物质贫困更可怕。一个民族、一个国家、一个人，千万要防止跳出物质贫困以后再陷于思想贫困之中！

"心有一得"又只能是一得之见。比如说"上上下下的享受"、"烹小鲜中的大道理"、"老子是水做的"、"有奶不一定是娘"、"简单的容易出错"、"不要放弃对自己的控制"，这些命题或观点，自以为有多少可以是属于见人之常见，而发人之未发的千虑所得，其实只能是一得之见。因为"凡读书人，各有心得，虽契友不能用，亦不能喻"（清·朱克敬《瞑庵杂记·卷二》）。一心有一心所得，千心有千心所得，一万个读者，就有一万个哈姆雷特。见仁见智，无需统一标准答案。

此所以"心有一得"只能是一得之见。因以为序，还望大家多多赐教。

闰　生

2010 年春节于一得斋

目 录

上上下下的享受

周公孔子树楷模

"烹小鲜"中的大道理

简单的容易出错

有奶不一定是娘

老子是水做的

不要放弃对自己的控制

上上下下的享受

"人"字的解读

◆一得录

"人"字不分繁简，没有大小写，天生追求和体现平等。

把"人"字分作三部分，视同人的一生三个大阶段来解读，可以从中获得人生的全部轨迹和意义。

上行撇与捺未交合前一段，是成长期，也就是人生的青少年时期；上行撇与下行捺交角以上一段，是成熟期，也就是人生的成年、壮年期；与撇分开后下行捺的一段，是老年期，也就是人生的暮年。

人字上行，不得中断，中断谓之夭折；人字下行，不要跌落，跌落叫做不得善终。上行有术，下行有道，不独在认识之中，更在于把握之中。

传说孔夫子周游天下，到泰山偶然遇到一位叫营启期的人。这位山野老农，衣衫褴褛，腰间系着一条破旧布带，一边唱歌一边弹琴。孔子问道："先生，为什么这样高兴啊？"营启期回答说："有很多事情值得我高兴。第一件是老天爷虽然造就了世界万物，但只有人是最高贵的，而我恰好生为一个人，你说能不高兴吗……"

人之为人，因而感到高兴。摒弃"自负"这一心理，理性地讲，也只有人，才能认识到自己是万物之灵，认识到自己在自然界中的至高无上的地位。万物因人而生。然而，老天爷在造就万物时，却没有为人类制造任何文字。文字是人所创造的，先民又是怎样创造"人"字，"人"字该如何来解读呢？

　　"人"是一个典型的象形字。取像一个侧身站立的人形，甲骨文（ㄑ）、金文（ㄋ）、小篆（ㄟ）以及楷体（人），都保持了这种简洁、明快的线条组合。变化的只是由象形文字到符号化的进化。较为古老的字书《说文解字》因此而称人"象臂胫之形"。可见先民创造"人"字，刻意突出人的四肢，用分工明确的胳膊和腿，表示人的本质；又用侧立之形，寓意人的行色匆匆，四处奔忙。这反映出先民对自我认识的能力，也反映出古人对事物观察的细致和准确。人与其他动物在形体方面的主要区别是四肢。人与动物的活动差别是直立行走。人之为人在于双手的解放和使用工具。

　　人，是人类的总称，包括所有死去而曾经在地球上存在过的人类祖先，也包括今天世界上仍在吃喝拉撒睡的60多亿人。人，乃是一个集大成并抽象而出的概念。别看这个"人"字，笔画简单，只有一撇一捺，其含义的深刻却并不亚于古希腊神话中的格言："认识你自己"。

　　古人解读人字意义时，最具权威的是许慎。他在《说文解字》中指出："人，天地之性最贵者也。"认为人是天地万物中最宝贵的、并能使用工具来进行劳动的高等动物。对人字本质意义的概括，是认识能力也是语言文字的进步，同人的来源一样可以视同进化。

　　古人造字，很多用象形的办法。人字如"ㄑ"，像人侧立而行，有头有肩……离开甲骨、金文，到了楷体，稳稳当当变成了一撇一捺。这种进化，可以说使"人"字不再象形，更多的只有会意或意会了。你想想，一撇一捺，亦阴亦阳，阴阳结合，或男女配偶而成人；或相依相成，人靠着人，人帮着人，人为着人……更深层次还应该帮助我们找到如同草生一春，花开花落，人生一世如白驹过隙的完整轨迹。

　　人字不分繁简，没有大小写，天生追求和体现平等。尽管出头之处有高低之分，起落角点却归于同一地平线，表明人从哪里来，又要到哪里去。

　　人是进化的，汉字书写也在进化。汉字书写笔顺，从左到右，从上到下，等等。除了勾、挑稍向上提起即止，没有上行的写法。试将楷体"人"字的一撇上行写，沿着上行撇回落一段后再开捺，让撇捺一般短长，这样把"人"字分作三部分，视同人的一生三个大阶段来解读，我们就可以从中获得人生的全部轨迹和意义。

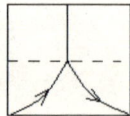

　　人字上行撇与捺未交合前一段，是成长期，也就是人生的青少年时期。这个时期具有"刺破青天"的势头，喷薄而出，蓬勃向上。这青少年时期更多是属于父母的，要争取早断奶，社会化，快成熟，用更少的时间来完成同样生命的长度。

上行撇与下行捺交角以上一段，是成熟期，也就是人生的成年、壮年时期。这个时期如日中天，经时济世，具有"会当凌绝顶，一览众山小"的大气。成年、壮年时期更多应该属于祖国、属于人民，要努力建功立业、成就人生、收获人生。同时，在这个时期，又要适应人生的转折，做好从高处往低处走的准备。上去总有下来时，防止大起大落，大喜大悲。上行要奋力达到理想的高度，下行如花开花谢，云卷云舒。

与撇分开后下行捺的一段，是老年期，也就是人生的暮年。这个时期如经天之日，徐徐回落，不需要过多地作"夕阳无限好，只是近黄昏"的慨叹。须知人的老年才是真正属于自己的，从哪里来，还到哪里去，自然规律，概莫例外。老年期需要保持晚节，健康生活，能善始善终，当如曹孟德公所言："盈缩之期，不但在天，养怡之福，可得永年"！

上行下行，解读人字轨迹。上上下下，感悟人生真谛。最后还需要说明：人字上行，不得中断，中断谓之夭折（或志大才疏，或有志不获逞）。人字下行，不要跌落，跌落叫做不得善终（或晚节不保，或前功尽弃）。上行有术，下行有道，不仅在认识之中，更在于把握之中。每个阶段原本都是美好的，都需要珍惜，都值得赞美。德国诗人歌德有一首小诗概括人生走向成熟与完美："少年，我爱你的美貌；壮年，我爱你的言谈；老年，我爱你的德行。"中国诗人刘大白，也曾赋诗赞美人生三部曲："少年是艺术的，一件一件地创作；壮年是工程的，一座一座地建筑；老年是历史的，一页一页地翻阅。"读读这些名人妙语，可以加深我们对"人"字的解读。

屈原或为名所累

◆一得录

> 屈原因嘉名而自命不凡，因身名而居大不易，因功名而为孤臣孽子，为名所累，因名所误。正因为这所累所误导致了屈原的悲剧人生，而这悲剧人生又成就了屈原，成就了"屈平辞赋悬日月"！

首先申明，这个标题中的"名"指的是名字或名称的名，绝无意损屈子诗赋之大名，爱国之美名，忠贞之清名。

一个人的名字唤用一世，从摇篮到坟墓，大家自然都十分重视。于是，不知何时起就有了专门揣摩名字的行当，为别人测祸福、问子孙、求功名提供服务，让人将信将疑。

每天步行上下班，我都要路过开设在马路旁边的一家"测名"店，看他业务做得红火，随时都有三三两两、男男女女的，请求那"先生"指点迷津。有次遇到他正闲着，我便凑过去想聊聊。

那先生真有眼力，像是看出了我的身份，以及心里在想什么，见面就说：如今这官场不容易，想做好人也难。发牢骚，放怨气的人算什么角色？算自己没本事。爱面子，讲名声，有什么用？到头来，名没有利也没得，看人家名利双收……

先生越说越来兴，更放肆地说起什么毛泽东反手创乾坤，名字二十八画，正好坐享二十八年天下！华国锋总是把自己的名字写成大写，其实他没有自己的东西，不过短暂春秋……

他还一个劲地说，什么屈原投江，命中注定。姓屈名原，姓得不巧，名之用字，犯了忌讳。那屈不就是委屈、冤屈的屈吗？原与冤同音，他不做屈死鬼，变冤魂，蒙冤受屈才怪呢！

可惜来人让先生有业务做了，不然我还可以听上更多的"奇谈怪论"，神乎其神。这先生讲的许多，原本就牵强附会，不值得琢磨。倒是关于屈原的说法让人释之不去，想到屈原的嘉名、身名和功名，有多少巧合的偶然性和必然性，使屈原或真的为名所累。

先看看屈原的"嘉名"。作者在他的《离骚》经一开头，就非常自鸣得意地介绍："摄提贞于孟陬兮，惟庚寅吾以降。皇览揆余初度兮，肇赐余以嘉名：名余曰正则兮，字余曰灵均"。说他自己是在太岁星逢寅的那年正月，又在庚寅日，也就是在寅年寅月寅日出生的。自古说"人生于寅"，天赐良辰，好日子、好兆头。于是屈原父亲就给他起了个好名字，姓屈名平，表字原。诗里"名余曰正则，字余曰灵均"，进一步解释他的名字的意义（也有说是取的小名）。正则：正，平也；则，法也。公正有法则，含有"平"之意。"平"原本是平正的意思，平以法天，平正就是天的象征。灵均：灵，神也；均，调也。"养物均调者，莫神于地。灵均，地之善而均平者，含有'原'之意。""原"是又宽又平的地形，是地的象征。所以名平（正则）字原（灵均）：平以法天，原以法地，屈原的生辰和名字正符合"天开于子，地辟于丑，人生于寅"的天地人三统。如此，屈原天生与众不同，自命不凡，来到尘世难以随俗入流也就不言而喻了，为"嘉名"所累自然在所难免。

再看看屈原的身名。我们看到《离骚》中自传式的内容很多，从介绍自己名字的来源起，以后所涉及自己的身世的地方，都以很高贵的姿态出现。《离骚》的开头是"帝高阳之苗裔兮，朕皇考曰伯庸"，自报家门，自传身世。屈原的远祖是高阳。高阳何许人也？《史记·五帝本记》中说：高阳是颛顼帝的名字，昌意的儿子，黄帝的孙子。《世纪·楚世家》还说：楚的先祖，也出自颛顼高阳，因此，楚的远祖和屈原的远祖是同源的。屈原生在贵族世家，我们尽管看到他是战国时代楚国贵族中一个最进步的分子，忠于自己的正直主张，以忘我精神与恶势力斗争到底，但他最终还是以贵族身份，成为参加贵族内部斗争的一员。屈原至死忧国忧君，虽也看到人民的智慧，但看不到人民的力量。身处剧烈大变革的时代，面对秦国虎视天下，横扫六合的大统一趋势，屈原强力主张内变法外抗秦，其结果可想而知会是怎样。屈原不能不为贵族身名所累，居大不易呀。

又看看屈原的功名。作为楚国贵族的一员，加之他身怀三种"长才"：博闻强志，明于治乱，娴于辞令。说是屈原懂得的东西很多，记忆力特强；了解古今的政治情况并能够掌握"怎么就治怎么就乱"的政治原则，又精通文学修辞和交际语言，自然志存高远，而且仕途功名顺利。大家都知道屈原做过一个叫"三闾大夫"的官职。这个官职在楚国前后历史上没有设置，战国时其他国家也没设置。这"三闾大夫"是专门为屈原设置的，掌王族昭、屈、景三姓，负责管理同姓宗亲、贵族子弟，"率其贤良，以厉国士"。这个官职虽然说不上有多大权势，而在地位上应该是很高贵的。做这类官，不仅要有才能，还必须讲究出身。由于楚怀王的信任，屈原20多岁时，就做了一个很重要的官——左徒。这左徒"入则与王图议国事，以出号令；出则接遇宾客，应对诸侯"，可见非同一般。

楚怀王囚死秦国，其时屈原只有43岁，他的政治生命随之就完全结束了，成为孤臣孽子，只好离开楚都流落到江南。人们注意到，屈原除一度得到楚怀王的信任外，找不到他跟任何人合作过的记载，他孤高耿直，孤军奋战，有志不获逞，注定会走上艰难、痛苦、抑郁、悲愤的生活道路。

屈原因嘉名而自命不凡，因身名而居大不易，因功名而为孤臣孽子，为名所累，因名所误。正因为这所累所误导致了屈原的悲剧人生，而这悲剧人生又成就了屈原，成就了楚辞汉赋。真所谓"屈平辞赋悬日月"，何等英名辉煌，"楚王台榭空山丘"，何足道哉悲哉！这李太白的总结和发现，比之后来的测字先生高明得多，深刻得多。

创伤也是一种力量

◆ 一得录

生活总是让我们遍体鳞伤，但到后来，那些受伤之处，一定会变成我们最强壮的地方。

人生经历和感受总是风雨坎坷，免不了遭遇伤害，心存创伤，倒是曾经的苦难或许正孕育着未来的希望，过去的创伤或许正是我们应对生存发展的力量，由榆树的故事，可以找到人的例证。

不管这个故事的真实性如何，它给人的启发是有益的。

20 世纪上半叶，在美国密歇根州比拉镇附近的农场里，场主经常把他养的一头公牛，用铁链锁在一棵榆树上。公牛经常拖着铁链围着榆树走转，时间久了，那榆树干先是被铁链勒出了一道沟痕，数年之后，这沟痕两边长起来，把铁链深深地嵌在了树皮中，铁链与树干牢牢地生长在一起。

后来有一年，当地遭到"荷兰榆树病"的袭击，大片榆树染病枯萎死亡。让人奇怪的是，这棵深受铁链创伤的榆树，不但没有死亡，反而生长得更加茁壮。大灾过后，它成了当地唯一一棵依旧傲然挺拔的榆树！

密歇根州立大学的植物病理学家对这棵榆树进行了细致的观察和分析，得出这样的结论：正是那条铁链帮助榆树躲过了病灾。原来由于榆树的创伤，使它从生锈的铁链上吸收到大量的铁质，对致病产生了很强的免疫力，使榆树在这场流行病中，幸免于难。

人生经历和感受总是风雨坎坷，免不了遭遇伤害，心存创伤，倒是曾经的苦难或许正孕育着未来的希望，过去的创伤或许正是我们应对生存发展的力量，由榆树的故事，可以找到人的例证。如司马迁在《太史公自序》中所总结的："盖西伯（文王）拘而演《周易》；仲尼厄而作《春秋》；屈原放逐，乃赋《离骚》；左丘失明，厥有《国语》；孙子膑脚，《兵法》修列；不韦迁蜀，世传《吕览》；韩非囚秦，《说难》、《孤愤》；《诗》三百篇，大抵贤圣发愤所为作也。"

司马迁是我国伟大的史学家、文学家、思想家，所著《史记》是中国历史上第一部纪传体通史，被后人誉为"史家之绝唱"。殊不知《史记》是作者在忍受肉体上和精神上令人难以想象的巨大创伤，用整个生命写成的一部永远闪耀着人生和思想光辉的伟大著作。

原来在西汉时天汉二年（前99），李陵出塞攻打匈奴战败被俘，朝廷问责，司马迁为李陵说了些解释的话，触怒了汉武帝，遂将他投进了监狱。次年，汉武帝以李陵被俘背叛罪名，诛连杀了李陵全家，同时处司马迁以宫刑。宫刑是个奇耻大辱，污及先人，见笑亲友。司马迁在狱中备受凌辱，他后来在写给朋友的一封信中这样诉说："今交手足，受木索，暴肌肤，受榜棰，幽于圜墙之中，当此之时，见狱吏则头抢地，视徒隶则心惕息"（见司马迁《报任安书》），几乎断送了性命。但他想到自己多年搜集资料，要写部有关历史的书作，受刑后"隐忍苟活"，认为"人固有一死，或重于泰山，或轻于鸿毛"，就是死也要死得有价值，死得"重于泰山"。在坚定信念的支持下，终于实现了他的夙愿，完成了《史记》这部不朽著作。

遥想司马迁当年写作时的艰辛与坚毅，不能不对创伤也是一种力量这种崇高精神产生无比的敬佩。正如海明威所说："生活总是让我们遍体鳞伤，但到后来，那些受伤的地方，一定会变成我们最强壮的地方。"

郑板桥为官所得"两件宝"

◆一得录

> 　　无论别人对郑板桥为人为官作怎样的评说，我倒认为他的一生有两件宝，属于是因为官所得。一件是"清廉名"，一件是"糊涂经"。
> 　　他把这两件宝演绎得真真假假、糊里糊涂，因此而长久让人铜鉴，也长期受人争议。

　　人们常常议论，封建官场，官由财进，政以贿成，黑暗肮脏。可是天下读书人还是一个劲儿往官场挤。或许真的像《官场现形记》里说的那样："千里做官只为财"，"三年清知府，十万雪花银"。

　　郑板桥算得上个大读书人。他自己曾刻有一方印章，写的是"康熙秀才、雍正举人、乾隆进士"，足以表明这个人肯读书、会读书、书读得好。就是这样一位"资质聪慧，三岁能识字，八岁会作文联对"，未及而立之年的秀才，跨越三朝，奋斗半辈子，到了50岁才弄了个七品芝麻官做，可见实在不容易。诚如他自己所感叹的："一枝桂影功名小，十载征途发达迟"。倒是这官场又不是好混的，郑板桥"以岁饥为民请赈，忤大吏，遂乞病归"，终于无可奈何退了出来。虽然没有人说他为官也"实实在在地捞足了现银子"，但是后来诟病他的也大有人在。

　　有人将郑板桥的一生划分为五个阶段：读书、卖画、中举宦游、为官作吏、再行卖画，如此人生有点儿求吃官饭，靠官吃饭，傍官吃饭之嫌。其实这正好反映出读书人的生活轨迹。

　　无论别人对郑板桥为人为官作怎样的评说，我倒认为他的一生有两件宝，属于是因为官所得。一件是"清廉名"，一件是"糊涂经"。春秋子罕为官以不贪为宝，郑板桥为官而得"清廉名"、"糊涂经"。郑板桥要是不去为官，始终卖他的字画，非但字画没有那么值钱，因为在"扬州八怪"中郑的字画并不能算是最好的，这"两件宝"更是不会有的。

　　"清廉名"让"进又无能退又难，宦途踽踽不堪看"的郑板桥，不仅挽回了颜面，还百世流芳。

　　郑板桥50岁得山东范县县令一职，54岁调任潍县，先后在两县当了12年的七品官。主政范县期间，这位知县重视农桑，体察民情，与民休息，使百姓安居乐业。后来调任潍县知县，县上不久出现了大饥荒，连吃人的事都有发生。郑板桥未等申报就开仓赈贷，有人劝阻，他说："现在都什么时候了？等辗转申报上去，老百姓都要死绝了。有什么罪过我来承担。"他又大兴工役，修城凿池，招远近饥民前来做工，饥民的伙食，则由当地的大户轮流开厂煮粥供给。这实在是一举几得的好办法，救活了成千上万的人。可是在旧官场上，这好事不是谁都好做的，为百姓做好事并不见得就能做"好官"。郑板桥眼睛太向下看，《扬州府志》说他"于民事纤细必周"。潍县饥民出关觅食，郑感慨系之，作《逃荒行》；秋熟饥民返乡，又作《还家行》，以记其事。自以为为贫苦无告的小民倾吐心声，对百姓好就是好官，其实这是不合适宜的为官之道，属于练达宦情者的大忌。郑板桥最终因为请赈而得罪了高层，不得不称病去官回乡。郑在离开潍县时作有两首惜别诗，一首题写在竹子画上："乌纱掷去不为官，囊橐萧萧两袖寒，写取一枝清瘦竹，秋风江上作钓竿。"一首题写在菊花画上："进又无能退又难，宦途踽踽不堪看；吾家颇有东篱菊，归去秋风耐岁寒。"可见其当时是何等的心情。他另有一首《潍县署中画竹呈年伯包大中丞》诗很能说明问题："衙斋卧听萧萧竹，疑是民间疾苦声；些小吾曹州县吏，一枝一叶总关情。"他对老百姓好，百姓固然记着。据记载，郑板桥去官回乡时，百姓遮道挽留，家家画像以祀，并自发在潍城为他建立了生祠。可诗人哪里懂得，旧官场上"对上负责"原来远比"对下负责"重要得多。郑板桥"对下负责"终究不能改变他"晚年无立锥"的潦倒命运。

　　郑板桥辞官回家，"一肩明月，两袖清风，惟携黄狗一条，兰花一盆。"一天夜里，月黑风大雨密，郑板桥辗转难眠，看到一小偷入室，于是吟诗退贼。诗曰："细雨蒙蒙夜沉沉，梁上君子进我门；腹内诗书千万卷，床头金银无半文；出门莫惊黄尾犬，越墙莫损兰花盆；天寒不及披衣送，趁着月黑赶豪门。"如此穷快活，让人哭笑两难。

"糊涂经"，现在许多人了解郑板桥的多由于此，也使郑板桥让自己给后人有了个清醒的交待：这就是明白自己不会为官，传给别人为官宝典。

郑板桥何时何事书写了这"难得糊涂"条幅，传说有好几个版本，让人莫衷一是，其实也没有必要细究。因为大家比较一致地认为郑板桥绝非糊涂之人。从他对条幅的注脚："聪明难，糊涂尤难，由聪明而转糊涂更难"，可见这是绝顶聪明人吐露出的无可奈何语。是对官场的洞察，对人世的反省，对自身的总结，对后人的警策。

郑板桥居官十年，一方面洞察官场中的种种糊涂，而他又难得那种糊涂，因为他有自己的操守，如所题咏竹诗："咬定青山不放松，立根原在破岩中；千磨万击还坚劲，任尔东西南北风。"他只有选择及早抽身，辞官回家。另一方面面对喧嚣人生，炎凉世态，为避免多惹烦恼，又提醒自己不妨也学着糊涂一点。虽然这是发自内心的愤激之词，但能这样糊涂，总不至于像苏东坡那样，自悔"人皆养子望聪明，我被聪明误一生"的好。

我们说郑板桥为官所得两件宝，除了留给后人一面铜鉴，也着实让郑名利双收。郑板桥身退名就，身价抬高了，由此也得了实惠。郑板桥原本擅长诗书画，23岁时就离开家去扬州卖字画，只是不怎么有人赏识。中进士后，他的字画开始升值，得县令其字画让人视为墨宝。倒是郑板桥一方面自知之明，另一方面愤世嫉俗，他曾因此刻了一方印章，在字画上盖上"二十年前旧板桥"，以泄心迹。他做过两县知县去了官，再跑到扬州来卖字画，因其"清名"加"糊涂"太有个性特色，想不出名都难。因此他的字画润格也就是价目表非同一般，不妨抄来一看："大幅六两，中幅四两，小幅二两。书条、对联一两，扇子、斗方五钱。凡送礼物、食物，总不如白银为妙。公之所送，未必弟之所好也。送现银则心中喜乐，书画皆佳。礼物既字纠缠，赊欠尤为赖账。年老神倦，不能陪诸君子作无益语也。画竹多于买竹钱，纸高六尺价三千。任渠话旧论交接，只当秋风过耳边。"足见这时无官一身轻的郑板桥，不只有点傲气，而且有点宝气；不只是扬州怪人，而且是天下牛人。

郑板桥为官所得两件宝，他把这两件宝又演绎得真真假假、糊里糊涂，因此而长久让人警醒，也长期受人争议。

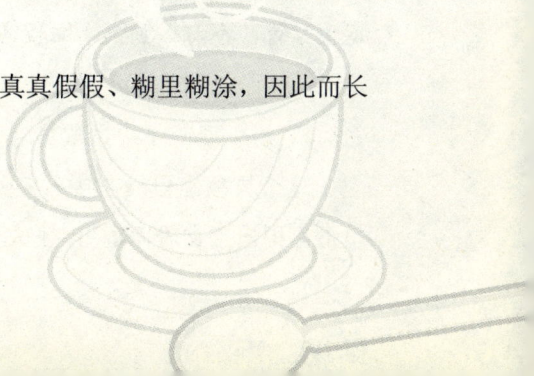

退比进难

◆一得录

　　"知难而退"原本是一种非常重要的军事谋略。古人不提"知难而进"，只说"知难而行"。进也是行，退也是行。
　　总结改革开放30年，从知难而退，到知难而进，退之功不可没。
　　进可以凭热情，退需要冷静；进可以凭勇气，退需要智慧。退往往是为了更好地进，进退可以殊途同归。

　　汉语言中有两个成语，明白如话。一个是"知难而进"，一个是"知难而退"。一个是指迎着困难上，一个被说成是见到困难就退缩不前。这一褒一贬，让"知难而进"的典型人和事很多，成功的例子也很多，受赞扬的呼声也很高；使"知难而退"很少能举得出值得称道的人和事，因此也很少有人提倡和运用。

　　其实这"知难而退"原本是一种非常重要的军事谋略。意思是军事上要灵活机动，知道不可能取胜就退却下来。古人不提"知难而进"，只说"知难而行"。进也是行，退也是行，不怎么勉强，比较客观。后来相对"知难而退"，有了"知难而进"。并且这"知难而退"谋略第一次提出来，就被"知难而进"的行为所取代。在否定了"退"之后，"进"而吃了个大败。

　　这个典故出自《左传·宣公十二年》："见可而进，知难而退，军之善政也。"这里最早提出"知难而退"，并试图将这一军事谋略运用于"晋楚邲之战"，结果没有得到采纳。

　　春秋时，晋国和楚国争夺霸权，时时等待机会击败对方，称雄诸侯。当时的郑国先是拒楚服晋的，后来又与楚国讲和，晋国就派正副元帅荀林父、先縠和大夫士会等带兵以援助郑国为名，要和楚国决战。晋军到了黄河边，听说楚兵与郑国已经讲和，荀林父就想回兵，士会也同意荀林父的主张，说："用兵要有隙可乘才会致胜。现在楚国没有招怨，内部也很安定，国家正在强盛，这是不可敌的，不如知难而退好"。但先縠却坚决反对，说"出兵本来就是要和敌人一决胜负，现在听见对手强大便要退兵，不是大丈夫所应该做的。应该迎难而上"。于是领着自己所带的兵首先渡过黄河，荀林父制止不住，也只好命令全军渡河，与楚军在邲地（今河南郑县东）大战，晋军终于大败。这是没有按照"知难而退"谋略行事的结果。

　　今年是我国改革开放30年。这30年来虽然"摸着石头过河"，风雨坎坷，却一路高歌向前，成就辉煌。说来真不容易，而最为艰难的，是1978年前后，要从一大二公的计划经济体制退下来，农村分田包干到户，"包"字进城进店进厂，许多人接受不了。有的人甚至认为"辛辛苦苦30年，一夜退到解放前"。试想要是依照这些人的观点，继续沿着不切实际的"一大二公"走下去，不退下来，能有今天吗？倒是当时一首民谣，把这个问题解释得最清楚，最让人信服："兄妹二人去插田，影子映在水中间，一行一行往后退，看似后退却向前"。总结改革开放30年，从知难而退，到知难而进，退之功不可没。

　　由此可见，这"退"真不容易，真正必要。进可以凭热情，退需要冷静；进可以凭勇气，退需要智慧。退往往是为了更好地进，进退可以殊途同归。

　　退比进虽然还要难，做人做事又必须学会"知难而退"。

国庆 60 话茶酒

◆一得录

"茶必发于水"，"泉香而酒洌"，两者都离不开水来调和，都和水相辅相成。

心领神会，不需要区别争论新中国成立以来前 30 年、后 30 年的好与不好，而是把新中国成立 60 年来所取得的成就和经验总结好，发扬好。此所以国庆 60 话茶酒。

2009 年，是中华人民共和国成立 60 周年。不需要历史学家作分期，中国乃至世界，都对新中国成立后的 60 年以改革开放为标志，分为前 30 年和后 30 年，进行总结评价。

在纪念新中国成立 60 周年大庆的日子里，从中央到地方组织安排了一系列活动，极大地激发了全国各族人民的爱国热情。受到广泛关注的是对新中国成立 60 年以来的历史评价和经验总结，最热门的话题是怎样正确评价改革开放前后"两个 30 年"及其相互关系问题。一种观点或倾向，是在充分肯定改革开放以来 30 年历史性进步的时候，有意无意地贬低甚至否定改革开放前 30 年的成就和经验；另一种观点或倾向，是在肯定新中国成立 60 年来成就的时候，有意无意地淡化改革开放所具有的革命性意义，甚至认为改革开放前 30 年比后 30 年好。

对于这样一些非常重要而又十分严肃的问题，加强理论引导，统一思想，显得尤为必要。个人的思考和认识自然有限，想起一则茶酒争高的轶闻趣事，以为从中可以帮助我们知事识理，论事明理，因此说出"国庆60话茶酒"的想法来。

明代有个叫王敷的，是一名乡贡进士。他作的《茶酒论》久已不传，自敦煌变文被发现后，才得以重新为人们所认识。《茶酒论》以拟人的手法，对话的形式，借茶酒之口，广征博引，取譬设喻，各述己长，互责彼短，取名为"论"，实际上是摆一擂台，让茶酒坐而争高，谁为尊贵，谁有功勋。文章洋洋洒洒，意在承功，难罢难休。

茶先出言，极力夸说自己是："百草之首，万木之花，贵之取蕊，重之摘芽，呼之茗草，号之作茶。贡五侯宅，奉帝王家，时新献入，一世荣华。"

酒马上回击，振振有辞说："自古至今，茶贱酒贵。单醪投河，三军告醉。君王饮之，叫呼万岁。群臣饮之，赐卿无畏。和死定生，神明气清。"

茶酒唇枪舌箭，贬人褒己，你来我往，难分伯仲。这时在一旁观战的"水"站出来调和，说茶酒你们俩"言词相毁，道西说东"，争什么功呀！"人生四大，地水火风。茶不得水，作何相貌？酒不得水，作甚形容？米曲干吃，损人肠胃，茶片干吃，粉破喉咙。万物须水，五谷之宗。"大家只有相辅相成，才能"酒店发福，茶坊不穷"，平息了一场口水大战。

冯梦龙在《广笑府》中亦收录有"茶酒争高"的故事，看得出是从《茶酒论》衍化而来的，不过表现得更集中、更尖锐而已。

茶谓酒曰："战退睡魔功不少，助成吟兴更堪夸；亡家败国皆因酒，待客如何只用茶。"

酒答茶曰："瑶台紫府荐琼浆，息讼和亲意味长；祭祀筵宾先用我，何曾说着淡黄汤？"

水解之曰："汲井烹茶归石鼎，引泉酿酒注银盆；两家且莫争闲气，无我调和总不成。"

茶酒争高辩诘，针锋相对而又生动幽默，让人难分高下；水之从中解劝，中和调停，入情入理，使人自然折服。茶与之酒，茶显出宁静、淡泊、隐幽，酒更显得热烈、豪放、辛辣。两者体现着不同的性品风情，体现着不同的价值追求。而要表露风情，实现追求，"茶必发于水"，"泉香"而使"酒冽"，两者都离不开水来调和，都和水相辅相成。

说到这里，自然使人更加心领神会，党中央在部署新中国成立60周年大庆活动时突出强调，要体现主旋律，唱响主旋律。这个主旋律就是：共产党好，社会主义好，改革开放好，伟大祖国好，各族人民好！这是最好的理论把握，最好的舆论引导。有了这五好，如同水之与茶，水之于酒也，不需要区别争论新中国成立以来前 30 年、后 30 年的好与不好，而是把新中国成立 60 年来所取得的成就和经验总结好，发扬好。

正是出于这样的思考和需要，我这里把最近主流媒体有关新中国成立以来前后两个 30 年的争论与评价的主要观点摘录下来，作为国庆 60 周年最好的纪念。

要充分肯定新中国的诞生开辟了中国历史的新纪元。新中国与旧中国有质的根本区别，不能把改革开放前的新中国说成比旧中国都不如。要尊重事实。这是一个大原则。

要充分肯定中华人民共和国成立以来 60 年所取得的历史性成就和进步。新中国成立以来的 60 年，是我们党领导各族人民建立和建设社会主义的 60 年。

要充分肯定改革开放前 30 年我国所取得的历史性进步。我们永远不能忘记：第一，新中国成立时确定的人民民主专政的国体，中国人民政治协商会议制度，民族区域自治制度和后来建立的全国人民代表大会制度、社会主义基本经济制度等，为改革开放奠定了根本的政治前提和制度基础；第二，我们在贫穷落后的基础上，逐步建立起了独立的比较完整的工业体系和国民经济体系，为改革发展提供了必要的物质基础。

改革开放 30 年与之前的近 30 年不是一般的承继关系，而是一场新的革命。这场革命，既是对过去建立的经济体制和其他各方面体制的变革，又是对过去我们建立的社会主义基本制度的自我完善和发展。

要充分肯定改革开放以来取得的辉煌成就。如果没有改革开放，就难以把"文化大革命"造成的灾难性局面扭转过来；就难以经受东欧剧变、世界社会主义运动遭受严重挫折的考验；就不会有今天这样的发展和这样的国际地位。

品茶识君子，煮酒论英雄，此所以国庆 60 话茶酒。

于细微处见尊重

◆一得录

　　一个有完整独立人格的人，应该同时具有"尊重"的两个方面：既懂得尊重别人，又得到别人的尊重。

　　卓别林回答说："我要扮演的是一位长途跋涉者，不扣上衣纽扣更能体现他的辛苦劳顿，让观众看起来更真实形象。但人家提醒我要扣好纽扣，完全出于好心善意，应当以感谢的态度给予回应，去尊重他！"这就是"于细微处见尊重"。

　　"尊重"是个极富内涵的词，意思是尊敬、敬重。一个有独立完整人格的人，应该同时具有"尊重"的两个方面：既懂得尊重别人，又得到别人的尊重。因此，与其说"尊重"是一种美德，不如说是一种修养、一种习惯、一种能力。

　　说起"尊重"来，好像很宽泛、很大，大到国家与国家、民族与民族、家庭与家庭以及芸芸众生之间，有说不完道不尽的关于尊重的话语，但其实也很简单，尊重起于细节，于细微处见尊重。

　　中国是礼仪之邦，"尊重"最发达的国度。在联合国总部大楼，陈放着美国赠送的一件礼品：用彩色马赛克镶着名言的一块立碑。这句名言是从中国引进的，就是孔夫子的"己所不欲勿施于人"。意思是自己都不愿意做的事，就不要强加于别人。这是"尊重"的基本常识，也是"尊重"的至高准则。其实中国人在奉行这一准则的同时，还更加注意到"己所欲勿施于人"。自己想做的，即便是不危害他人和社会的，也不要强迫别人来做。这是对他人起码的尊重。

其实，美国人懂得尊重，于细微处做得非常好。最近我看到一本《谦恭处世准则》的小册子，一共有110条，是美利坚合众国的奠基人、美国第一位总统乔治·华盛顿14岁时亲手抄录整理而成的。书中涉及内容广泛，既有诚实做人、公正办事的道德品格要求，也有穿着朴实、谈吐谦逊等行为修养规则，所体现的不是贵族阶层的繁文缛节，而是西方绅士行为准则的精华沉淀，200多年来一直被人们奉为提高人的修养的圭臬之作，成为一部改变美国历史的个人行为准则！人们曾经这样评价它："带着新生儿离开医院的父母，应该每人发给一册。"

我看这110条行为准则并不复杂，核心价值或者主题词就是"尊重"两个字，并且更多的是在诠释和要求"尊重"起于细节，于细微处见尊重。兹抄录数条，一起来琢磨一下，看看你是否有同感。

●在倾听别人讲话时，你应该表现得认真和专注，不要总是和别人唱反调。

●在探望病人时，假如你并不了解情况，就不要马上充当医生的角色去谈论他的病情。

●与人相处时不要指手画脚，手的放置要自然得体。

●当你坐着时，如果某人过来和你说话，你应该站起来，即便对方是下级。

●当你坐下时双脚要平稳踏实，不要两脚叠加，不要跷二郎腿。

●不要摇头晃脑，不要跺脚抖腿，不要乱转眼珠子，不要把一条眉毛抬得比另一条高，不要歪嘴；在与人靠得很近讲话时，注意不要把唾沫溅到对方脸上。

再举两个具体的人和事，来说明尊重起于细节，于细微处见尊重。

与乔治·华盛顿同时代的、美国第一位享有世界声誉的科学家富兰克林（当然他还是优秀的政治家、思想家和外交家），有一段轶事。一天下班，他和一位同事来到大厅出口。这时走在前面的一位女士忽然在光滑的地板上摔倒了。富兰克林的同事马上要上去帮扶，可富兰克林却一把拉住了他，与他一起躲到了一根立柱后面。那位摔倒的女士迅速爬了起来，一边打量四周，一边整理衣裙，然后若无其事地走向自己的汽车。直到这时，富兰克林才拉着他的同事从立柱后面走出来。

这一幕让富兰克林的同事感到疑惑，一个平常对别人充满爱心的人，为什么当别人摔倒时不及时伸出援手，却躲了起来？富兰克林解释道："那位女士在地板上摔倒了，相信她不会有大问题，但却很狼狈，要是被别人看到了会更尴尬。我们躲到立柱后面让那位女士确信，她虽然摔倒了，但没人看见。下次见到我们，就不会不好意思。"原来富兰克林的这一停、一躲，体现了他对别人的极大理解和尊重。躲避不看，也是一种尊重，尤其是在别人遭遇尴尬难堪的时候。这同华盛顿110条行为准则如出一辙："不要盯着别人的伤疤和瑕疵，更不要刨根问底。"这就是尊重。

著名喜剧表演大师卓别林在舞台上的幽默滑稽，可以说是登峰造极。但在现实中却从不戏谑人生，而是彬彬有礼，更善于尊重。

一次，卓别林要登台演出，一位热心的观众提醒他："大师，您的上衣纽扣忘记扣了。"卓别林一怔，连忙表示感谢，并很快将纽扣扣好。当那位观众一离开，他又马上把纽扣解开。这一幕小插曲，正好被在场采访的一名记者看到了，于是他问卓别林："您为什么要这样做？"卓别林回答说："我要扮演的是一位长途跋涉者，不扣上衣纽扣更能体现他的辛苦劳顿，让观众看起来更真实形象。但人家提醒我要扣好纽扣，完全出于好心善意，应当以感谢的态度给予回应，去尊重他！"

这就是"于细微处见尊重"，看似简单，却不是人人都能做到的，要做好则更加不容易。

也谈"六然训"

◆一得录

> 自处超然，处人蔼然，有事斩然，无事澄然，得意淡然，失意泰然。
>
> 把这"六然训"抄录下来，说明早就自愿接受"六然训"了。检点起来，这"六然"真还一直对自己的言行起着警示策励作用。

好多年前，我曾读到"六然训"。当时人年青，人情、世事经历少，感受也不深，对"六然"也就不怎么以为然。

新近整理资料卡片，发现当年恭恭敬敬地把这"六然训"抄录了下来，说明早就自愿接受"六然训"了。检点起来，这"六然训"真还一直对自己的言行起着警示策励作用。

"六然训"是明代学者崔铣在《听松堂语讲》中载有的六句短语，一共二十四个字。即"自处超然，处人蔼然，有事斩然，无事澄然，得意淡然，失意泰然"。今日再度品味，耐人咀嚼，感之慨之！

崔铣（1478—1541），明代学者，字仲凫，号后渠，世称后渠先生，安阳市人。弘治十八年（1505）进士，入翰林，任编修。因得罪大宦官刘瑾，于正德四年（1509）被外放为南京吏部验封司主事。翌年，刘瑾伏诛，召还北京翰林院史馆。正德十二年（1517），引疾告归。世宗即位后，于嘉靖元年（1522）被召入京。次年，擢升为南京国子监祭酒。三年，因议"大礼"冒犯了世宗，罢职返乡，潜心于研治学问。十八年，重被启用，任詹事府少詹事兼翰林院侍读学士。后又升任南京礼部右侍郎。不久，因病乞归。卒谥"文敏"。崔铣一生注重立德立言立功，几经宦海沉浮，虽得以善终，而不无遗憾。"六然训"可以说是崔铣一生的历练总结，是对人情世事的发现，也是留给后人的警笛。

自处、处人、有事、无事、得意、失意涵盖了人一生的种种情态，以超然、蔼然、斩然、澄然、淡然、泰然去观照、净化、提纯自己，能够修炼以至进入一种境界。

超然是一种境地。一人独处要有"宁静致远"的境地，扫事境之尘氛，忘心境之芥蒂。淡泊名利，超胜一己欲念，是进入这一境地的途径。鸡本有双翼，因为一个劲儿地低头觅食、刨食、抢食，看不到蓝天白云，翅膀也就慢慢地退化了。要飞翔，就要"减载"，否则，只能慕"鸿鹄高翔"，望"超"兴叹。

蔼然是一种雅量。与人相处，平易近之，诚恳谦和。虚怀若谷，充满爱心，才会使人有亲近感。人与人之间需要"蔼然"，社会呼唤"蔼然"。

斩然是一种能力。遇有事务，既深思熟虑，又坚决果断。在是非、黑白、进退、成败之间，一着不慎，满盘皆输。要坚定做人的根本与原则，摒弃儿女情长、优柔寡断。

澄然是一种净化。人难得清闲，无事只是相对而言。应当有"采菊东篱下，悠然见南山"的闲雅心境，或者"吾日三省吾身"，反思、过滤、净化、去尘世纷杂之忧挂牵念。如此神情自怡，可谓有贤达的胸境。

淡然是一种层次。志得意满应"淡兮若其海"，志存高远者向往大江大海的惊涛巨浪，不为沟河溪潭小小的波纹涟漪而得意忘形。生命是一个过程，成功只是过程中的一个节点。看重人生价值，淡薄功名利禄，才会达到淡然的层次。

泰然是一种了悟。人生一世，不如意事十之八九，不怨天尤人，不自暴自弃，错误是教训，失败是经验。心境通明，坦坦荡荡，无得失之烦心，有自乐之恬愉，何其泰然也。

如"六然训"之类名篇佳作，历来效读赏析之文俯拾皆是。李太白登临黄鹤楼，尚能感叹"眼前有景道不出，崔颢有诗在上头"，我辈凡夫俗子，也谈"六然训"，不过学舌充数而已。多余的一分顾虑是，读"六然"总不能不以为然，担心时下流行"自处黯然，处人傲然，有事茫然，无事慌然，得意飘然，失意凄然"，如此"六然"，教人费神难解，又让人忧思不解！

自我解嘲《陋室铭》

◆一得录

　　《陋室铭》表达了作者不求宦达、不慕荣华、不媚世俗、甘于澹泊的生活情趣，昂扬、炽烈的进取精神和孤介不阿、清峻高洁的思想品性，其实是不可多得的自我解嘲之作，用自己的言行来解脱被人嘲弄的窘境，迎合了芸芸众生中许多总是怀才不遇的人。

　　刘禹锡在荣枯递代之中，对人生的深深感悟，又能让人读出另一番自我解嘲来：这便是万木春前怜病树，千帆过后叹沉舟！

　　在安徽和县县城历阳镇，至今保留着一陋室：3幢9间呈品字状的房屋，斗拱飞檐，白墙青瓦，典雅古朴，静谧灵秀。石铺小院绿荫掩映，松竹迎人，含英蕴秀，似乎让人感受到浓郁的翰墨书香。院内东侧小巧精致的亭内，立有一石碑，上刻《陋室铭》全文，字迹风骨端凝，清秀悦目。主室正中，有刘禹锡立像一尊，潇洒庄重，上悬"政擢贤良"扁额。这就是名播古今，声名遐迩的唐代著名诗人刘禹锡及其《陋室铭》其人其文其室所在。

　　《陋室铭》文曰：山不在高，有仙则名；水不在深，有龙则灵。斯是陋室，惟吾德馨。苔痕上阶绿，草色入帘青。谈笑有鸿儒，往来无白丁。可以调素琴，阅金经。无丝竹之乱耳，无案牍之劳形。南阳诸葛庐，西蜀子云亭。孔子云："何陋之有！"

　　全文短短81个字，生动形象地表现了作者不求宦达、不慕荣华、不媚世俗、甘于澹泊的生活情趣，昂扬、炽烈的进取精神和孤介不阿、清峻高洁的思想品性。

《陋室铭》自问世以来，历经千余年，而越来越为人所称道，我认为它其实是不可多得的自我解嘲之作，用自己的言行来解脱被人嘲弄的窘境。正因为如此，迎合了世人的心理，尤其是芸芸众生中许多总是怀才不遇的人。

刘禹锡（772—842），字梦得，洛阳人。21岁中进士，后又中博学宏词科。唐顺宗（李诵）永贞元年（805），他和柳宗元辅佐王叔文执政，在短短几个月当政的时间里，曾经有过一些革新的措施。不久，王叔文被贬，刘禹锡也谪为朗州（今湖南常德）司马，当时他才33岁。九年后，他被召还京都，因为玄都观的题诗触犯执政者，又被发落到连州（今广东连县）去作刺史。以后还作过夔州（四川奉节县）刺史。长庆四年（824）夏，调任和州（今安徽和县）刺史。这时刘禹锡已年过半百，长期的贬谪逐客生涯，使他不知老之将至，抚今追昔，感慨良多。而据说当时刘禹锡被贬来和州时，和州知县是势利小人，他知道刘长期遭贬谪，既无来头，将来也不会影响他的好处，不仅轻视刘，还刁难刘，甚至羞辱刘。按当时的规定，刘到和州应住衙门里三间三厦的屋子。和州知县先是安排刘住在偏僻的县城南门，面江而居。刘不但没有埋怨，反而自得其乐，还特意撰写一幅对联贴在房门："面对大江观白帆，身在和州思争辩。"知县知道这个情况后，令衙内小吏将刘禹锡的住房从城南门调到更僻远的城北门，由三间房缩小到一间半。这一间半房子位于德胜河边，附近还有一排杨柳树。刘禹锡见到这个环境，也没有计较，依然安心住下，读书作文，触景生情，又写了一对门联贴在新居："杨柳青青江水边，人在历阳心在京。"知县见他还是悠然自得，又把刘的住房换到城中，而且只给一间仅能容下一床一桌一椅的房子。不到半年时间，刘禹锡连搬三次家，住房一次比一次小，最后仅是斗室，如此这般，实在欺人太甚了。面对现实，却又让人无可奈何。刘禹锡凭借纸笔，自我解嘲，淡然超然，写下了《陋室铭》一文，以表达自己孤介清高、超凡脱俗的思想情怀。

得饶人处且饶人。刘禹锡岂是等闲之辈，何曾饶过人。他除了高度的自信，就是愤世嫉俗和对现实的不屈服。且看《陋室铭》的另一面是他的《聚蚊谣》："沉沉夏夜闲堂开，飞蚊伺暗声如雷。嘈然欻（xú，同虚）起初骇听，殷殷若自南山来。喧腾鼓舞喜昏黑，昧者不分聪者惑。露华滴沥月上天，利嘴迎人看不得。我躯七尺尔如芒，我孤尔众能我伤。天生有时不可遏，为尔设帷潜匿床。清商一来秋日晓，羞尔微形饲丹鸟。"诗中把宦官、权臣和趋炎附势之徒比做渺小而又可恶的蚊虫，表现出诗人对他们的鄙夷不屑和极端痛恨的感情。诗中先用夸张的手法，形象地描绘出这群害人虫耀武扬威、不可一世的神态，最后冷冷地指出，它们很快就要灭亡，只配喂丹鸟。

然而，无可奈何花落去，命运终于总是捉弄人，也嘲弄人。谪居和州两年后，刘禹锡得以召回京城洛阳，老来任个太子宾客，至死感到有志不获逞。他在从和州回洛阳时，先游秣陵（今南京市），还到扬州会白居易，老友相见，悲喜交集，感慨万端。白居易在酒席上把箸击盘，悲歌慷慨，即席赋了《醉赠刘二十八使君》诗。刘禹锡当场写了一首《酬乐天扬州初逢席上见赠》答诗："巴山楚水凄凉地，二十三年弃置身。怀旧空吟闻笛赋，到乡翻作烂柯人。沉舟侧畔千帆过，病树前头万木春。今日听君歌一曲，暂凭杯酒长精神。"诗的感情极为复杂，不仅有"不胜宦途迟迷荣悴之感"，还有对摈斥他的执政者的愤怒，对已经老去的旧友的悼念和对白居易的劝勉之情的感谢，也是刘禹锡在荣枯递代之中，对人生的深深感悟。这般感悟，又能让人读出另一番自我解嘲来：这便是万木春前怜病树，千帆过后叹沉舟！

人生"三种境界"的或缺

◆ 一得录

> 立志发奋，艰难追求，功到业成。王国维先生演绎的人生公式是：预期+勤奋=成功。
>
> 我不知道他为什么没有写机遇，也不敢说这是他的疏漏或缺失，以为补上机遇更为全面。
>
> 无数成功的事实证明，人生是属于机遇的，机遇是属于有准备的头脑的。

近代著名学者王国维先生在他的文学评论专著《人间词话》中有这样一段话：古今之成大事业、大学问者，必须经过三种境界，"昨夜西风凋碧树。独上高楼，望尽天涯路"，此第一境也；"衣带渐宽终不悔，为伊消得人憔悴"，此第二境也；"众里寻他千百度，蓦然回首，那人却在，灯火阑珊处"，此第三境也。

这是《人间词话》中的一段名言，王国维用宋人三首词作的断句，另赋以义理，描绘创作的艰苦历程。同时，他又引申到成大事业、大学问方面去，其形象比喻不只是针对学术研究或艺术创造的历程，实际上就是人生奋斗的综述与总结。

文中三种境界，其一出自晏殊的《蝶恋花》：

槛菊愁烟兰泣露，

罗幕轻寒，

燕子双飞去。

明月不谙离恨苦，

斜光到晓穿朱户。

昨夜西风凋碧树，

独上高楼，

望尽天涯路。

欲寄彩笺无尺素，

山长水阔知何处。

这第一境界以西风刮得绿树落叶凋谢，表示当前形势相当恶劣，而他也只有他能登上高楼，居高临下高瞻远瞩，看到远方无尽头，看到别人看不到的地方。说明他能排除干扰，不为暂时的烟雾所迷惑。他能看到形势发展的主要方向，能抓住主要矛盾。这是能取得成功的基础。这一境界是立志，是下决心，只有具备了这个条件，才会有第二、第三境界。

其二，出自柳永的《凤栖梧》：

伫倚危楼风细细，

望极春愁，

黯黯生天际。

草色烟光残照里，

无言谁会凭栏意。

拟把疏狂图一醉，

对酒当歌，

强乐还无味。

衣带渐宽终不悔，

为伊消得人憔悴。

这第二境界是描述如何为此决心而奋斗。人瘦了，憔悴了，但仍"终不悔"，以一种坚定执着的态度，朝既定的方向勇往直前，为了事业的成功一切在所不惜。在这个世界上干什么都没有平坦的大道，要敢于创新，也要善于等待。这是执着追求，忘我奋斗之境界。

其三，出自辛弃疾的《青玉案》：

东风夜放花千树，

更吹落，星如雨。

宝马雕车香满路。

凤箫声动，

玉壶光转，

一夜鱼龙舞。

蛾儿雪柳黄金缕，

笑语盈盈暗香去。

众里寻他千百度，

蓦然回首，

那人却在，

灯火阑珊处。

这第三境界是一种顿悟的表现。指在历经多次周折，经过多年磨练之后就会逐渐成熟起来，别人看不到的东西他能明察秋毫，别人不理解的事物他能豁然领悟贯通。这时他在事业上就会有创造性的独特贡献。所谓"行至水穷处，坐看云起时"，这是功到业成。

王国维先生第一境界写的是预期，可以理解为"立志奋发"。第二境界写的是"勤奋"，可以理解为"艰难追求"。第三境界写的是"成功"，可以理解为"功到业成"。没有"独上高楼"，无以确定有价值的预期目标；没有"衣带渐宽终不悔"的精神，难以面对征程的漫长与艰辛；没有千百度的求索，就不会有瞬间的顿悟。立志奋发，艰难追求，功到业成，王国维先生演绎的人生公式是：预期+勤奋=成功。我不知道他为什么没有写机遇，也不敢说这是他的疏漏或缺失，因为写的角度不同。可是，我认为补上机遇更为全面，因为机遇确实存在，而且有时影响极大，所谓时来天地皆同力，运去英雄不自由。比如说，我们国家要是在 1977 年不恢复高考，那么现在国家很大一批掌事业、做学问、挑大梁的人，不会像现在这个样子。无数成功的事实证明：人生是属于机遇的，机遇是属于有准备的头脑的。有了德、才、机，又能以"衣带渐宽终不悔"的精神不懈追求，这既是成功的必由之路，也是人生最完美的境界。

善终更比善始难

◆一得录

> 把"善始善终"拿来分开作比较，明辨它的难易，以至得出谁更难来，为的是更全面地认识它，更能动地把握它，更理智地实践它。
>
> 教诲要"善始"是启蒙说，更多的是告诉青少年要求青少年去做的。懂得"善终"难，才是时间老人的忠告、自身经历与经验的修炼和升华。
>
> 若要追求善始善终，不如奉行慎始敬终。

在讨论这个题目的时候，首先需要明确一下概念问题。

"始"与"终"的本义是指"生"和"死"。如《说文》释"始"为"女之初也"，就是女子初生的意思。《释名》一书也说："始，息也，言滋息（生）也。""终"表示死，一直应用，如"寿终正寝"。《礼记·文王世子》上说："文王九十七乃终"。这个"终"兴许就是后人追求的所谓"善终"，即人因自然衰老而死亡，不死于刑戮或意外灾祸。

这里要讨论的不是生和死的问题，而是"始"与"终"延展意义上的"开头"和"结局"的问题。把"善始善终"拿来分开作比较，明辨它的难易，以至得出谁更难来，为的是更全面地认识它，更能动地把握它，更理智地实践它。因为这个"善始善终"太美好了，从开头到结局都美好，所以人人期企，个个希望，谁不想图个两全齐美，乃至十全十美呢？

因为人们总是希望和追求完美，所以自古以来关于"善始善终"的名言警句很多，名人佚事也不少。

关于"善始"的教诲，有"万事开头难"、"好的开头等于成功的一半"、"慎重初战"、"行百里半九十"，等等。事实上，"善始"固然很重要，而"好的开头"并没有像渲染得那么难。实践证明，只要能将自己的心愿付诸行动，就可以知难不难。为之不难，不为之难。原来难就难在犹犹豫豫、优柔寡断、畏首畏尾、裹足不前。

虽然没有必要去颠覆"万事开头难"的千古教条，来重建"万事开头易"的理论，但我除了勇敢地怀疑开头难，更深信"善终"更比"善始"难。说白一点，似乎教诲要"善始"是启蒙说，更多的是告诉青少年要求青少年去做的。懂得"善终"难，才是时间老人的忠告、自身经历与经验的修炼和升华。对"开头"即便是大意了，有闪失，也没关系，年轻没有失败。忘却了忠告，达不到修炼，不得"善终"，往往一失足成终身恨，前功尽弃，悔之莫及。无怪乎，自古以来，下至平民，上自君王，虽也顾虑如何善始，但更多的是担怕能否善终。

《诗经》最早提出忠告："靡不有初，鲜克有终"。做人做事做官没有不肯善始，但很少有人善终。它告诉人们许多事情有好的开头容易，要坚持到底就难了。

唐朝魏徵丞相极力规谏太宗，综观古今，看到做事能有好的开端的人很多，但能坚持到成功的人却很少，创业容易守成难啊！他的原话是："善始者实繁，克终者盖寡，岂取之易而守之难乎？"在魏徵上陈《谏太宗十思疏》中，很重要的一条就是"忧懈怠则思慎始而敬终"。这是对"善始善终"最深刻最独有见地的诠释。如何"善始"？谋定而后动，谓之"慎始"。能否"善终"？要常怀敬畏，如临渊履薄，不能有丝毫懈怠，所以叫"敬终"。魏徵主张"慎始敬终"是从维护皇权角度，图长治久安，一个人、一件事何尝又不是这样。

遗憾的是，尽管古训言犹在耳，但忠告只归忠告，现实生活中有始无终，或善始而不善终的人和事屡见不鲜。尤其是中国改革开放以来加大反腐败力度，那么多有声名有地位有成就的人，曾经多少次"善始"的历练而好不容易功成名就，最后却过不了腐败这道坎而不能"善终"，从好的开头到可悲的结局，令人扼腕叹息。他们始与终的轨迹反证了"善终"更比"善始"难。

讨论这个问题，不是摒弃"善始"，也不是否认"善终"。好心的人，谁不希望善始善终。若要追求善始善终，不如奉行慎始敬终。

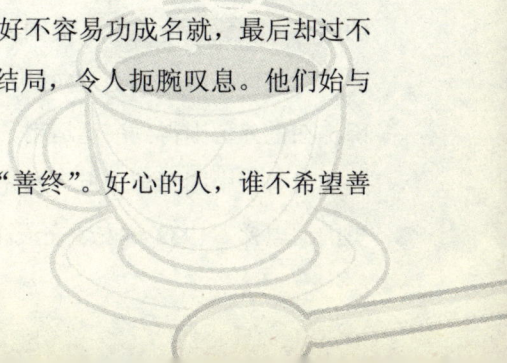

上上下下的享受

◆ 一得录

> 　　电梯提升现代人的生活质量，也提示着人生的韵律。或升或降，起起落落之间，上与下都是一种享受。
>
> 　　上去有上去的追求，下来有下来的必然。阅尽了高处之美景，回过头来再感受一下低处的风光不是也很好吗？因为你原本也在低处啊！

　　电梯是个舶来品。当初有人把它称为"向上升的房子"，但觉得不直白，想到中国不是早就有梯子，楼梯吗？于是就叫"电梯"。汉语工具书解释"电梯"一词时，干脆就说"作用跟楼梯相似的设备"。这样虽然浅显易懂，但形象归形象，这个名称在反映本质上总是欠缺了点什么。

　　后来电梯与国际接轨，通行的叫法是"升降机"或"升降梯"，是"建筑物中用电做动力的升降装置"。据说早在公元前2600年，埃及人在造金字塔时，用的不是梯子或楼梯，而是使用了原始的升降系统，基础原理至今没有变化，即一个平衡物下降的同时，负载平台上升。美国人伊莱沙·格雷夫斯·奥的斯，于1854年在纽约水晶宫举行的世界博览会上，向世人展示了他发明的历史上第一部安全升降梯。之后，升降梯在世界范围得到广泛运用。以"奥的斯"命名的电梯公司，开始了她辉煌的旅程，发展成为在中国乃至全世界领先的电梯公司。中国1901年最早在上海安装了第一台奥的斯电梯。1932年安装在天津顺德酒店的奥的斯电梯，至今还在安全运行。

电梯提升现代人的生活质量，也提示着人生的韵律。凡坐过电梯的人都会有这样的体会：或升或降，起起落落之间，上与下都是一种享受。乘坐电梯如此，人生何尝不是这样！

有上有下，坐电梯如此，登山如此，人生也如此。人在高峰上总是暂时的，无论谁，最终都要站立在平地上。人皆由平凡开始，最终又回到平凡，小人物是这样，大人物也是这样。所以，人在高峰时，就应想着下，下是必然的，下来后也应该像上去时、在高峰时一样快乐。上去有上去的追求，下来有下来的必然，高处有高处的美景，低处有低处的风光。阅尽了高处之美景，回过头来再感受一下低处的风光不是也很好吗？因为你原本也在低处啊！

如果你还不能完全认识这一点，请多到电梯里去体会一下上上下下的享受。

周公孔子树楷模

人生如船

◆一得录

> 平常时，做稳功，船停桡莫停；行进中，听鼓下桡，齐心协力；奔岸后，不计输赢，输赢再来。划龙船的三大要领是人生的三大境界。
>
> 一要自添动力，二要与时俱进，三要不骄不馁。人生如船，船即人生。

每逢端午节到来，每当龙船鼓响起，我就想起我的父亲，想起父亲带我划龙船。

那年生产队做了只新龙船，下水的一天，父亲一大早就告诉我，要带我去划龙船。我高兴极了。父亲是船木匠，龙船是他掌墨做的；父亲划船出身，是掌舵的，能当龙船艄公，又能划头桡；父亲是生产队里的前辈人，论辈分叫公公的有，称太太的也有。龙船下水是生产队里的大事，生产队也正好用得着父亲来做些这样的事情，他还能顾得上带我去划龙船吗？

盼望着，等待着的这一时刻终于来到了。父亲头上缠着一条红彩绸，光着臂膀赤着脚，拖着我跨上新龙船。我也光着臂膀赤着脚，手里拎着个三角粽子，高兴得连这热闹场面都不知道从哪里看起。桡手们各就各位站在龙船两侧，双手把着船舷，一个个劲鼓鼓的。我们站在鼓舱中，船上只有锣鼓手，还有父亲身边装着烧酒香纸的竹篮子。只听得一声啊嗬，龙船被拖抬到了水中，桡手们齐刷刷地坐在了各自的舱位上，龙船在水面上摇动着。顷刻间，鞭炮声、锣鼓声、欢呼声四起，响彻云天。龙船在村前河面上绕行一周，箭一般地向远方驶去！

锣鼓声息了，桡手们慢了。父亲牵紧我的手，严肃地向大家交待前面要去的地方。先去哪里，后去哪里，去哪两个地方的时候锣鼓要停，大家都不得作声。

龙船到了"回龙阁"前。父亲让我蹲在船舱，只见他走向船头低头叩首，把烧酒香纸抛撒到河里，还细声说了些什么。龙船再游行到"擂鼓庵"下，父亲刻板地完成了前面的那套动作，看得出，他虔诚得很，神圣得很。做完了这一切，父亲拿起两面小方块红旗，挺立船头挥舞起来，打鼓手一锤重鼓，桡手们齐声啊嗬，一个个扳下身子，真个要捣海翻江，龙船如蛟龙出水飞也似地前进在江水中，大家兴奋极了，父亲也兴奋极了。龙船划行得越快，牵引力就越大。我在船舱站不起，蹲不稳，只好将打鼓手的腿紧紧地抱着，真是惊喜极了。不知道在什么时候，父亲早已把我手中的粽子拿去一同投到了江中。

这一天龙船没有同谁比赛，只是游了江就回来了。父亲告诉我，龙船下水要先"参神"，参拜神灵，求得保佑，保佑旗开得胜，保佑五谷丰登。不单新龙船下水要"参神"，每年龙船下水时都要"参神"。这样的事情对于父亲来讲，是很平常的。对我来说，却是极不寻常的。我感受到从来没有过的划龙船感受，更感受到父亲从来没有过的高大和尊严，那时，我才看到父亲真正的地位和力量。

父亲生于 1925 年，祖父、祖母去世都早，父亲拉扯弟妹长大。为了生计，他童年时代就跟着爷爷成了一个船木匠，后来成了家自己造了艘船跑运输。新中国成立后河里搞土地改革，船"入社"了，父亲成为某国营运输社（后来叫公司）的员工。到了 1960 年过苦日子时，又是为了生计，他从国营航运公司跑回了老家，带着妻子儿女，不当工人叔叔而甘做农民伯伯、生产队社员。家里人多劳力少，是队里的"押粮户"。全家人一年劳动工分分配所得的收入付不起生产队的口粮钱，一年分得的口粮又不能糊一家人的口，日子过得很压抑、很艰难。父亲的日子过得更压抑、更艰难。他虽然是院子里受尊敬的前辈人，平常时却很难真正抬得起头，直得起腰来。因为父亲是龙船的掌墨师傅，又能掌艄玩头桡，所以龙船下水少不了他，才有出人头地的时候。我能上龙船，完全沾着父亲的光，因为别的小孩是绝不可以在划龙船时跟上船去玩的。至于父亲为什么要让我沾这点光？是想儿子也能出人头地，还是想培养儿子当好接班人？父亲已经离开了我们，我没能也再也不能向父亲问个明白！

父亲做船划船，以船谋生，因船而荣，他有一本船的故事，一本船经。父亲说，划龙船要掌握三大要领：第一，龙船泊在水中，桡手们要不停地用桡搅动水，把船提起来，否则龙船承不了重就容易沉下去，这是要时常注意的。第二，划船时必须听鼓下桡，要齐桡，桡不齐不但船划不快，桡手也无法下桡，要下桡不是遭前面的碰，就会挨后面的打，这是必须要做到的。第三，输赢总是暂时的，比输赢才是永远的。要不计输赢，这次输了下次再来，不明白这个道理，就别来划船。

我没能成为父亲的接班人，不会做龙船，也不会划龙船。但是父亲带我划龙船让我终身不忘，父亲教给我划龙船的道理终身受用。平常时，做稳功，船停桡莫停；行进中，听鼓下桡，齐心奋力；奔岸后，不计输赢，输赢再来。生活不也如此，人生不也如此么?一要自添动力，二要与时俱进，三要不骄不馁……划龙船的三大要领是人生的三大境界。

我记着划龙船的要领，并修炼着人生的境界。我总是想到父亲，想到父亲是船，船是父亲，人生如船，船是人生。

"德"字缺"一"还是不缺好

◆一得录

> 德的古字"悳",上部是个"直"字,它的造字理据是"直行为德"。
>
> "悳"字后来写成二轻局"德",心上有了一横,表示心意更专一。用现在的话讲,这一横表示底线。道德在心头原本就有底线,做人要守住道德底线,缺失不得。
>
> 在现实生活中,人人不可能独善其身,人人又不去相善其群,这才是德之出现缺失的渊薮,无所谓"德"字缺"一"好还是不缺的好。

2009年4月,我随市里组织的一班人到北京大学光华管理学院"高层管理者培训中心(EDP)"参加一期培训班。学的东西很多,至今还在慢慢消化。

培训班第一堂课是"科学发展观"讲座。因为当下按照中央的统一部署,全国正在开展深入学习实践科学发展观活动,老师讲课可以运用的素材很多,讲得开,也生动,让人印象很深。

老师说,之所以提出"科学发展观",首先是因为存在着不科学发展的事实。之所以要求构建"和谐社会",是因为社会出现不和谐的现象,例如贫富差别、城乡差别、地区差别。这是国家一直以来要缩小的"三大差别",现在不仅没有缩小,反而越来越拉大。资源浪费、环境破坏,不仅影响经济社会的可持续发展,而且威胁人类生存。老师列举出一组组数据来证明,让人不容置疑。

经济社会生活中存在的诸多突出矛盾和问题，不能说是过来我们走的路实行的政策错了，而是反映某些方面有缺失。而最大的缺失表现为"缺德"，缺私德，也缺公德。"人人独善其身谓之私德"；"人人相善其群谓之公德"。例如假药、毒奶粉、黑心棉等等。老师特别从做学问的高度和深度，讲起了"德"字的故事来。说"德"是个形声字，左形右声。从甲骨文到金文到汉代，中国人的道德观念越来越强，道德要求越来越规范。德的古字"悳"，上部是个"直"字，它的造字理据是"直行为德"。"悳"字后来写成"惪"，心上有了一横，表示心意更专一。用现在的话讲，这一横表示底线。道德在心头原本就有底线，做人要守住道德底线，缺失不得……

学习、生活，要肯学习，还要会生活。从外地来到北京，几人相邀去吃北京烤鸭。我们就近去了北京大学东门前府臣路，进了一家烤鸭店，原来还是闻名世界的"全聚德"。说来也巧合，这"全聚德"恰好是缺了"一"的"德"。平时不是没吃过北京烤鸭，去美国时还同别人夸口说世界上有两只最著名的鸭子，一只是迪斯尼的唐老鸭，一只是"全聚德"北京烤鸭。眼前却为"全聚德"这三个字犯疑了。老师才说要守住心头的道德底线，这儿的"德"心上却缺了一横。再细看"全聚德"三个字，除了"德"缺了一横，与"全"字都是楷书，而"聚"字则草书，按书法规矩来讲，楷草也不宜混写。三个字有两个问题。这是为什么呢？总不能说北京人带头"缺德"呀。

原来这"全聚德"是有来历的。据查，"全聚德"烤鸭店开业于清同治三年（1864）。他的创始人杨全仁，原是卖鸡鸭的小贩，有了一点积蓄后，置下了位于前门大街的一家干鲜果店作门面。这家果店本名"德聚全"，杨全仁听从风水先生的建议，把它改叫"全聚德"，做起烤鸭生意来。想不到100多年前的这家烤鸭小铺，如今成了中国饮食文化的一个代表。有人说，当年小店准备开张时，杨老板看中了一位叫钱子龙的秀才，此人写得一手好字，于是请他题写店招牌。没料到钱秀才几杯烧酒下肚，再铺纸研墨，醉眼朦胧，挥毫写下"全聚德"，楷草不分，"德"字由15画变14画，心字上没有一横，写成了"德"。也有人说，这一画是钱秀才存心不写的。因为杨老板当时雇了13个伙计，加上自己正好是14人。"德"字右上半是十四，下半是心，表示十四个人上下一心，同心努力，不再在"心"上横加一杠子，也寓意钱秀才有水平。据说1957年，周总理陪同一位外国元首光顾"全聚德"时，曾经作过"全而不缺，聚而不散，仁德至上"的宣传。

这些都不过是一些附会的说法。考其"德"字，原本与"𢔨升、登、陟、得、德"

五字同音同义，古道德的德，只作"悳、惪"不与"德"同。悳字从直从心，是"惪"的古文。《说文解字》段注：悳，外得于人，内得于己也。外得于人，谓惠泽使人得之也。内得于己，谓身心所自得也。又说"惪"是"德"的俗字，后来"借德为之"。现在我们管它叫做异体字。"德"字的异体字，查《汉语大字典》有九个之多，如"悳、惪、恴、悳、惪"等，缺一横的"德"也是异体字之一。秦公钟、礼器碑上的"德"都是没有一横的。历代书家也是"德德"并用，王羲之笔下没有一横，苏轼笔下有一横，而郑板桥则有时有一横，有时没有一横。

毫无疑问，今天"德"字的规范写法是有一横的。保留如"全聚德"之类少一横的，不过是保留了汉字形体变化这一历史面貌而已。"德"取代了它的全部异体字，代表着道德、品行、政治品质的全部意义。"凡言德者善美正大光明纯懿之称也"，"君子进德修业"。因此，如果说这个"德"是有底线的话，那么进德修业是不需要设定底线的，或者满足于守住底线的。守底线往往会出现偏于私德而缺失公德。在现实生活中，人人不可能独善其身，人人又不去相善其群，这才是"德"之出现缺失的渊薮，无所谓"德"字缺"一"好还是不缺的好。

为"二十八画生"避讳

◆一得录

> 　　有一次署名"二十八画生",被班主任老师叫去,受教育到了出一身冷汗的地步。
>
> 　　毛泽东三个字的繁体笔画正好是 28 画。所以他老人家在青年时曾以"二十八画生"发表重要文章。这 28 与毛主席一生许多重大历史事件关联,至今留给外国人和中国人许多不解之谜,让后人无法破解。而任何一种猜测或推断,往往难免有杜撰或亵渎的可能,最好的选择莫如敬畏,莫过避讳。

　　和很多现代人一样,自己除了有姓有名,没有起过字或号,也未能入流文人墨客而使用什么笔名之类。只记得读书到高级小学的时候,那时处于"文化大革命"运动高潮时期,无论你学问高低,文章不论好丑,在校园学习心得栏或革命大批判专栏发表是经常的事。自己曾故作高深,附庸风雅,用小时候的乳名"闰生"上过专栏,这并没有引发别人特别的注意。倒是有一次署名"二十八画生",被班主任老师叫去,受教育到了出一身冷汗的地步。

　　班老师严厉而又神秘地问我,你知道"二十八画生"是谁吗?我回答说:就是我自己。我的姓名三个字的繁体笔画一共是 28 画,所以叫"二十八画生",和小名叫"闰生"一样,是闰年出生的,都是您的学生。老师先是觉得奇怪,用指头比比画画后,若有所思。接着严肃地告诉我,"二十八画生"是伟大领袖毛主席的笔名,千万不能乱用。毛主席因为革命工作需要,曾先后用过几个笔名,有润之、李德胜等。因为毛泽东三个字的繁体笔画正好是 28 画，所以他老人家在青年时曾署名"二十八画生"发表重要文章。老师一再交待我，今后再也不许用这个名字了。

记着老师的嘱咐，从那以后我再也不用"二十八画生"这个名字了。不过当时除了出于对领袖的敬畏而不敢用之外，老师并没有告诉我，我自己也不知道，为什么不能用的道理。后来书读得多了点才知道，这叫做"避讳"。

什么是避讳？古人为了维护等级制度的尊严，在言谈和书写时要避免直接说出或写出君父尊亲的名字，更不得与君主或尊亲使用相同的名和字。避讳之法，一般或取同义或同音字以代本字，或用原字而省缺笔画。如汉文帝名"恒"，就改恒山为常山；苏轼的祖父名序，轼作序时，常将"序"改为"叙"或"引"。孔子名丘，清雍正后为避讳将"丘"作"邱"或缺笔作"𠀉"。

时代发展了，社会进步了，人们可以更多地百无禁忌，而又万事顺遂，除了应该讲究点，什么忌讳、避讳之类逐步淡出。比如与领袖人物同名同姓的，不需要因避讳而改名换姓了。倒是这"二十八画生"有点神秘，这 28 不可以属于别人，只能属于毛泽东。自从出了个毛泽东，因为这三个字的繁体笔画正好是 28 画，所以他早在 1917 年 4 月 1 日在《新青年》杂志上发表《体育之研究》一文时署名"二十八画生"以后，这 28 与毛主席一生许多重大历史事件关联，至今留给外国人和中国人许多不解之谜。

1921 年中国共产党成立，是中国近代历史上的最大的历史事件。参加中国共产党成立的各地代表共计 12 人，加上共产国际代表，实际参加人数为 14 人，其中年龄最大的是何叔衡 45 岁，最小的是刘仁静 19 岁，据《毛泽东传》提供的材料说，他们的平均年龄是 28 岁，正好是毛主席当时的年龄。而共产党的"共"，汉字则是"廿"与"八"，也就是"28"的合写。

1921 年毛泽东与杨开慧结婚时 28 岁。杨开慧 1930 年 11 月 4 日在长沙城浏阳门的识字岭被反动派杀害，牺牲时只有 28 周岁。

1949 年中华人民共和国成立，是在中国共产党成立 28 年之后领导全国各族人民经过前仆后继，战胜各种艰难困苦后取得的。在这 28 年里进行了土地革命战争、抗日战争、解放战争，打败了日本帝国主义，推翻了蒋家王朝，结束了中国半封建半殖民地的历史、军阀混战的历史，国家获得了完全的独立，人民获得了解放，这是近代史上最重要的 28 年。

1949 年 10 月 1 日下午 3 点钟，毛泽东在北京天安门向全世界宣布中华人民共和国中央人民政府正式成立，接着 54 门礼炮齐鸣 28 响。毛主席为何安排要鸣放 28 响礼炮？这 28 响到底隐含着什么意义？与前面讲到的那几个 "28" 有无关联？至今外国人也包括中国人都还在研究、猜测。因为按照国际惯例，无论是国内还是国外的重大活动，一般最高礼仪是 21 响。

究竟毛泽东这个 "二十八画生" 与 "28" 这个数，有什么神秘的含义，已经让后人无法破解。而任何一种猜测或推断，往往难免有杜撰或亵渎的可能，最好的选择莫如敬畏，莫过避讳。

心与牛一

◆一得录

> "心与牛一"，即以己度人、推己及人，设身处地、同情体谅，如此可以构建融洽与和谐。
>
> 从后来孔夫子的"仁者爱人"，到今天我们的"情为民所系，权为民所用，利为民所谋"等观念的发展与升华，都是一种体恤关爱的怀柔感化，而不是讨价还价的予夺，更不是尔虞我诈的"博弈"。这"心与牛一"，就是"心与民一"。

进入 2009 年，岁次己丑，时逢牛年，于是又想起了关于牛的话题来。

大凡对于牛的评论，更多地离不开称道牛的精神、牛的风格和牛的贡献。比如"鞠躬尽瘁、死而后已"；又比如"吃的是草，挤的是奶"；还比如"俯首甘为孺子牛"等等。这些都是应该的，也是必要的，特别是在人们生活方式发生历史性变化，生产力不断进步，如今牛的功用贬值，牛类辉煌不再的情况下，倡导和弘扬牛的精神风格，无疑与世有补，对人有益。要是能从人与牛之间的关系上发现更深更高层次的道理去着眼立论，当然更好。其实在这方面，中国历史上早就有一位著名的政治家、思想家叫百里奚，他关于牛的独到论断上升到了治国之道，为历代统治者所遵循和运用。

百里奚（约前 700—前 621），姓百里，名奚，字子明，春秋时期楚国宛邑（今河南南阳）人，是中国历史上著名的思想家、政治家，秦统一天下的奠基丞相。

百里奚早年家境贫寒，在妻子杜氏的支持下出游列国求仕，历经宋国、齐国等诸侯国。后来在朋友蹇叔的举荐下，做了虞国的大夫。公元前 655 年，晋献公灭掉了虞国，百里奚被俘虏并拒绝在晋国为官。当秦穆公娶晋献公女儿作夫人时，晋国遂把百里奚充作媵人（奴婢）陪嫁秦国。途中，百里奚逃脱，到了楚国放牛为生。秦穆公清点人数时发现少了一位奴婢，得知原来在路上逃跑了百里奚。秦国大夫公孙枝连忙向穆公报告底细，说百里奚原来是虞国大夫，很有才学，只是当年虞国国君不听百里奚的劝谏，使得虞国被晋国所灭，百里奚不愿做亡臣而沦为奴仆，他劝穆公要重用百里奚。

秦穆公进一步了解情况后，即派人去楚国寻找，以当时奴隶的价格，用五张黑公羊皮把百里奚从楚国赎了回来。百里奚被带到秦国之后，穆公当即召见：释其囚，与语国事……穆公大悦，拜为上大夫，故世人称百里奚为"五羖大夫"。在主持秦国国政期间，百里奚"谋无不当，举必有功"，辅佐秦穆公倡导文明教化，实行"重施于民"的政策，让人民得到更多的好处，并内修国政，外图霸业，开地千里，称霸西戎，开始了秦国的崛起。史载百里奚"发教封内，而巴人致贡；施德诸侯，而八戎来服"，使秦国成为春秋五霸之一，为秦国最终统一中国奠定了基础。

具有讽刺意义的是，百里奚逃到楚国放牛时，楚成王听说百里奚擅长养牛，曾召见百里奚谈过一次话。楚成王问："饲牛有道乎？"百里奚答："时其食，恤其力，心与牛而为一。"楚王听后道："善哉，子之言！非独牛也，可通于马。"于是要百里奚做自己的马夫。楚成王至死也不会清楚，自己比秦穆公更早地听到了百里奚的治国之道却全然不觉，那次尽展百里奚才智与韬略的谈话，不能被愚钝浅薄的楚成王所理解，却成了楚成王留下的一则笑柄。

自以为是的楚成王错失了贤才百里奚，而百里奚后来在秦国正是用"心与牛而为一"这条饲牛之道，使秦穆公称霸于春秋。

"心与牛一"，即以己度人、推己及人，设身处地、同情体谅，如此可以构建融洽与和谐。这是一种政治主张，也是一种施政理念。从百里奚在秦国的作为来看，他的确实践了这种理念和主张。他给秦国带去的不是残酷的征战杀伐，不是苛刻的政治高压，而是"心与牛一"的仁厚宽容的治国之道。在他的辅佐下，秦穆公三立晋君、称霸诸侯，并征服西戎，拓地千里，为后来秦统一天下奠定了牢固的基础。"心与牛一"成为历代统治艺术的一条基本追求而被广泛接受。从后来孔夫子的"仁者爱人"，到今天我们的"情为民所系，权为民所用，利为民所谋"等观念的发展与升华，都是一种体恤关爱的怀柔感化，而不是讨价还价的予夺，更不是尔虞我诈的"博弈"。这"心与牛一"，就是"心与民一"。

"和"的伦理道德要求

◆ 一得录

"和"之伦理道德观要求处理好三个关系：第一，人与自然的关系，也就是天人关系；第二，人与人的关系，也就是社会关系；第三，个人身、口、意中正确与错误的关系，也就是修身问题。

社会关系和个人修身问题，中国传统文化与伦理道德仍在支配我们的行动。善待自然，处理好天人关系，将使人类从一个号令自然的主人，向一个善待自然的朋友转变，将是人类意识的一次深刻觉醒和角色的深刻转换，也将是"和"之伦理道德的要求和实现。

全世界都承认，中国是伦理道德理论和实践最发达的国家。中国伦理道德的基础是先秦时期儒家打下的，在其后来发展的过程中，掺杂进来了一些道家思想和佛家思想。包括"三纲六纪"（君臣、父子、夫妇；诸父、兄弟、族人、诸舅、师长、朋友），"八个步骤"（格物、致知、正心、诚意、修身、齐家、治国、平天下），"国之四维"（礼、义、廉、耻）等基本内容。形成这样一个体系，而这个体系貌似清楚，实则是一个颇为模糊的体系，却仍在支配着我们的社会行为。

现在中国坚持走科学发展的道路，积极构建和谐社会。中国所要构建的和谐社会，是中国共产党领导全国人民共同建设、共同享有的和谐社会。民主法制、公平正义、诚信友爱、充满活力、安定有序、人与自然和谐相处，这六个方面的内容既是社会主义和谐社会的价值内涵，也是构建和谐社会主义社会的价值目标。和谐，这个伟大思想，实际上是中华文化的一个基本组成部分，传达出伦理道德最主要的部分和最精华的内容，我们可将其称为"和"之伦理道德观。

在构建社会主义和谐社会中，"和"之伦理道德观要求，必须突出处理好三个关系：第一，人与自然的关系，也就是天人关系；第二，人与人的关系，也就是社会关系；第三，个人身、口、意中正确与错误的关系，也就是修身问题。这三个关系密切联系，互为因果，缺一不可。

这第二、第三个关系，社会关系和个人修身问题，人们早已经看到了，而且一贯加以重视。中国传统文化与伦理道德，有很多形成系列的教条，仍在支配着我们的社会行为。比如讲气节、骨气，提倡爱国主义，都在传承发扬。像孟子所讲："富贵不能淫，贫贱不能移，威武不能屈，此之谓大丈夫。"就是说作为一个人，我有我的人格，顶天立地，不管你多大的官，多么有钱，你做得不对我照样不买你的账。讲爱国主义，有人说世界上真正提倡爱国主义的国家是中国。

至于天人关系，虽也已经注意到，但只是片面讲，或则多有忽略，特别是对大自然能施报复认识比较晚，这种情况，中国或西方皆然。过分相信"人定胜天"的力量，才出现恩格斯所指出的那种情况："我们不能过分陶醉于我们对自然的胜利，对于每一次这样的胜利，自然界都报复了我们"。到了今天，世界上一些有识之士，其中包括一些国家政要，如梦初醒，惊呼"环保"不止。希望人类善待自然，处理好天人关系，让人类与自然和谐相处。如此将使人类从一个号令自然的主人，向一个善待自然的朋友转变，将是一次人类意识的深刻觉醒，人类角色的深刻转换，也将是"和"之伦理道德的要求和实现。

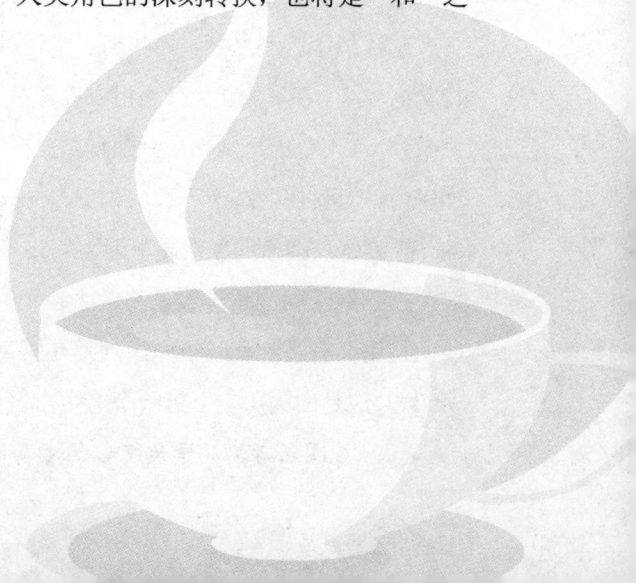

中国第一求贤令

◆一得录

第一，无论是成王业还是成霸业，无论是定天下还是安天下，"皆待贤人而成名"；

第二，每个时代有每个时代的人才，后人未必不如前人，"今天下之贤者智能岂特古之人乎"；

第三，人才是用出来的，否则"士奚由进"。

刘邦留下的中国历史上第一个求贤令，其人才观仍然值得今天重视。

"大风起兮云飞扬，威加海内兮归故乡，安得猛士兮守四方"。大家都熟悉，这是汉高祖刘邦在酒席宴上唱的《大风歌》。

楚汉战争胜利之后，刘邦当了皇帝。他率师平定英布叛乱，回师路过家乡，设酒招待父老乡亲。在宴会上，汉高祖衣锦还乡，踌躇满志，意气慷慨，唱出了豪放深沉的《大风歌》。让人看出，刘邦在酒酣耳热之际，仍然清醒地认识到，自己虽然功成名就，威加海内，但要使汉家天下长治久安，任重道远，必须依靠猛士（贤士良将）才能达到目的。想到楚汉战争的成败，正因为刘邦多方招纳人才，善于集中人才的智慧，所以才能取得推翻秦王朝和楚汉战争的最终胜利。而今坐拥天下，当了皇帝，对于这一认识和经验的运用又有所深化。于是，刘邦在汉高帝十一年（前196）二月，发布了《下州郡求贤诏》，这是中国历史上第一个君主求贤令：

盖闻王者莫高于周文，伯者莫高于齐桓，皆待贤人而成名。今天下之贤者智能，岂特古之人乎？患在人主不交故也，士奚由进！今吾以天之灵，贤士大夫定有天下，以为一家，欲其长久，世世奉宗庙亡绝也。贤人已与我共平之矣，而不与吾共安利之，可乎？贤士大夫有肯从我游者，吾能尊显之。布告天下，使明知朕意。御史大夫昌下相国，相国酂侯下诸侯王，御史中执法下郡守，其有意称明德者，必身劝，为之驾，遣诣相国府、署行、义、年。有而弗言，觉，免。年老癃病，勿遣。

从人才学角度来说，诏书所提出的一些原则，仍然很值得今天重视。第一，无论是成王业还是霸业，无论是定天下还是安天下，"皆待贤人而成名"。周文王如此，齐桓公也是这样。人才是决定性的因素。第二，每个时代有每个时代的人才，江山代有人才出，长江后浪推前浪，后人未必不如前人，"今天下之贤者智能岂特古之人乎"？第三，人才的选拔及其才能的发挥，关键在于用人者，人才是用出来的，否则，"士奚由进"？刘邦所重用的"贤者智能"，极大多数来自社会中下层，其中不少人出身寒微。例如韩信是流浪儿，张良是破落贵族，周勃是吹鼓手，樊哙是屠夫，灌婴是布贩子，娄敬是车夫，陈平是游士，黥布是刑徒，郦食其是落魄文人。正是这样一批"布衣将相之局"，在秦汉之际的社会大变动中发挥出自己的才干和智慧，协助刘邦完成了统一中国之大业。

刘邦留下的中国历史上第一个求贤令，其人才观值得我们重视。他所开创的中国历史上的"布衣将相之局"，值得今天很好地研究。

"树木树人"新议

◆一得录

　　"树木树人"，用来比喻培养人才是长久之计，也表示培养人才是不容易的。还有一层意义，也可以说是又一个真理：即人才投资是最有价值的投资——叫做"一树百获"。

　　"树木树人"，要说的是"十年树木、百年树人"两句成语。

　　这两句成语已经很大众化了，大家也运用得很熟练。对其意义的理解，似乎也没有什么不同的地方。工具书一致解释为："树木树人"，用来比喻培养人才是长久之计，也表示培养人才是不容易的。

　　毋庸置疑，人才的培养事关长远，是百年大计，具有十分重要的现实意义和长远的战略意义。不过，从原创者的思想来领会，这"树木树人"还有另一层意义，也可以说是又一个真理：即人才投资是最有价值的投资——叫做"一树百获"。

　　"树木树人"，语出《管子·权修》。

　　《管子》，是我国春秋战国时代诸子百家中一部非常重要的作品。它托名春秋时齐国著名政治家管仲，虽非管仲亲著，却是以管仲的思想及管仲相齐的历史资料为主干的，绝大部分是管仲及管仲学派思想的记录与反映。《管子》一书的内容十分丰富，博大精深，尤其是政治、经济、军事、哲学等思想理论中蕴藏着许多哲理和真理，至今熠熠生辉，值得后人认真学习和借鉴。全书原定为 86 篇，现存 76 篇，学者认为，计有《权修》、《牧民》、《形势》等 20 多篇为管仲亲著文章。

　　管子其人字仲或敬仲，名夷吾，约生于公元前 725 年，卒于公元前 645 年。管仲相齐 40 年，实行了政治、经济、军事等各方面的改革，辅佐齐桓公"九合诸侯，一匡天下"，成为"春秋五霸"中第一霸，其业绩备受后人推崇。管仲生平富于传奇，事功有口皆碑，立言博大精深。连孔夫子也曾经讲过："微（非）管仲，吾其被发左衽矣"！（《论语·宪问》）意思是说，如果没有管仲，我们还将在野蛮时代里徘徊呢！更为重要的是管仲作为春秋战国时期人本主义思想的开创者与先驱，其"以人（民）为本"、"爱民"、"利民"思想，成为后来以孔、孟为代表的儒家思想的基础构成和源脉之一。

　　《权修》篇进述的是如何巩固和加强君主政权的问题。"权修"，即修重权力。其基本观点强调发展国力，使仓廪充实，国家有经济保障；强调要法制严明，通过君主的以身作则来感化和引导人们，以奖惩信实的威力来约束人民。最闪光的是关于"树木树人"的论述，完整的一段话为："一年之计，莫如树谷，十年之计，莫如树木，终身之计，莫如树人。一树一获者，谷也；一树十获者，木也；一树百获者，人也。我苟种之，如神用之。举事之神，唯王之门。"

　　这段话的大意是这样的：作一年的计划打算，最好是种五谷。种五谷一种一收，当年见效益；作十年的计划打算，最好是栽种树木，种树一种十收，可以获得十倍的效益；作终身长远的计划打算，最好是培养人才。培养人才是一种百收的事情，效益最大。要是我们注意培养人才，其效用将是神奇的。而如此举事收得成效，只有王者之门才能做到。

　　在这里，我们需要特别注意的是，管子虽然用一年之计，十年之计，终身之计来说明培养人才是长远大事，是不容易的。更深入一步的，或者是更重要的，在于用一树一获，一树十获，一树百获来突出强调人才投资是最有价值的投资。一树百获，回报率最大。可见，如果单纯从时间概念上来理解人才培养的长远意义和百年大计，显然不符合管子的全部思想，先哲们也早已指出这方面的偏失。比如司马光就说过："夫树木，树之一年而伐之，足以给薪苏而已；三年而伐之，则足以为桶；五年而伐之，则足以为榱；十年而伐之，则足以为栋。"毛泽东同志在《作革命的促进派》一文中曾经指出："……十年树木是不对的，在南方要二十五年，在北方要更多的时间。"不需要再点拨，先哲们关于"树木树人"的观点，都不是简单的从时间概念上立论的，更多突出的是人才培养的意义和价值，换句话说，都强调人才投资是最重要的、最有价值的投资。

至于管子又说"我苟种之，如神用之。举事之神，唯王之门"。在提出人才投资"一树百获"的重要观点后，指出只有王家之门才能够做到。除了文章本身写的是君臣对话，我理解还为了进一步说明人才培养投资成本大，要有实力舍得成本，从而更加突出"一树百获"的重要和不容易。

人才是用出来的

◆一得录

> 人才是用出来的，这是刘邦的一个重要人才观，也是他的过人之处。
>
> 在一个好的管理者手下，一般的管理人员可以越干越会干；在一个差的管理者手下，优秀的管理人员也会越来越平庸。
>
> 所谓"伯乐相马"，不过是后来人演绎的天上神话或人间寓言故事，天下没有能把人这种灵长动物分出贤愚的伯乐。要相信人才是用出来的，正所谓用之（举之）如虎，弃之（抑之）如鼠是也。

唐人章碣作过一首诗："竹帛烟消帝业虚，关河空锁祖龙居，坑灰未灭山东乱，刘项原来不读书。"说的是焚书坑儒的暴政加速了秦王朝的灭亡，不读书的刘邦和项羽能够举起反秦的义旗进而推翻秦王朝。然而，这不读书的刘项，在是否能用人、会用人的问题上，又成为楚汉成败的分野。

刘邦一生鄙薄儒生，轻视读书人。据说他曾当着众人解下儒生的帽子往里撒尿。战胜项羽后，更得意忘形，宣称"为天下安用腐儒哉"！事实上，生活的逻辑和实际斗争的需要，使刘邦真正认识到用人的重要。而且刘邦以"能用、会用"为原则，鄙薄"腐儒"，相信人才是用出来的，这是他的过人之处，也是刘邦的一个重要人才观。这个观点集中体现在他的"三不如"和"第一求贤诏"中。

楚汉战争胜利后，刘邦当了皇帝。一天，他在洛阳南宫，大开筵席，遍召群臣入内，一同会饮。酒行数巡，高祖向群臣宣布说："列侯诸将，佐朕得天下。今日一堂宴会，君臣同聚，最好直言问答，不必忌讳。朕却有一问：朕何故得天下？项氏何故致失天下？"有两个人起坐，同时答道："陛下平时待人，未免侮慢，不及项羽宽仁。

但陛下使人攻城略地，每得一城，即作为封赏，能与天下共利，所以人人效命，得有天下。项羽嫉贤忌能，多疑好猜，战胜不赏功，得地不分利，人心懈体，乃失天下。"高祖听了，瞧着是高起和王凌两人，便笑着说："公等知一不知二，据我想来，得失原因，须从用人上立说。试想运筹帷幄，决胜千里，我不如子房（张良）；镇国家，抚百姓，运饷至军，源源不绝，我不如萧何；统百万兵士，战必胜，攻必克，我不如韩信。这三个人系当今豪杰，我能安心任用，故得天下。项羽只有一范增，尚不能用，怪不得为我所灭了！"在这段对话中，刘邦以"三不如"来衬托张良、萧何、韩信"三者皆人杰"，使"吾能用之"的观点更加突出。试想，不是刘邦能用、会用这些人，韩信只能是流浪儿，张良也不过为破落贵族。

君臣对于楚汉战争胜败原因的认识，虽然有程度的不同，但都强调了使用人才的重要性。刘邦当了皇帝之后，对于这一认识和经验的运用更加深化。在汉高帝十一年（前196）二月，刘邦颁布了《下州郡求贤诏》，这是中国历史上第一个君主求贤令。诏书除了宣示人才的重要性，无论是成王业还是霸业，无论是定天下还是安天下，"皆待贤人而成名"。进一步强调了人才的选拔及其才能的发挥，关键在于用人者，否则"士奚由进"的思想。

刘邦晚年曾在一件诏书中，对他用人安天下进行了总结："吾立为天子，帝有天下，十二年于今矣，与天下豪士贤大夫共定天下，同安辑之"。我们可以看到，刘邦所重用的"豪士贤大夫"，原来极大多数来自社会中下层，其中不少人出身寒微。除了破落贵族张良、流浪汉韩信，还有周勃是吹鼓手，樊哙是屠夫，灌婴是布贩子，娄敬是车夫，陈平是游士，黥布是刑徒，郦食其是落魄文人。他们都是刘邦用出来的"布衣将相"。这批布衣将相，在秦汉之际的社会大变革中发挥出自己的才干和智慧，协助刘邦完成了统一中国的大业，又辅佐刘氏安定天下，使残破的社会经济出现新机，从而开创了中国历史上少有的"布衣将相之局"。

现代社会生活越来越证明，人是最能适应环境的动物，在一个好的管理者手下，一般的管理人员可以越干越会干；在一个差的管理者手下，优秀的管理人员也会越来越平庸。人才的选拔及其才能的发挥，关键在于用人者。所谓"伯乐相马"，不过是后来人演绎的天上神话或人间寓言故事，天下没有能把人这种灵长动物分出贤愚的伯乐。要相信人才是用出来的，正所谓用之（举之）如虎，弃之（抑之）如鼠是也。

这还说明一个道理，知人不易，用人更难。重视知人者不乏其人，而善于用人者则为数不多，难能可得。

苏老泉老道戒子

◆一得录

短文《名二子说》，巧妙地借名发挥，对苏轼、苏辙进行为人处事方面的教诲，悉心表达苏老泉对两个儿子的期望、勉励和告诫，希望子女首先要学会生存，然后再寻求发展。

苏老泉老道戒子，比起他自己"二十七，始发愤"，更具有教育意义，更为经典。

最近，《光明日报》国学专栏刊载了"《三字经》修订工程编审委员会"的修订版《三字经》。我想重新修订《三字经》的意义，正如"前言"所言，在于给今天的人们特别是孩子们提供一个既充分保持传统文化的魅力，又能体现出新时代精神的《三字经》文本，让传统文化在更广大的意义上更有效地成为当代思想资源。

修订版保留了"苏老泉，二十七，始发愤，读书籍"的故事。这"苏老泉"就是宋朝人苏洵（1009—1066），字明允，号老泉。他是苏轼和苏辙的父亲，父子皆以文学名世，世称"三苏"，在"唐宋古文八大家"中占三席，可见苏氏父子出类拔萃。

这个苏老泉，他在《上欧阳内翰书》中自曝身世，说自己"少年不学，生二十五（注：不承认二十七），始知读书，从士君子游"，终于大器晚成。他的文学修养继承了孟子、韩愈传统而后形成了自己老道雄健的风格。名篇《辩奸论》一文讥评王介甫，犀利老辣。有《六国论》、《管仲论》、《心术》等传世之作，从中可以看到作者深谙世事，善于雄辩的人才文才。短文《名二子说》，悉心表达苏老泉对两个儿子的期望、勉励和告诫，更能体现作者睿智精明，循循善诱，更具有启发教育意义，现在已被选入普通中学教科书。其文如下：

> 轮辐盖轸，皆有职乎车，而轼独若无所为者。虽然，去轼则吾未见其为
> 完车也。轼乎，吾惧汝之不外饰也。

> 天下之车，莫不由辙，而言车之功者，辙不与焉。虽然，车仆马毙，而
> 患不及辙，是辙者，善处祸福之间也。辙乎，吾知免矣。

短文第一段，为"轼"名说。"轮辐盖轸，皆有职乎车，而轼独若无所为者"。车子的各个部件，轮子、辐条、车盖、轸木（车厢底部的四根横木），它们各有职分，不可或缺，只有车前的轼木没有实际用处。轼是车前的横木，乘车人可将手俯按在上面，有装饰车子的作用。所以，"去轼则吾未见其完车也"。行文几度曲折而后揭出正题："轼乎，吾惧汝之不外饰也"。儿呀，把你取名"轼"，我担心的是你不注意外表的掩饰啊。一个人不知掩饰自己的观点，锋芒毕露，容易招惹是非祸患！

第二段，为"辙"名说。天下之车无不循辙而行，但论到车的功用却没有辙的份。辙无论功之福，也不遭仆毙之祸。"是辙者，善处祸福之间也。辙乎，吾知免矣。"苏老泉看到这个儿子性格冲和淡泊，深沉不露，给他取名"辙"，是说苏辙的性格能免于灾祸，又能勉力向前。

这篇短文很巧妙地借名发挥，对两个儿子进行为人处世方面的教诲。说来真巧，苏轼"不外饰"，旷达不羁，苏辙平和淡泊，含蓄深沉，兄弟二人各自的性格，与其父《名二子说》互相契合。苏老泉为两个儿子分别取名为"轼"、"辙"，观苏轼、苏辙二人生平，苏轼"一肚皮不合时宜"，于党争中不知自保，落得一生坎坷；苏辙才华能力逊于兄，而仕宦生涯远比苏轼顺利。种种情形，竟如苏老泉当初为二子取名所料所寓，真所谓知其子者莫过父母也。

天下明智的父母，总希望子女首先要学会生存，然后再寻求发展。苏老泉老道戒子，比起他自己"二十七，始发愤"，更具有教育意义，更为经典。

我国最早的养老法

◆一得录

　　汉文帝所颁行的"受鬻法"，应该算是中国最早的养老法。
值得一提的是"受鬻法"规定的养老优待对象，不只局
限于城市人群，而是覆盖整个乡民年老者，对今天我们如
何建立健全城乡一体的养老保障体系，更具有启发意义。

　　很长一段时间里，中央人民广播电台中国之声"新闻纵横、纵横新闻"每天插播
广告，都有一条稚嫩清脆的女童音：老吾老及人之老，幼吾幼及人之幼。这句话是两
千多年前孟老夫子讲的，当时可能很口语化，但作为古文言文，从文法上讲，现代人
应该是不怎么好解读的。比如这其中的"老"与"幼"，是名词却又要作动词来用，
在现代汉语里就不多见了。但是这句话可以直接作广告语使用，可见其生命力之强，
影响力之大，社会对养老问题的关注和重视程度之高。

　　老吾老及人之老，是中华民族的传统美德。在一般人看来，过去人所提倡的养老，
不过只是家庭成员的事，最多也只是一种社会风俗和道德传统。只有现代社会，才逐
步建立健全老年人的社会保障制度。其实不然，历代统治者为了安定民生，建立封建
统治秩序，统治者都实行一系列的惠民政策，其中一项重要内容就是尊老礼高年。从
文史资料记载来看，《汉书·文帝纪》中汉文帝所颁行的"受鬻法"，应该算是我国最
早的养老法。

　　"受鬻法"中的"鬻"读作"yù"，古文同粥，通育，在这里是生养的意思。礼
记上说："粥也者养也"。《诗·豳风·鸱鸮》"鬻子之闵斯"，朱熹注："鬻，养；闵，

忧也"。"受鬻法"规定，凡是 80 岁和 90 岁以上的老人，可以从政府那里领取米、肉、酒、帛、絮等生活必需品，还有其他一些优待。

西汉初年，经济萧条，到处是一片混乱现象。汉高祖及其后的文帝、景帝等，吸取秦朝灭亡的教训，减轻农民徭役和劳役等负担，注重发展农业生产，使当时的社会经济得到很大的恢复和发展。文景时期，更是提倡节俭，重视"以德化民"，社会比较安定，经济得到发展，出现了封建社会的"盛世"，史称"文景之治"。

汉文帝实行"与民休养生息"政策，实行了不少惠民措施，其中重要的一条就是尊老礼高年。

还在楚汉战争期间，汉王刘邦就在乡、县两级设置三老。凡乡民年 50 以上，德高望重、能带领百姓做善事者，即可置为三老。三老享受免除徭役的优待，每年十月，还由地方官赐以酒肉。文帝十二年（前 168）又正式规定，根据各地户口数目的多少，按一定比例设置三老常员，使三老的设置进一步制度化。此外，对于一般老人，文帝颁行了"受鬻法"，由地方政府每年给予生活必需品等优待。《汉书》记载了文帝元年的诏令和"受鬻法"的具体内容：

> 老者非帛不暖，非肉不饱。今岁首，不时使人存问长老，又无帛酒肉之赐，将何以佐天下子孙孝养其亲？今闻吏禀当受鬻者或以陈粟，岂称养老之意哉！具为令：有司请令道，年八十以上，赐米人月一石，肉二十斤，酒五斗。其九十以上，又赐帛人二匹，絮三斤。赐物及当禀鬻米者，长吏阅视，丞若尉致。不满九十，啬夫令史致。二千石遣都吏循行，不称者督之。刑者及罪耐以上不用此令。

"受鬻法"非常明确地规定了受养老人的年龄、标准和督促落实的办法，特别指出了政府实行养老的意义和作用，是要引导帮助"子孙孝养其亲"。受鬻对象除了享有生活必须品优待以外，还有其他一些内容。据史书的其他记载，如贾谊谈到："文帝礼高年，九十者一子不事，八十者二算不事。"所谓"一子不事"，就免除九十者老人家中一名男丁的徭役；"二算不事"则免除八十岁老人家中二个人的算赋。贾谊是当时人，想来不会说错。汉朝后来一直沿袭这项制度，汉武帝即位后又特地下诏："民九十以上，已有受鬻法，为复子若孙，令得身帅妻妾遂其供养之事"，进而扩大养老的范围和标准。

"受鬻法"是我国最早的养老法。尽管它是与统治阶级提倡的孝道联系在一起的，而且当时的物质生活和保健条件，八十、九十岁以上的老人不过只是凤毛麟角。但是它毕竟反映了统治者已经注意到老人的特殊保护问题，这对于净化社会风俗，促进家庭和家庭成员间的和睦，安定社会秩序都有着积极的意义和作用。值得一提的是"受鬻法"规定的养老优待对象，不只局限于城市人群，而是覆盖整个乡民年老者，对今天我们如何建立健全城乡一体的养老保障体系，更具有启发意义。尤其是当今我国农村养老的问题十分突出，任务十分艰巨。什么时候能够真正实现如中央人民广播电台"老吾老及人之老"的养老广告动员，让许多人期盼等待着，也让许多人忧虑担心着。

要把"老三篇"作为"公德经"来学

◆一得录

　　一个国家最忌讳的是由一种贫困跳到另一种贫困。中国千万不要在摆脱物质贫困之后，又跳入思想贫困的困境。

　　物质贫困表现为缺吃少穿。思想贫困主要是缺德，更具体讲是缺社会公德。

　　"老三篇"提倡的精神，是社会主义公德的核心内容所在，在当年的延安和新中国建设初期，都曾经成为举国上下的行动指南，发挥过无比巨大的威力。

　　我们要把"老三篇"作为"公德经"来读，就是要用"老三篇"的思想来指导我们怎样做人，怎样做事。

　　最近一个时期来，我注意到负责任的思想理论工作者们，在关注中国问题时，几乎共同表达出这样一种隐忧：中国从政治挂帅到以经济为中心已经走了一段日子，现时应思考生活的素质，除金钱及物质的享受，还需要什么？一个国家最忌讳的是由一种贫困跳到另一种贫困中。中国千万不要在摆脱物质贫困之后，又跳入思想贫困的困境。

　　这种隐忧绝不是杞人忧天。我们可以进一步想想，物质贫困，表现为缺吃少穿。思想贫困主要又是缺什么？我断言是缺德，更具体讲是缺社会公德。

　　梁任公很早写过《论公德》，文章开宗明义说："我国民所缺者，公德其一端也。公德者何？人群之所以为群，国家之所以为国，赖此德焉以成立者也。"他把道德分为公私之德。"人人独善其身者谓之私德，人人相善其群者谓之公德，两者皆人生所不可缺之具也。"尽管中国道德很发达，但"偏于私德，而公德殆阙如"。这是非常有见地和借鉴意义的。

当前的社会秩序更多表现为"功利化的社会秩序"，社会道德不立尤为突出。开出拯救的疗方，是弘扬社会公德，倡导文明新风。窃以为：私德，更多地需要继承发扬传统思想道德文化。孔曰成仁，孟曰取义，老子作上下篇合称《道德经》，这道、德、仁、义、礼、智、信，可以使人们不失规范。公德，就是公共道德、公民道德。我们提倡的社会主义公德，它作为人类最先进的伦理道德体系，孕育着共产主义道德理想。近年来，我们党又提出了公民道德规范、原则和社会主义荣辱观，使社会主义公德系统更加完善。我认为当年全国人们提倡和学习的"老三篇"，集中体现了社会主义公德系统的核心内容。今天我们弘扬社会主义公德，就要弘扬"老三篇"所提倡的精神，要把"老三篇"作为"公德经"来学。

"老三篇"就是毛主席的三篇短文，即《为人民服务》、《纪念白求恩》、《愚公移山》。

《为人民服务》，是 1944 年 9 月 8 日毛主席在中共中央警备团追悼张思德的会上的演讲。八路军战士张思德同志因炭窑崩塌而牺牲了。在他的追悼会上，毛主席发表了这篇著名的演讲。在演讲中，毛主席对我们党、我们军队的宗旨和前进的方向作了高度的概括："我们的共产党和共产党所领导的八路军、新四军，是革命的队伍。我们这个队伍完全是为着解放人民的，是彻底地为人民的利益工作的。"从此，被毛主席精辟总结为"全心全意为人民服务"的这九个字，就成为了我们党、我们军队永远的前进目标和宗旨。

《纪念白求恩》这篇文章，是毛主席为纪念因支援中国人民抗日战争而牺牲的加拿大共产党员白求恩大夫而作的。毛主席在这篇文章里高度赞扬了白求恩大夫的"毫不利己专门利人的精神"，指出这种精神"表现在他对工作的极端的负责任，对同志对人民的极端的热忱。"并号召每个共产党员都要学习他："学习他毫无自私自利之心的精神。从这点出发，就可以变为有利于人民的人。一个人能力有大小，但只要有这点精神，就是一个高尚的人，一个纯粹的人，一个有道德的人，一个脱离了低级趣味的人，一个有益于人民的人。"毛主席的话，后来被很多的共产党员和人民群众广为传颂，人们都把做"五种人"，当成了自己的座右铭。

　　《愚公移山》，是毛主席在中共七大闭幕大会上发表的讲话。在讲话中，毛主席意味深长地讲了一个寓言：说是一个叫做愚公的人，为了把挡在家门前的两座大山挖掉，持之以恒地每天挖山不止，最终感动了上帝，帮助他把两座大山背走了。然后，毛主席说："现在也有两座压在中国人民头上的大山，一座叫做帝国主义，一座叫做封建主义。中国共产党早就下了决心，要挖掉这两座山。我们一定要坚持下去，一定要不断地工作，我们也会感动上帝的。这个上帝不是别人，就是全中国的人民大众。全国人民大众一齐起来和我们一道挖这两座山，有什么挖不平呢？"后来的事实证明了毛主席的论断英明，我们共产党人在人民群众的坚决拥护和支持下，最终挖掉了这两座大山，取得了胜利，建立了人民当家作主的中华人民共和国。尤其是文章中那具有排山倒海修辞、战无不胜意志的"下定决心，不怕牺牲，排除万难，去争取胜利"的伟大号召，更鼓舞全国人民自力更生、艰苦奋斗建设新中国，开创了社会主义新纪元。

　　毛主席在"老三篇"中提倡了三种精神，一种是以八路军战士张思德为代表的"为人民服务"的无私奉献精神；一种是以抗战期间加拿大援华大夫白求恩为代表的"毫不利己，专门利人"的国际主义精神；一种是以古代寓言愚公移山的故事为象征的自力更生、艰苦奋斗、一往无前的奋斗精神。这三种精神，在当年的延安和新中国建设初期，都曾经成为举国上下的行动指南，发挥过无比巨大的威力。

　　《为人民服务》、《纪念白求恩》、《愚公移山》提倡的精神，是我们共产党人世界观、人生观、价值观、宗旨观、道德观的集中体现，是社会主义公德的核心内容所在。我们要把"老三篇"不朽文章当作"公德经"来读，就是要用"老三篇"的思想来指导我们怎样做人，怎样做事。

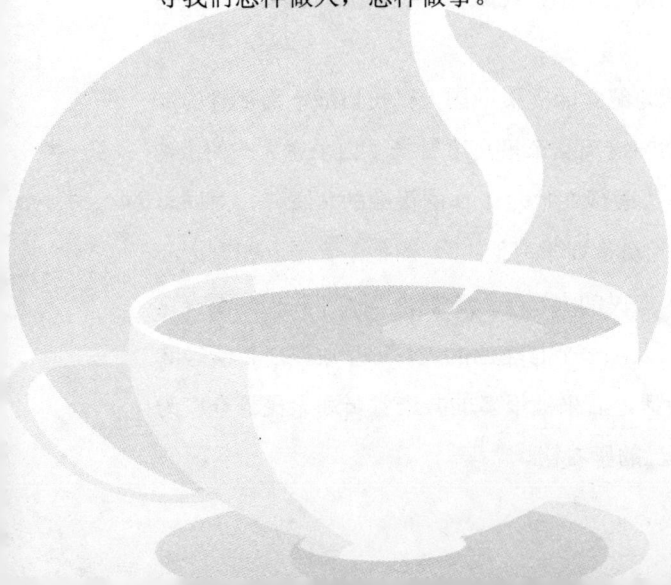

我所推奉的十大社会公德名言

◆一得录

本人推奉十大社会公德名言，倡导世人共勉。

为人民服务。毫不利己，专门利人。下定决心，不怕牺牲，排除万难，去争取胜利。己所不欲，勿施于人。言必信，行必果。生于忧患，死于安乐。先天下之忧而忧，后天下之乐而乐。天下兴亡、匹夫有责。有容乃大、无欲则刚。礼貌比法律更强有力。

梁任公曾写有一篇专门《论公德》的文章，开宗明义指出："我国民所缺者，公德其一端也"。表现为"我国民中无一人视国事如己事者，皆公德之大义未有发以故也"。

梁先生进而分析什么是公德，公德的本质意义是什么。他说："道德之本体一而已，但发表于外，则公私之名立焉。人人独善其身者谓之私德，人人相善其群者谓之公德，两者皆人生所不可缺乏之具也。无私德则不能立，合无量数卑污虚伪残忍愚懦之人，无以为国也；无公德则不能团，虽有无量数束身自好，廉谨良愿之人，仍无以为国也。"由此可见，任公倡导公德的本质意义亦即"公德之大目的，既在利群"，应该表现出"视国事如己事"，至今自然不失重大意义和现实需要。

读任公《论公德》文，以"利群"二字为纲，一以贯之，本人推奉十大社会公德名言，倡导世人共勉。

为人民服务——这是毛泽东主席 1944 年 9 月 8 日在中共中央警备团追悼因炭窑崩塌而牺牲的普通八路军战士张思德同志的会上演讲中提出的，是适应时代要求而产生的一种新的道德思想，因其成为一种时尚风气而广为传播，后来成为中国共产党宗旨的高度概括，至今被中共各级党政机关及其工作人员作为"座右铭"和行为准则加以使用，并成为社会主义道德建设的核心内容，成为世界上"毛主义"信条的五个大字。

毫不利己，专门利人——1939年12月21日，毛主席为纪念因支援中国人民的抗日战争而牺牲的加拿大共产党员白求恩大夫，写了《纪念白求恩》一文。毛主席在文章里高度赞扬了白求恩大夫的"毫不利己专门利人的精神"，指出这种精神"表现在他对工作的极端的负责任，对同志对人民极端的热忱"。并号召每个共产党员都要学习他："学习他毫无自私自利之心的精神。从这点出发，就可以变为有利于人民的人。一个人能力有大小，但只要有这点精神，就是一个高尚的人，一个纯粹的人，一个有道德的人，一个脱离了低级趣味的人，一个有益于人民的人。"毛主席的话，后来被众多的共产党员和人民群众广为传颂，人们都把做"五种人"，当成为自己的"座右铭"，追求这样一种人生境界和道德标准。

下定决心，不怕牺牲，排除万难，去争取胜利——这是毛泽东同志从中国一则古老的寓言故事——愚公移山中概括提炼的一种社会公德精神。这种一往无前的精神，具有排山倒海的意志，战无不胜的力量，曾经鼓舞和推动全中国人民建立和建设起一个新中国。它的核心价值是自力更生，艰苦奋斗，是中华民族精神和中国人民伟大意志和力量的集中体现。

己所不欲，勿施于人——意思是自己不想做的事，不要强加给别人。它是孔老夫子的经典妙语之一，也是儒家思想的精华。它揭示了处理人际关系的重要原则，用自己的心，推及别人，除了关注自己的存在以外，更关注他人的存在，应该宽恕待人，切勿以个人利益为中心，将自己不想做的事，强加给别人。它是中华民族根深蒂固的信条。在联合国大厦礼品展厅，美国赠的一幅画图上面用英文写的一句话，翻译过来正好是"己所不欲，勿施于人"。

言必信，行必果——语出《论语·子路》，指说话一定要守信用，做事一定要坚决果断。是诚实守信、仁德的象征。一个人应该是信誉高于一切，重于一切。守住信用，就是守住人品。当今社会，更应该提倡以极其负责的态度对待别人，以极其严格的要求对待自己。

生于忧患，死于安乐——孟子此语的本意说的是造就人才与治理国家的问题。人才的培养中，逆境的作用不可小视。国家的治理中，如果没有执法严格、直言敢谏的臣子和邻国的侵扰，国家就会在安逸享乐中灭亡。每个人也是如此。忧虑和祸患能激发人的勇气，并与之抗争，因而能够生存发展；沉迷于安逸和享乐，反而丧失信念，松懈斗志，而招致灭亡。宋人陆九渊解释得好："然君子每因是以自省察，故缺失由是而知，德业由是而进。屯难因顿者，乃所以成君子之美也，故曰生于忧患而死于安乐。"正所谓"忧劳兴国，逸豫亡身"是也。

先天下之忧而忧，后天下之乐而乐——刘向《说苑·谈丛》说："先忧事者后乐。先傲事者后忧"。戴德《大戴礼记·首子立事》说："先忧事者后乐事，先乐事者后忧事。昔者天子日且思其四海之内，战战惟恐不能乂（乂：yì，治理，安定）"。他们讲的都是吃苦与享乐的关系，告诉人们"先忧后乐"的道理。唯范仲淹在他的《岳阳楼记》中提出"先天下之忧而忧，后天下之乐而乐"，超出了许多境界，达到了胸怀天下、忧国忧民的高度，让天下志士仁人具有"先忧后乐"的情怀、"匹夫有责"的抱负、"富贵不淫"的正气、"自强不息"的精神！

天下兴亡，匹夫有责——这句名言，无论是出自顾炎武，还是成型于梁启超，它所体现的爱国主义精神，鼓舞人民爱国热情，都是空前绝后的。每一个公民都应该关心国家大事，承担相应的责任，并且努力去实行，这是难能可贵的。最怕置身于外，做旁观者的人多了，这个民族，这个国家就没有希望。如梁任公所言："人生于天地之间，各有责任。知责任者，大丈夫之始也；行责任者，大丈夫之终也。"现在最需要的不仅是知责任，同时能够行责任。

有容乃大，无欲则刚——这是林则徐的自勉联。完整的是：海纳百川，有容乃大；壁立千仞，无欲则刚。有说是左宗棠贬谪新疆，路过林家，林赠左此联以示宽慰。而今依然一则可以欣赏其宣扬的宽容和大气，一则可以激励自己能排除私欲，一心为公。大海的宽广可以容纳众多河流，人的心胸宽广可以包容一切；千仞峭壁之所以能稳然屹立，是因为它没有世俗的欲望，人只有做到这一点，才能达到大义凛然（刚）的境界。为人处世的原则应该如此，中华传统美德修养应该如此。

礼貌比法律更强有力——这句话一般认为是外来语。有说是德国的成语格言。有说是英格兰的散文家和历史学家托马斯·卡莱尔的名言。有人合起来说：有两种和平强大的力量，那就是礼貌和法律。我的理解，仍然把礼貌说在前，因为在很大程度上，法律依赖于礼貌而存在。如果我们大家对别人都尊重和体贴，便不需要法律来规范、约束行为。一般来说，缺德即缺礼貌。培养社会公德，应该从培养公民懂礼貌、讲礼貌开始。

周公孔子树楷模

◆一得录

> 　　人们常把那些有高风亮节，能起表率作用的人，赞誉为"楷模"，以昭示人们师承他，向他们学习，从而树立社会公德正气。
>
> 　　把生长在孔子和周公墓旁的楷树和模树，合起来称为"楷模"，正好向世人昭示，周公和孔子的忠孝仁德，为万世之师表，应世代相传承。

　　汉语工具书在解释"楷"与"模"二字及"楷模"一词时，都有"法式、典范、榜样"的注脚，严肃得让人肃然起敬。因为人们常把那些有高风亮节，能起表率作用的人，赞誉为"楷模"，以昭示人们师承他，向他们学习，从而树立社会公德正气。

　　《礼·儒行》说："今世行之，后世以为楷。"《晋书·齐王攸传》载："清和平允，亲贤好施……善尺牍，为世人所楷。"《说文》解模，法也。段注：以木曰模，以金曰镕，以土曰型，以竹曰范，皆法也。《后汉书·卢植传》记："故此中郎将卢植，名著海内，学为儒宗，士之楷模，乃国之桢干也。"那么这"楷模"最早如何形成，旌表的又是谁呢？

　　观"楷模"二字，都带"木"字偏旁。原来这"楷"和"模"是两种树的名称。楷树和模树，最早分别生长在孔子和周公二位先哲的墓冢旁。何以见得？有以下材料佐证。

　　《说文》解"楷"：木也。孔子冢盖树之者。说"楷"（此读 jié）是生长在孔子坟墓旁的一种树木。清人学者所著《广群芳谱·木谱》和《酉阳杂俎续集》中对这两种树木都有具体的记述：楷树又名黄连树，果实椭圆红色，木材可做器物。相传这种树最早生长在孔子的墓旁，树干挺拔，枝繁叶茂，巍然屹立，如云华盖，实为众树之榜样。模树，树叶随时令节候变化而变化，春天青翠碧绿，夏日赤红似血，秋季洁白如玉，冬来色似墨黑。因其四季色泽纯正，"不染尘俗"，堪称诸树之典范。传说这模树最早生长在周公的墓旁。

　　周公和孔子是千古留名的先智先哲，忠孝仁义的最高代表。把生长在孔子、周公墓旁的楷树与模树，合起来称为"楷模"，正好向世人昭示，周公和孔子的忠孝仁德，为万世之师表，应世代相传承。以树喻人，后来就一直把那些品德高贵、可为师表的模范榜样人物称之为楷模。

"烹小鲜"中的大道理

水能告诉你是对还是错

◆一得录

> "我学会用小小脑子去思索一切，全亏得是水；我对于宇宙认识得深一点，也亏得是水。"从汤汤流水上，我明白了多少人事，学会了多少知识，见到了多少世界。
>
> 水之中有历史，有政治，有哲学，有美学……水能告诉你，是对还是错。

水，化学分子式为 H_2O，即两个氢原子和一个氧原子结合而成的最简单的化合物，无色、无臭、无味的液体。这是现代自然科学给水的定义，既"简单"而又"三无"。然而从人与水的关系来看，它却显得无比的丰富而又复杂起来。就连从湘西凤凰大山沟里走出来的一代文史大师沈从文先生，还专门作过《我的写作与水的关系》的论著。他不无发现地说："我学会用小小脑子去思索一切，全亏得是水；我对宇宙认识得深一点，也亏得是水。""从汤汤流水上，我明白了多少人事，学会了多少知识，见到了多少世界。"细心品味，奥妙颇多。水之中有历史，有政治，有哲学，有美学……水能告诉你，是对还是错。

人类的历史，从一定意义上讲是一部关乎水的历史。世界上许多地方都有洪水危害人类生存的传说，其结果或是洪水毁灭人类，或是借助"神"的力量战胜洪灾。与之相反，中国的历史传说却是人类战胜洪水，赢得社会安定和发展的豪迈史。"九州"（中国的代称）因治水而得；"汉族"、"汉字"缘水名而名。

伏羲氏的妹妹女娲，面对天崩地裂肆虐的洪水，"炼五色石以补苍天"，"积芦灰以止淫水"。炎帝的女儿被洪水淹死后化作"精卫鸟"，矢志治水。她"常衔西山之木石以埋东海"。这些神话传说，充分反映了我国远古人们征服与改造自然的愿望和毅力。

我国有文字记载的历史，第一页就是大禹治水的故事。传说"当尧之时，洪水滔天，浩浩怀山襄陵，下民其忧"。原来禹的父亲鲧曾经负责治水，历经九年，毫无功绩，被舜流放羽山处死。禹"伤先人父鲧功不成受诛"，继承父亲事业继续治水。据史书记载，大禹新婚三天便离开家，"劳身焦思，居外十三年，过家门不敢入"。在这漫长的十三年中，他不辞辛苦，亲临治水现场，走遍了中国大地。从冀州（大约今河北、山西两省）开始，相继到了济河与黄河一带的兖州，横跨渤海向东至泰山的青州，东起大海南至淮河北到泰山的徐州，北至淮河至大海的扬州，从荆山到衡山南面的荆州，从荆山到黄河的豫州，从华北以南西至黑水的梁州，从黑水到西河的雍州。大禹每到一处，考察山川地形，制定治水方案，研究土壤物产，帮助发展生产，"疏川导滞"，"身执耒臿以为民先"，以至于"股无完肤，胫不长毛"，最终平服了洪水。史称"唯禹之功为大，披九山，通九沟，决九河，定九州……"于是，中国古代的行政区划由"茫茫禹迹，画为九州"。后来"九州"成了中国的代称，大禹成为中华民族治水的象征，中国人世世代代都是大禹的传人。

秦末，楚汉相争。公元前206年，刘邦率军入武关（在今陕西丹凤县），越秦岭，进关中，到咸阳，秦王子婴投降。刘邦约法三章，秋毫无犯，还军灞上（西安东郊），等候项羽发落。项羽入咸阳，杀子婴，烧阿房宫，秦朝灭亡。项羽自称西楚霸王，封十八王分统全国。刘邦被封在陕南称汉王，建都南郊（今汉中市），因这里地处汉中平原，有汉水穿过，故称汉王。后来刘邦统一了中国，建都长安。以水系命的刘邦，他从泗水亭长被拥戴为沛公，居汉水而封为汉王，当了皇帝后，国号便称汉（朝），此后把华夏民族称为汉族，把中国的方块字称为汉字。可见汉王、汉朝和汉族、汉字，都因汉水而得名。水之中的历史源远流长。

水之中有政治。古往今来，为政之要全在于把握好刚柔、宽猛之间的度。这些治道往往都蕴涵在水之中。成语"水懦民玩"，就是典型一例。"懦"即"懦弱"。"水懦民玩"比喻为政过宽，则民容易玩忽法令，以致犯罪。这里有个典故，见自《左传·昭公二十年》："郑子产有疾，谓子大叔曰：'我死，子必为政。唯有德者能以宽顺服民，其次莫如猛。夫火烈，民望而畏之，故鲜死焉。水懦弱，民狎而玩之，则多死焉。故宽难'。病数月卒。大叔为政，不忍猛而宽。郑国多盗，取人于萑苻之泽。大叔悔之，曰：'吾早从夫子，不及此'！兴徒兵以攻萑苻之盗，尽杀之，盗少止"。孔子知道了这件事评价说："善哉！政宽则民慢，慢则纠之以猛。猛则民残，残则施之以宽。宽以济猛，猛以济宽，政是以和。"

秦始皇以"水德"治天下，他把"水"的政治发挥到了极致，最终是"水德亡秦"。

以邹衍为代表的先秦阴阳家，创立了五行终始说，认为水火金木土相生相克。同自然界一样，人类社会历史也是受着水火金木土五种势力支配的，"五德各以所胜为行"，"虞土、夏木、殷金、周火"。秦始皇采用五行终始说，以为周得火德，秦应该称为水德，水能胜火，所以秦可以代周。于是他把黄河更名为德水，作为水德之始，将三皇的皇字，五帝的帝字，合成一个名词叫皇帝，自称始皇帝。五行终始，"水气胜，故尚其黑，其事则水"。秦衣服旄旌节帜，概令尚黑，取象水色。改名百姓为黔首。又水主北方，终数为六，所以秦用六为纪数，六寸为符，六尺为步，冠制六寸，舆制六尺。同时又因为水德为阴，阴道主杀，所以秦严刑峻法，秦人偶语或三人以上同聚饮，皆罹法网。生杀予夺，惟"朕"所。赭衣满道，黑狱冤丛，秦始皇以为这样可以长治久安，他这个始皇帝可以二世、三世乃至于万世，传之无穷。然而楚人一炬，化为焦土，暴政猛于虎的秦朝才至二世，便告灭亡。从"水懦民玩"和"水德亡秦"之中，可以悟出更多的水的道理、水之中的政治。

水之中的哲学是水之中的政治的更深层次的思考和发现。水字小篆"水"，中画像其阳，边画像其阴。前面讲的"水懦民玩"和"水德亡秦"，都因为突出了水性的一方面，而忽视了另一方面，结果必然是宽严皆误。《说文》解释："水，准也；准，平也，天下莫平于水。"如某君宣讲"法"时说，"法"字三点水加个"去"，水者平也，表示"法"就像水一般公平，世上一切不平的事，在"法"的面前都将"去你妈的"。这是朴素的关于水的哲学，是大众之哲学或哲学大众化的。

水之中的哲学最具警示意义的是"至清至察"说。《大戴礼·子张问入官篇》上说："水至清则无鱼，人至察则无徒。"意思是水太清了鱼儿就无法生存，要求别人太严了就没有伙伴。为人居官，都要学这中间的道理。只有郑板桥从中悟出"难得糊涂"，让后来多数人读不懂。他是大智若愚，何曾糊涂！否则不可能"衙斋卧听萧萧竹，疑是民间疾苦声，些小吾曹州县吏，一枝一叶总关情"，如此"至清至察"。唐太宗也是如此，他曾说过："流水清浊，在其源也。君者政源，人庶犹水，君自为诈，欲臣下行直。是欲源浊而望水清，理不可得"。他居安思危，把握着"至清至察"的道理。

水之中的哲学影响尤为深远的是"载舟覆舟"论。《荀子·王制》上说："马骇舆，则君子不安舆；庶人骇政，则君子不安位。马骇舆，则莫若静之；庶人骇政，则莫若惠之。选贤良，举笃敬，兴孝悌，收孤寡，助贫穷，如是，则庶人安政矣。庶人安政，然后君子安位。传曰：'君者，舟也，庶人者，水也。水则载舟，水则覆舟'，此之谓也。"文中把水比作人民，把舟比作君主，水能使船安稳航行，也能使船沉没。人民可以拥戴君主，也可以推翻君主。历来统治者，都不敢忽视或忘记这个道理。由此可见，水之中的哲学给人的警示是深刻的，也是永远的。

水之中有美学。常言说，山美水美人更美，殊不知山以水为美，人以水为美。雾里看花，柔情似水，姑娘水灵灵的，女人是水做的……究竟水有多美？美在水中央。

杜甫的"好雨知时节，当春乃发生，随风潜入夜，润物细无声"，是人生的温存美；

李白的"飞流直下三千尺，疑是银河落九天"，是勇士的悲壮美；

王勃的"落霞与孤鹜齐飞，秋水共长天一色"，是生命的和谐美；

水是地之血气，如筋脉之流通。水还告诉你，人人都生活在下游，保护水环境应该从我做起，才会使中华大地世世代代美。

"二误"批注言犹在耳

◆一得录

> 毛主席对陈胜、吴广有"二误"的批注，凝聚着深远的历史经验，富有极其重要的现实意义。
>
> 功成忘本，脱离群众；任人不当，偏听偏信，此乃失败的根本原因，又是腐败的渊薮。今君虽终，言犹在耳！

手头有一套《毛泽东读批〈二十四史〉》，上中下厚重重的三大卷，书中毛主席读批的那些圈圈点点，或一两个字，或一段话，引人入胜，启发思想，教益深远。

毛主席是一位历史知识渊博的政治家。他读史批注得最多的是历史人物。如贾谊的《治安策》一文是"西汉一代最好的政论"，赵充国"很能坚持真理"，傅说、吕望"比马周才德，迥乎远矣"，对曹操不能"欲加之罪，何患无辞"，王勃诗文"反映当时封建盛世时的社会动态，很可以读"，姚崇的"十条政治纲领，古今少见"，等等。这些批注，对历史人物的成败得失、是非功过、德才文武多所议论，别具慧眼，读起来饶有风趣，并能从立场、观点和思想方法等多方面给人以深刻的启迪。

陈胜、吴广有"二误"，这是毛主席在读《史记·陈涉世家》时的批注。

《史记》中记载，当陈胜起义前还是一个雇农时，有一次他对伙伴们说："苟富贵，无相忘"。及至陈胜起义为王，旧时伙伴找来，开始时，陈胜未食前言，接待了他，这个人还得以经常出入宫廷，也常常无顾忌地谈及陈胜为雇农时的贫困往事。于是，有人对陈胜说："你的客人愚昧无知，所谈的事影响你的威望"。陈胜听信了这些话，把旧时的伙伴杀了。从此老朋友们都躲得远远的，没有谁敢再亲近他。在这一段记载的天头上，毛主席批注了两个大字："一误"。

《史记》中又说，陈胜任用朱房为掌管人事的官员，任用胡武为纠察过失的官员。这两个人作威作福，对在外作战的将领，凡不顺从他们命令的，随意治罪；对他们不喜欢的人，不送司法部门审理，擅自处罚。由于陈胜信任这样的人，众将领因此都不愿意再追随他、为他效力。《史记》指出："此其所以败也"。在这一段记载的天头上，毛主席又批注了两个大字："二误"。

毛主席在《史记·陈涉世家》中，用红、黑两种颜色的笔迹，作过不少圈画，说明这篇传记是他多次读过的。传记中说："吴广素爱人，士卒多为用者"。陈胜、吴广起义时说："王侯将相宁有种乎？"以及"陈涉虽死，其所置遣侯王将相竟亡秦，由涉首事也"等处，毛主席都在句旁划有着重线，说明毛主席对陈涉、吴广团结群众顽强战斗的作风、蔑视封建统治的叛逆精神和起义在历史上的作用，都是十分重视的。正因为此，毛主席曾盛赞："中国历史上的农民起义和农民战争的规模之大，是世界历史上所仅见的。在中国封建社会里，只有这种农民的阶级斗争、农民的起义和农民的战争，才是历史发展的真正动力"（《中国革命和中国共产党》）。

毛主席研究历代农民起义，尤其重视陈胜、吴广，为的是从中汲取中国革命有益的经验教训。他所批注的"二误"，揭示了陈胜、吴广起义失败的根本原因。一误是功成忘本，脱离了本阶级的群众；二误是用人不当，偏听偏信，脱离了患难与共的干部。其结果是众叛亲离，本来在军事上占有很大优势，望风披靡，锐不可当，天下归心，但其政权却仅仅维持了六个月便短命地夭折了。毛主席指出这"二误"的经验教训，于古于今，都有极为深刻的意义，他和老一辈无产阶级革命家对此无不十分重视。

最近一段时间，我们都在收看电视文献片《毛泽东遗物的故事》。这位农民的儿子，他一生不忘在生活上和思想上与工农群众保持血肉联系，不忘艰苦朴素的革命传统。战争年代自不去说，新中国成立后，物质生活已有好转，但他九年不做一件新衣服，线袜补了又补。他粗茶淡饭，最好的营养菜不过是一碗红烧肉。三年自然灾害困难时期，他为农民吃糠窝头而流泪，自己七个月不吃一口肉，腿都浮肿了，坚持和人民同甘共苦。他对和他共患难的老同学、老同事、老朋友、警卫人员、服务人员等，凡是生活有困难的，都深切关怀，常常是从自己的工资和稿费中，慷慨解囊相助，或在政策允许的范围内，请当地政府尽量帮助解决。他以自己的身教言传谆谆告诫全党："务必使同志们继续地保持谦虚、谨慎、不骄、不躁的作风；务必使同志们继续地保持艰苦奋斗的作风。"
（《在中国共产党第七届中央委员会第二次全体会议上的报告》）

毛主席对陈胜、吴广有"二误"的批注，凝聚着深远的历史经验，富有极其重大的现实意义，值得人们永远铭记。

功成忘本，脱离群众；任人不当，偏听偏信，此乃失败的根本原因，又是腐败的渊薮。今君虽终，言犹在耳！

澳大利亚苍蝇的启示

◆一得录

> 澳大利亚人把苍蝇赖以生存的藏污纳垢之处统统清除殆尽，改而换之的是举国遍地的绿草鲜花。苍蝇为了适应新的环境继续活下去，找到了新的食物——植物浆汁，便忘记了它们吃食腐臭食物的传统，变成为蜜蜂般可爱的小天使……
>
> 丑陋可以变化为美丽，肮脏可以转化为洁净，低贱可以升化为高贵。
>
> 人可以改造环境，环境可以改造人。

2008 年去了趟澳大利亚和新西兰，是随市里农业考察团去的，理所当然有更多的机会逛牧场，看牛羊，因为去的是骑在牛羊背上的国家。

导游是一个黑头发黄皮肤的中年汉子，是上海人。每到一个地方，团里人称赞最多的是那里的环境，从城市到乡村，从山谷到河畔，满园皆是云朵般的鲜花和地毯一样的绿草。就连那一望无际的牧场、乌黑的柏油马路蜿蜒在绿草间，路边也见不到泥土。

牧羊犬赶来一群奶牛走向挤奶房。它们排着长长的队伍，一一上前，先后通过吸奶器放松胀大的乳房再回到草场。照说这地方是腥膻最重的地方，也是蝇蚊最喜欢的地方。没想到，导游却这样告诉我们：澳大利亚的苍蝇都是干净的，不带细菌，不传染疾病。说得好听，听得不快。团里的人尤其是我逆反顿生，以为这位同胞真个是崇澳媚澳到极点了。

就是这么一件很小的事情，逆反归逆反，没有必要去反驳别人，甚至作不必要的争论，但却让人难以释怀。

　　大家都知道，苍蝇是一种昆虫，种类很多。通常说的是家蝇，头部有一对复眼，幼虫叫蛆。苍蝇共同的特点是追腐逐臭，身带细菌，能传染霍乱、伤寒等疾病。讲卫生，除四害苍蝇居首。澳大利亚人真的喜欢苍蝇，并以苍蝇为荣吗？

　　对这一点在后来的连续发现中，得到了证实。澳大利亚纸币有一种 50 元面值的，上面印的图案是苍蝇，可见澳大利亚人不讨厌苍蝇，更不去消灭苍蝇，而是喜欢苍蝇，青睐苍蝇。最近读到在中国发行量很大的一份小报上刊登的消息，说是澳大利亚的苍蝇不与肮脏为伍，不与细菌为伴。它们也曾生活在污秽的地方，勤劳的澳大利亚人把苍蝇赖以生存的藏污纳垢之处统统清除殆尽，改而换之的是举国遍地的绿草鲜花。世代生活在肮脏环境中的苍蝇，失去了它们原来的家园。苍蝇为了适应新的环境继续活下去，不得不改变饮食习惯，找到了新的食物——植物浆汁。这样一来，生活在澳大利亚的苍蝇，便忘记了它们吃食腐臭食物的传统，它们的饮食习惯如同高尚的蜜蜂一般，采集花蜜。同时，苍蝇也承担起蜜蜂的职责，为庄稼和树木传花授粉。原来这苍蝇是经过改造了的，澳大利亚改造了苍蝇。

　　澳大利亚苍蝇被改造后，从被人厌恶的泥沼中奋力爬出来，摇身一变成为蜜蜂般可爱的小天使，受到人们的青睐和尊重，可见丑陋可以变化为美丽，肮脏可以转化为洁净，低贱可以升华为高贵。人可以改造环境，环境可以改造人。如今谁不希望有个生存生活的好环境，譬如创建卫生城市、文明城市，当在追求的情理之中。至于如何清理整顿，取缔摊贩等等，我们可以多接受一点澳大利亚苍蝇的启示。

读书人谋生的第一选择

◆一得录

中国古代选拔人才的方法叫"取士"。怎样取士呢？说是从十个青年中选一个优秀的出来叫做"士"。"士"就是十之一。这"士"经过培训，学习礼法、政策、法规，再出来为人群服务，叫做"入仕"。这时的"士"加上了"亻"成为"仕"，就是所谓的"学而优则仕"。

自古以来读书人，都争着走这条路，把入仕作为谋生的第一选择，进而体现读书人的价值。而今的大学生们朝这方面进取，争考公务员，我们不应该诟病，应该多给予理解和支持。

到了知天命之年了，还在幻想自己这一辈子或应该或能够做点什么。其实，生活的结论早已告诉每个人：来到这个世界上，第一要务是谋生。因为谋生，而需要学习，需要历炼，需要进取，需要有所作为等等。

记得为了谋生，曾经历过很苦的日子。那个年代，高中完成学业后，大学已经不再考录了，要等到三年以后有机会推荐去当工农兵学员，或叫社来社去，或者干脆叫哪里来哪里去。城里人下放到农村当知识青年，农村的回农村做回乡青年。农村是一个广阔的天地，自古说军出于民，民出于土。土内生万物，只要有一双能劳动的手脚，每个人都可以自食其力。但因为成了读书人，自然就产生了不甘心面朝黄土背朝天的谋生方式，时代又把城乡阻隔了，让你有能力想跨越也没有机会，回想那段苦恼人生，真让人难以释怀。

现在不同了，各行各业的门都敞开着，选择谋生方式的机会也多了。可是一个时代有一个时代的特点，那时候乡乡办高中，大学生凤毛麟角，如今的大学生比当年的高中生还多得多。当年高中生只要有机会上大学（包括上中专），就得到了谋生的铁饭碗。而今大学毕业面临就业的困难越来越大，大学生开屠卖猪肉的、当保姆的、做清洁工的……都被作为创业的典型来宣传提倡。将心比心，这样的典型引导让大学生们作如何感想，能心甘情愿接受吗？劳动总是光荣的，劳动创造财富，可是花那么多成本来培养更多的这样一类具有大学以上文化的劳动者，他们未必会种地。社会上传说，广州人门路宽，会发财，甚至鄙夷公务员职业，说是教育小孩要是不好好读书，今后就只有让你去当公务员。真的是这样吗？广州人做什么都比公务员职业强，须知那个开屠卖肉的典型，就产生在珠三角地区，难道那位大学生和培养那位大学生的父母真的瞧不上公务员，而热爱当屠夫吗！

事实上，这些年大学生就业，最热门的是公务员。如今公务员逢进必考，逢考必挤破门。对这种现象，产生了许多褒贬。有一位做过高级公务员而今还当着全国人大代表的（这里必须隐去其姓名）竟然认为："六百万大学生（2008 年高校毕业人数），都考公务员，都吃财政饭，不创造生产力，这意味着社会倒退"。说这样的话，觉得有点饱人不知饿人饥。倒是大学生们的感受实在值得同情。他们许多人参加公务员考试做无用功，陪冠军赛跑，自嘲为"国考炮灰"，公务员考试的分母。这个分母有多大呢？一千二百二十一分之一。2009 年公务员国考，104 万人参考，能拿到"金饭碗"的仅 13566人，淘汰率为 98.7%。大家都知道中国古代选拔人才的方法叫"取士"，怎样取士呢？或许是后来人望文生义，说是从十个青年中选一个优秀的出来叫做"士"。"士"就是十之一。这"士"经过培训，学习礼法、政策、法规，再出来为人群服务，叫做"入仕"。这时的"士"加上了"亻"成为"仕"，这就是所谓的"学而优则仕"。《千字文》启蒙教人要争取"学优登仕、摄职问政"，看来古代选拔人的路径和现在路径差不多。考了公务员，取得一定资历后再竞聘相应的岗位职务，成为不同层次的领导人。自古以来读书人，都争着走这条路，把入仕作为谋生的第一选择，进而体现读书人的价值。而今的大学生朝这方面进取，争考公务员，我们不应该诟病，应该多给予理解和支持。

孔夫子书读得好自不用说，他一生周游列国，为了什么？为了入仕。为了在仕途上实现自己的主张，体现人生的价值。他做鲁相七天就杀了少正卯。孔子从政丰富了他的许多思想，让后人只需半部《论语》就可以治天下。李白算得有才了，可他"自称臣是酒中仙""天子呼来不上船"说得言不由衷，算是假话、气话。李白一生都在应酬周旋，奔走于朱门显宦之间，渴求入仕做官而不得。后来李白留下了那么多诗，或潇洒超脱，或发胸中磊落不满之气，其实都遮拦不了许多摧眉折腰事权贵，或出入宫掖献赋作诗，或使从皇帝讨好贵妃，或交结王公大官赠诗宴酬的无聊与无奈，因为入不了仕使李白的价值大打折扣。这些年因"难得糊涂"而愈加出名的郑板桥，他的入仕道路艰辛，"康熙秀才、雍正举人、乾隆进士"，历经三朝才弄得个县令一职。做了十年县令，得不到擢升事小，最后连县令也做不下去，只好请辞还乡。郑板桥自己感叹："一枝桂影功名小，十载征途发迹迟。"而事实上还是因为功名、入仕、做十年县令，抬高了自己的身价，留下清名，且有资格来教人"糊涂"。

说读书人谋生的第一选择是入仕，而入仕绝不单是为了谋生，是为了施展才华，实现抱负。这既是谋生的主观追求，也是谋生的大义所在。这样的例子，先贤太多了，读书人知道得很多。说两件身边事吊胃口，是当今的真人真事真实话。一位做过县长再当专员的说：官越大越好当，因为讲话越有人听；一个从省直机关幕僚到地方当书记的说：书记这个职位，最大的好处是能够体现自己的意图，没有做不到的，只有想不到的。看到秦始皇的威仪，项羽恨不得马上"彼可取而代之"，刘邦则打心里准备："大丈夫应该如此"！他们所感悟的都是谋生的道理，只是表达的方式不同而已。我们把它叫做"第一选择"，对于每个有思想、有抱负的人，不需要怀疑，也不应该犹豫，走自己的路，让人家去说吧。

为洗衣村姑洗冤

◆一得录

> 长江边能有村姑洗衣非但不属风景不雅，而是风景线，是一道靓丽的风景，没有必要去管，更不需要去做劝退工作。
>
> 问题是我们应该怎样利用长江，怎样保护长江，让长江不像其他遭受严重污染的江河，过去祖祖辈辈供人濯缨洗衣而今洗衣村姑风景不再。

怀化《边城晚报》，2009年2月6日在B3版"媒体链接"刊登一则小消息，标题和配文图片都十分惹眼：一长排村姑在江边洗衣服。黑体字标出"江边洗衣风景不雅，污染三峡库区水质"。

这则摘自《重庆晚报》的消息称："图为2月2日（笔者查：这天是牛年正月初八，天气晴好，过了大年，黄道吉日，正好洗浴洁净），三峡库区重庆万州市区滨江大道成群结队的居民在江边洗衣，直接污染长江三峡库区水质。

据了解，三峡工程蓄水后，重庆万州区不少居民趁着江水上涨后带来的便利，纷纷带着脏衣服、脏被褥等到滨江大道长江边清洗，洗衣者成群结队有时扎推上百人。大量污渍注入长江，给库区水质带来污染，已成为一道不雅的'风景'。希望有关部门出面管一管，规劝洗衣者退出江边'洗衣场'，回到家中去洗衣，共同保护好长江三峡库区水质。"

小消息关注和反映的是大问题。保护水环境，防治水污染，不仅是各级政府应该摆上议事日程的主要工作，更需要社会高度重视，人人关注。因为我国乃至全世界，水问题——通常说的水少（干旱缺水）、水多（洪涝灾害）、水脏（水质污染）、水土流失日益突出，已经成为影响经济社会发展的重要因素，甚至威胁到人类生存发展安全。未来学家预测：人类 19 世纪为煤而战，20 世纪为油而战，21 世纪将为水而战。

据权威资料介绍，我国七大江河水均受到不同程度的污染，城市地段 70%河流水严重污染，江河一半以上监测断面属 5 类或劣 5 类水质，半数以上江河水不能直接饮用，近 700 座城市中有 400 多座城市缺水，130 多座城市严重缺水，1/4 人口得不到清洁饮用水，3 亿多农村人口喝不上安全水。2003 年，《光明日报》曾将中宣部、中央文明办和中国科协联合举办的大型科普展——人与自然和谐，浓缩为一个专版刊登，有这样一组标题：河湖在哭泣，大地在呻吟，鸟兽在悲鸣，资源敲警钟；碧波轻浪何处有，大气污浊郁难纾，苍天有怨降酸雨，方寸净土何处寻……如此沉重的话题，足以让人振聋发聩！

然而让我们又回到长江边上来想想。消息报道村姑江边洗衣，主要关注两条：一是风景不雅；二是污染水质。在提起人们关注问题的同时，更多的还可以给人一点欣慰。这就是长江作为中华文明的母亲河之一，至今还能够以较为清洁的江水哺育中华大地炎黄生灵。因为足以让人可怕又可悲的是，而今难以找到多少江河能让人们像往常一样可以洗衣，可以游泳。而导致人们下不得河、用不了水的真正原因，绝对不是村姑洗衣造成水污染或千百年来由于村姑下河洗衣积累而成。千百年来，江河总是以奔流不息清洁之水，给人以舟楫之利，洗濯之便。长江边能有村姑洗衣非但不属风景不雅，而是风景线，是一道靓丽的风景，没有必要去"管一管"，更不需要去做劝退工作。因为我们知道，不尽长江滚滚来，长江具有的自洁能力何曾洗不去洗衣村姑的衣物污渍！问题是我们究竟应该怎样利用长江，怎样保护长江，让长江不像其他遭受严重污染的江河，过去祖祖辈辈供人濯缨洗衣而今洗衣村姑风景不再。

人类择水而居，牵着江河的飘带发展起来。水环境决定着人类的生存环境。水资源承载着人类的生命之源。过去我们在重视水的能动性的不经意之间，漠视了水的生态功能。而今水问题已经警告人类，必须善待水环境，保护水资源。须知人人都生活在下游，善待水环境，保护水资源，应该从我做起，洗衣村姑概莫能外。至于村姑江边洗衣，依然不属违禁行为，现在和今后都不需要规劝和指责。

经营成语十招

◆一得录

> 成语含金量很高，商用价值大，值得很好地开发利用。
> 经营成语叫做卖思想、卖智慧、卖点子。

把成语与经营捆绑起来进行推销，算不上发明或发现，算得是与时俱进。如今市场竞争，商战激烈，斗智斗勇，而攻坚制胜者无不道高一尺、魔高一丈、技高一筹。

中华成语典故，是汉语言文化之瑰宝。这瑰宝是聪明智慧的结晶、思想谋略的宝库。用市场经济学语言来表达，成语含金量很高，商用价值大，值得很好地开发利用。据说日本乃至西方一些发达国家的企业家，早就将我国的《孙子兵法》应用于商道。其实这《孙子兵法》是一部不可多得的成语典故大全，将它应用于商道，正好是对"经营成语"的诠释：叫做卖思想、卖智慧、卖点子。

成语可以经营，成语帮助经营，成语成就经营。这里试将"慕名而来"、"一箭双雕"、"先义后利"、"自吹自擂"、"朝三暮四"、"讨价还价"、"旁门左道"、"人弃我取"、"孤注一掷"、"反败为胜"，分别运用于商企活动，姑且称之为经营成语十招。

慕名而来

◆一得录

> 商家利用人们慕名的心理，在商店或商品的名字上做文章，可以营造慕名而来的经营环境，使吉祥好听的名字成为滚滚财源。

　　商家利用人们慕名的心理，在商店或商品的名字上做文章，可以营造顾名思义、慕名而来、名利双收的经营环境，使吉祥好听的名字成为滚滚财源。

　　天津有个"狗不理"包子，久负盛名，在北方几乎无人不知，无人不晓。据说当"狗不理"分店开到深圳时，却遭到了意想不到的冷落，客人前来只要一看到这"狗不理"名字，没进店就摇头摆手走了。原来，深圳大都是生意人，格外讲究吉利，尽管你的包子多么传统特别，富有历史文化内涵，而谁愿意到"狗不理"的店中去宴请宾朋呢？于是，这店主面对新顾客，从容应变，立马割爱，把这老字号的天津"狗不理"店牌摘下来，换上深圳"喜相逢"，终于打开了市场，赢得了生意。客人来"喜相逢"，照样请吃"狗不理"包子，嘴里享受一般同，心情感受就大不一样了。

　　在深圳闹市区的国际商贸大厦里有家香江酒楼，去过的人都知道，香江酒楼经营的是江苏镇江的地方特色菜。客人来到这酒楼，不约而同地都点名要吃"抱财鸡"。

　　这"抱财鸡"肉嫩可口，汤味鲜美，营养丰富，是名副其实的一道佳肴。不过，这道菜原本是江苏镇江的地方名菜，叫做"柴把鸡"。"柴把鸡"进香江酒楼时同"狗不理"来深圳一样遭到了冷遇，无人问津。什么"柴把鸡"呀？一听这粗俗的名字，就让人没胃口。好好的一道地方名菜，在香江酒楼就是推不出去。精明的老板明白了深圳人与港澳同胞都讲究生财之道，于是投其所好，将这道菜的名字由"柴把鸡"改成了"抱财鸡"。

这"抱财鸡"名字果然奏效，凡是来香江酒楼的客人都要点这道菜。许多人在逢年过节，过生日或生意开张时，都要专门来这里吃"抱财鸡"。一位港客饶还有兴趣地留言，回香港要大力宣传，让亲朋好友来深圳进香江酒楼吃家乡饭，吃上一只大"抱财鸡"，一定万事如意，发财致喜！

大家都知道，舶来品"可口可乐"这洋名儿中国化得非常让人喜欢。还有可口可乐公司的"Sprite"饮料，翻译成汉语名字更吸引人。"Sprite"的汉语意思是"魔鬼"、"妖精"之类。经营者们深知中国传统文化，了解中国人对"妖魔"之类很憎恶，于是将"Sprite"谐音译为"雪碧"作为在中国的名称和广告宣传内容。这"雪碧"在汉语中有纯洁、清凉的含义，自然受人青睐。要是在炎炎夏日，只要一提到这"雪碧"的名字，就让人顿生"望梅止渴"的滋味，人们慕"雪碧"之名而购买"雪碧"，"雪碧"因而走俏中国市场，名利双收也就自然而然了。

一箭双雕

◆一得录

　　一箭遂把两只大雕射了下来，比喻做一件事而达到两个方面的目的。用于商道，就是经营一种业务，获取两项或多项收益。

　　"一箭双雕"这个成语出自《北史·长孙晟传》。说是有人给长孙晟两支箭，让他把正在天上飞着抢食的两只大雕射下来。长孙晟骑马赶去，两只大雕正纠缠在一起搏斗，"遂一发双贯焉"，即一箭就把两只雕一起射了下来。后来就用"一箭双雕"比喻做一件事而达到两个方面的目的。用于商道，就是经营一种业务，获取两项或多项收益。

　　美国一家造纸公司作了一则广告："阿道夫·凯次（美国著名歌唱家）之所以能重登歌坛，是因为他给妻子买了件漂亮的睡衣作为生日礼物。"

　　这则广告初看起来，让人不知所云。"歌唱家"与"妻子睡衣"之间能有什么关系呢？生活在美国的人都知道，某服装公司出售这一批高级女式睡衣，将其大部分利润捐赠给这家造纸公司的研究中心，帮助该中心成功研制出人造声带，这位一度失声的歌唱家也因此重返歌坛。广告既为造纸公司的人造声带作了宣传，又为服装公司树立了良好的社会形象。

　　日本山梨化工公司成功开发一种合成树脂毛毯，随之在市面上发现有仿造品。这些仿造品对该公司商品的市场和销路形成威胁。为了维护公司权益，山梨化工公司在各大报上刊出如下广告：

"让合成树脂长出柔软且悦目的绒毛，是本公司研发的新产品，这种物美价廉的毛毯人见人爱，然而有专利权，任何人不得仿制。如果您发现有人仿制，请告诉我们，本公司便会赠送二百万元奖金给你，绝不食言。"

这则广告严肃而不呆板，一经刊出，不仅收到了阻止别人仿制的效果，而且因为重奖提供反仿造信息者，掀起了一股空前的传播热潮，使得这知名度还不很高的合成树脂毛毯，一夜之间成了家喻户晓的热门新产品。

然而，事实上这两百万奖金只是一个广告噱头，一分钱也不需要花。一则广告既阻止了仿冒造假，还使得自己的产品在市场上广受消费者欢迎，进而公司的产品很快又拓展出国外市场，这就叫一箭双雕。

先义后利

◆一得录

> 先义而后利者荣，教人做人做事的道理，而用在市场上，则是一条高明的经营术。
>
> 在商市中，"先义"就是一种满足消费者需求及为社会服务的精神和行为。"后利"则是因名得利或有名有利，是一种"以迂为直"的收获。
>
> 利益不能赤裸裸地去追求，要让顾客感到自己不是浪费钱，而是享受……

先利后义语出《荀子·荣辱篇》。荀子说："荣辱之大分，安危利害之常体。先义而后利者荣，先利而后义者辱。荣者常通，辱者常穷；通者常制人，穷者常制于人，是荣辱之大分也。"荀子这段关于义利荣辱的论述，教人做人做事的道理，而用在市场上，则是一条高明的经营术。

在商市中，"先义"就是一种满足消费者需求及为社会服务的精神和行为。如为顾客创造一个美好的购物环境，一流的服务等等。"后利"就是因名得利或有名有利，是一种"以迂为直"的收获。利益不能赤裸裸地追求，要让顾客感到自己不是浪费钱，而是享受。比如麦当劳，他们所卖的汉堡包、薯条、麦香鱼及各式饮料，已成为一般人所熟悉的食品，其实中国人并不喜爱汉堡包之类，并且价格也不便宜。可是人家就是喜欢进麦当劳，究其原因，在于顾客想进其内，享受"麦当劳文化"。麦当劳各个连锁店都有同样清洁、明亮、干净、卫生的气息，加上优雅的音响，让人感受一种享受，因而能吸引成群顾客尤其年轻人与小朋友上门。这就是麦当劳的义之所在和利之所得。麦当劳兄弟 1940 年在美国加州洛杉矶附近成立第一家餐厅，如今在全世界的连锁店达几万家，营业额几百亿美元，代表麦当劳的金色拱门，已是美国与世界各大城市街头上醒目的标志。

先义后利在社会主义市场经济中，更多地还表现为"先救后取"。其内涵是：实力雄厚的集团对处于困境的弱小企业，先给予救援，使其摆脱危机后形成依赖于我的关系，然后随机将弱者纳入强者的势力范围。因为由于市场机制的作用，必然会导致某些企业竞争失利，而一旦这些企业破产，就会带来一系列的社会问题。因此，实力雄厚的企业应该对他们施以救援。这种救援，可以只救不取，即将濒于倒闭的兄弟企业救活后，各奔前程。这种施惠而不图报偿的行为固然值得称道，但由于失利企业基础差、实力弱，继续生存发展仍然有困难，只救不取并不是好办法。先救后取，就是将失利企业救活后，纳入自己的企业集团之中。这种作法我们之所以把他称之为"先义后利"，因为这种作法符合社会主义经营道德，与资本主义企业之间那种见死不救，乘危夺予的手段是有本质区别的。这样做，一方面可以使对方在自己的帮助下有能力得到更新和发展；另一方面又可以借他人之力扩大自己的势力范围。或者增强了生产能力，或者扩大了市场，而从全社会角度看，这样做既避免了生产资料的浪费，又增加了社会必需品的生产。可见，这种先救后取实为先义后利，于人于己于社会都有利。

自吹自擂

◆一得录

能自己吹喇叭，自己擂鼓，以至于自我标榜，非但没有什么不好，一定情况下不单是才艺能力的表现，更是包装起来，推销出去的需要。

借助自吹自擂，吹得别人心甘情愿，擂得人家主动接受，这就叫做营销有道，创造市场。

鲁迅曾在他的《且介杂文二集·五论文人相轻——明术》中指出："除辟谣之外，自吹自擂是很不雅观的。"因为在一般来讲，这自吹自擂难免有自我标榜之嫌。

其实能自己吹喇叭，自己擂鼓，以至于自我标榜，非但没有什么不好，一定情况下不单是才艺能力的表现，更是包装起来，推销出去的需要，于个人于社会都有好处。从经营角度来讲，所谓推销有术，就是要靠自吹自擂，创造市场。有个去和尚庙卖梳子的故事，最能说明这个道理。

俗话说：和尚的篦子——没用处。有四个营销员接受任务，偏要到庙里找和尚推销梳子，效果会如何呢？

A营销员空手而归，说到了庙里，和尚都说没头发不需要梳子，所以一把都没卖出去。

B营销员回来了，销了十多把梳子。他介绍经验，说他告诉和尚，这种梳子主要是梳头皮的。头皮要经常梳梳，不仅止痒，头不痒还可以活络血脉，有益健康。念经累了，梳梳头，头脑自然保持清醒。这也就销掉了一部分梳子。

　　C营销员回来说他销了几百把梳子。介绍说，我除了像B营销员那样宣传梳子的保健作用外，还瞄准新的对象作推销。我到庙里去跟老和尚讲，你看这些香客多么虔诚呀，在那里烧香瞌头，一次又一次，磕上几个头起来头发都散乱了，香灰也落在他们头上。您在每个庙堂的前面设些梳子，他们磕完头烧完香可以梳梳头，整理一下形容，会感到这个庙关心香客，下次更热心再来。老和尚听得有道理，这一来梳子就销出去几百把。

　　D营销员说他不仅销出了好几千把梳子，还签订了长期购销梳子订单。原来他去庙里跟老和尚说，庙里香火兴旺，经常接受人家的捐赠，要是能安排点回报给人家，会更让人觉得这庙里功德无量，而买梳子送给他们是既便宜又实用的礼品。和尚自己用，可以止痒醒脑保健康；进香的人用，可以帮助整理形容。现在我把所有梳子上都写上"积善梳"三个字，落上你们庙的名字，这样可以作礼品储备在那里，谁来了就送谁，让这"积善梳"保佑人平安万福，这样保证使庙里香火更旺，声名远扬。老和尚听得头头是道，于是一下子安排购进好几千把梳子，还签订了长期供货协议。

　　这个小故事告诉我们，市场是可以创造的，借助自吹自擂，吹得别人心甘情愿，擂得人家主动接受，这就叫做营销有道。如果老是想着"和尚要梳子有什么用呀"？工作就没法开展了。此所谓自吹自擂，另辟蹊径。

朝三暮四

◆一得录

> 朝三暮四或者朝四暮三这个成语，经济学上认为它是关于分配的道理，叫做框架效应现象。
>
> 商家利用这种方式，能把框架效应作用在你的选择上，影响框定你的判断力，使你的选择行为朝着有利于商家的方面发展，能收到不错的效果。如果有机会，你也不妨试试。

　　朝三暮四或者朝四暮三这个成语，原指用改换名义的手段进行欺骗，后来用以比喻变幻莫测或反复无常。经济学上认为它是关于分配的道理，称之为框架效应现象。

　　这个成语源出《庄子·齐物》："狙公赋茅，曰：'朝三而暮四。'众狙皆怒。曰：'然则朝四而暮三。'众狙皆悦。名实未方，而喜怒为用，亦因是也。"说的是有个养猴的人拿橡栗子喂猴子，他对猴子说，每天早上给每个猴子三颗橡栗，晚上给四颗。猴子们听了，全都生气了。养猴人只好改口说："那以后就早上给四颗，晚上给三颗吧。"众猴听了，一个个都高兴起来。

　　其实，这朝三暮四或朝四暮三用花言巧语迷惑对方，使对方陷入了圈套。可是这同样一件事情，改变一下表达方式，给听者，也就是做决定者的感觉恰恰会有所不同，从而导致他们在选择、行动上的差异。在理财的过程中有很多人只看到眼前的既得利益，而没有考虑到全局，这种现象往往是由于受了框架效应的影响。

　　框架效应的运用，在经济活动中是一项重要的策略。比如走在大街上，你可能会看到这样的广告："加入我们公司会员，每月只需缴纳 800 元……"每月 800 元，一年下来将近 1 万元。但是如果和"加入我们公司会员，一年只需缴纳 1 万元……"这样的广告语相比，一个月 800 元听起来似乎更便宜，让人更容易接受。而一年 1 万元往往便会吓到人，把人拒之门外。商家利用这种方式，微妙地改变一下表达方式，就能把框架效应作用在你的选择上，影响、框定你的判断力，使你的选择行为朝着有利于商家的方面发展。

这里所说的朝三暮四——框架效应，或许你认为商家不能把顾客当猴子耍把戏，经济学家对这个问题也有不同看法。但毋庸置疑，这种手法在商务活动中经常用到，而且往往能够收到不错的效果。如果有机会，你也不妨试试。

讨价还价

◆一得录

> 商业活动中讨价还价的最基本目标，是努力使自己处于没有必要进行讨价还价的地位。
>
> 在市场经济条件下，人们羞言利，是虚伪；不言利，是傻瓜；只言利，是贪婪。要言利，不妨讨价还价。

一般情况下，讨价还价一词多属于贬义。比喻在做事之前或谈判过程中提出种种条件，计较个人得失。其实这讨价还价原本是个很好的商业用语，指卖买双方商议价格，卖者要价高，买者还价低，最后商定价格成交。它是一种最基本的而又十分精巧的经营之道。

我们知道，任何经济实体在进行交易的过程中，都须不断地进行讨价还价。企业领导人与大宗买主交涉，兼并其他公司，敲定专项合同等等，无不需要精巧地讨价还价。甚至在公司内部，他们也需要与下属讨价还价。

商业活动中讨价还价的最基本目标，是努力使自己处于没有必要进行讨价还价的地位。这个目标经常靠运用"响应制约"或"效果制约"来实现。首先从对方预先的设想、已定的目标、所需与所求为出发点，对对方及其成交推动力进行研究评价，然后给对方一种刺激，比如吸引对方的一份建议书等——称之为"响应制约"；当对方不支持方案时，施加压力、设置阻力或后撤等——称之为"效果约束"，以达到改变对方态度，推动对方向自己的目标推近。具体运用的方式主要有引诱、劝导、施压、控制等等。

所谓引诱，就是提出一个价格后，给对方提供有价值而又为其所冀求的东西，这些东西足以排除在谈判剩余阶段存在的阻力，改变整个交易的平衡状态，使对方产生错觉，认为按既定价格成交符合他们的利益。比如付佣金、发放额外津贴，馈赠礼品、提供辅助性服务项目，与对方进行长期贸易的许诺、特惠的折扣等。

所谓劝导，就是力图让对方在谈判过程中认识到自己真正的利害关系所在，教育、劝说对方改变观念，从而做出某种让步。

施压就是有意向对方施加压力。常用的手段是：保持交易的明显竞争，使对方急于成交；持续地引起对方的不满和反对，逐渐削弱对方的期望；运用引诱、劝导的方法，使对方某些成员认识到成交的好处，从而把对方的某些成员争取过来，使对手受到来自自己组织的压力；在保持交易竞争的同时，搬出对方的竞争对手，推心置腹地拉拢对方，让对方一起参加反对竞争对手的赌局，使对方不自觉地站到我方立场考虑成交。此外，还有一些压力手段如法律诉讼、商业混乱或产业崩溃、威胁等，常用于对方以强硬手段迫使自己采取相应的压力手段来相对抗。使用压力手段，往往出其不意，当对手准备最坏的结局时，给他们不丢面子进行成交的机会。

所谓控制，就是要不露声色地调查行情、准备充分的资料，乘对方不备展开行动，在议程中选定对自己有利的主题，以取得控制权，或拖延而又让对方不失所望；或放风筝、试探方向，进而找到可能实现的方案。

以上种种，构成商用讨价还价的策略和方法，难免互相玩弄手段，斤斤计较，但绝不等同于尔虞我诈，唯利是图。商场如战场，商道即人道。在市场经济条件下，人们羞言利，是虚伪；不言利，是傻瓜；只言利，是贪婪。要言利，不妨讨价还价。

旁门左道

◆一得录

> "旁门左道"让美国的市场学专家阿·拉依斯据此提出了著名的"市场侧翼战"理论。即在市场经济竞争中，经营者可以不遵循常规的一般化的途径而迂回侧翼攻击，令对手措手不及，保全就范，从而达到自己的经营目的。

旁门左道，又称左道旁门，原指不正统的宗教派别。或作为一种军事谋略运用，如《荀子·议兵》："旁僻私由之属为之化而公。"著名军事理论家若米尼认为：迂回敌军侧翼，从其侧翼或后方实施攻击；或在正面进攻的同时，还以活跃的一翼部队从敌军的一侧翼迂回和包围敌军，可以达到出奇制胜的效果。

在市场经济竞争中，旁门左道可以引申为经营者不遵循常规的一般化的途径而达到经营之目的。即当正面的竞争不能奏效时，绕向对手的侧翼或后方，另辟蹊径，使对方接受或让步，美国的市场学专家阿·拉依斯据此提出了著名的"市场侧翼战"。他指出："侧翼战，大多数经理可能会把它看成是一种没有市场应用价值的军事概念。事实并不是这样，侧翼战是投入市场营销战的最创新的方法。"它的创意在于：迂回侧翼攻击是一种奇袭，出其不意，攻其不备，令对手措手不及，保全就范。

据知，哈默买下西方石油公司后，很快在加利福尼亚等地钻到了价值巨大的天然气田，如果找不到买主，不仅气田不能开采，钻探所花费的大量投资也无法收回。于是哈默赶紧找到太平洋煤气与电力公司，这家大型公用事业公司回答说不需要哈默的天然气，因为公司最近已经耗巨资从加拿大的艾伯塔到旧金山海湾区修造了一条天然气管道，有了稳定充足的天然气来源。

就在这无奈的情况下，哈默同时知道了太平洋煤气与电力公司在有了加拿大方面的天然气来源后，很大一部分将扩大供应到洛杉矶市。于是，哈默立即迂回到洛杉矶，找到有关方面联系说，西方石油公司计划从拉斯罗普修筑一条天然气管道直达洛杉矶市，比其他任何投资人（包括太平洋煤气与电力公司）更便宜地向洛杉矶供应天然气。这一部署将切断太平洋煤气与电力公司的一大经销渠道和收入来源，逼迫他们签订了合同，同意购买哈默西方石油公司的天然气。

在一般人看来是穷途末路的时候，哈默凭着敏锐的洞察力，从"旁门左道"，终于通向了柳暗花明。

人弃我取

◆一得录

"人弃我取，人取我与"，是司马迁总结的经商发财的经验，这八个字成为后人经营的经典。

过去人们对太史公总结注意不够的是还要"乐观时变"。只有首先把握"时变"，才能有效地决定"取与"。而这种"取与"，更高更新更有效的要求应该是：人无我有，人有我新。

战国魏文侯时，有个叫白圭的人，他善于经商，终于发财致富。太史公司马迁在《史记·货殖列传》中，总结了白圭经商发财的经验，指出"当魏文侯时，李克务尽地力，而白圭乐观时变，故人弃我取，人取我与"。

人弃我取，人取我与，指商人经商善于掌握行情，窥伺时机以便牟取厚利。在别人贱价出售时，我买进来；别人高价来买，我再卖出去。因为商品的价格总是围绕它的价值，因供求矛盾而发生上下波动，当供不应求时，商品价格上涨；当供过于求时，商品价格下跌；当供求平衡时，商品的价格大致等于商品的价值。白圭善于把握商品价格随市场关系变化而变化的规律，用廉价收购滞销商品，待机再高价卖出，因而取得厚利，发财致富。这在古代商品生产尚不发达，商品经营范围狭小，商品经营信息流通缓慢的情况下，不失是重要的经营方法，也是发财致富之道，因而这"人弃我取，人取我与"八个字成为后人经营的经典。

在现代，商品生产高度发达，信息高度流通，人们驾驭市场的能力有限的情况下，白圭经商的"取与"之道，原则虽不完全过时，但必须适时赋予新的含义，也就是过去人们对太史公总结注意不够的还要"乐观时变"。只有首先把握"时变"，才能有效决定"取与"。而这种"取与"，更高更新更有效的要求应该是：人无我有，人有我新。

孤注一掷

◆一得录

孤注一掷作为一种决策理论,一开始就是遭人怀疑或忌讳的。

然而,现实生活中不确定的因素太多,风险决策无处不在。世界上一些著名的企业家、一些一流的企业,都往往凭借孤注一掷的决定使企业步入突破性的发展大道。他们的实践说明,孤注一掷的成功决策更能体现出经营者的冒险精神和对市场的未来发展趋势的独到眼光。

"孤注一掷",原指赌钱的人在钱快要输完时,把全部本钱并作一注押上去,以决最后胜负输赢。取其比喻意义,表示在紧要关头,竭尽全力作一次冒险行动,事情最早见之于《宋史·寇准传》,一般也认为,"孤注一掷"这个成语出自这里。

《宋史·寇准传》:"钦若(王钦若)曰:陛下闻博乎?博者输钱欲尽,乃罄所有出之,谓之孤注。陛下,寇准之孤注也。斯亦危矣。"《元史·伯颜传》上也说:"今日我宋天下,犹赌钱孤注,输赢在此一掷耳。"这两段文字,说的是同一件事。

北宋初年,辽国萧太后亲率大军南下侵宋。宰相寇准力主抗战,并请宋真宗到澶州督战。真宗渡河亲征,宋军士气大振,连连获胜,迫使辽国议和,宋辽订立澶渊之盟,稳定了大局。宋朝大臣王钦若嫉妒寇准,事前在真宗面前说,皇帝亲征无异于"孤注一掷",这样做太危险了,弦外之音是说寇准不怀好意。不久,寇准终因王若钦等人排挤而被罢相。

看来，这"孤注一掷"作为一种决策理论，一开始就是遭人怀疑或忌讳的。尽管有像元代张宪在《澶渊行》中"亲征雄谋出独断，孤注一掷先得枭"这样诗句作积极评价，但理解和传唱的人却不多。

然而，现实生活中不确定的因素太多，风险决策无处不在。世界上一些著名的企业家、一些一流的企业，都往往凭借孤注一掷的决定使企业步入突破性的发展大道。他们的实践说明，孤注一掷的成功决策更能体现出经营者的冒险精神和对市场的未来发展趋势的独到眼光。IBM 公司—360 计划，就是最好的典型。

IBM 即国际商业机器公司。1911 年创立于美国，是全球最大的信息技术和业务解决方案公司，其业务遍及 170 多个国家和地区。2008 年，公司全球营业性收入达 1036 亿美元，一年内在美国注册有 4186 项专利。在过去的 90 多年里，世界经济不断发展，现代科学日新月异，IBM 始终以超前的技术、出色的管理和独树一帜的产品领导着信息产业的发展，保证了世界范围内几乎所有行业、用户对信息处理的全方位需求。

在 20 世纪 60 年代，IBM 公司进行过一项破天荒的设想。包括的课题有：(1) 使原彼此独立的新产品具有兼容性，并纳入一个系列；(2) 超出原产品的应用范围，使新产品具有真正的通用性；(3) 对构成系列的每个机型，都具备输入/输出标准接口，使之能互相连接。这一设想命名为 IBM—360，其目的之一是给人一种全新印象，使公众认为在各种应用领域都进行了 360 度的全面革新。

IBM—360 计划的研制费、生产费、贷款利息和推销费总计开支需要 50 亿美元，是美国开发原子弹曼哈顿计划 20 亿美元的 250%，相当于当时美国宇航计划一年的投资额。这个计划如果失败，不但 IBM 公司破产，对整个美国经济状况都有不可忽视的影响。

对此计划，IBM 的负责人一直未能达成一致意见。在这种形势下，公司最高级副经理利亚森出面召集各主要部门代表 20 人，组成 SPREAD 委员会，提出了 80 页的报告。利亚森等凭着洞察新技术转向销售优势的超人预见能力，决定执行 IBM—360 计划，完成上述课题。

1964 年 4 月 7 日，IBM 公司提前发表了具有划时代意义的 IBM—360 系列机。IBM—360 系列获得的巨大成功，使美国通用电器公司、松下公司等很多世界一流的大企业从电子计算机市场逐步撤出，导致了一场世界性的大改组，使 IBM 公司在全球电脑市场上确立了决定性的不可动摇的统治地位。

好个 IBM 公司，好个利亚森，真的是"亲征雄谋出独断，孤注一掷先得枭"！

反 败 为 胜

◆一得录

> 《三国演义》十六回中曹操加赏于禁 "反败为胜" ……多
> 少年以后，商界发生了比军事更多的反败为胜的事例。
> 危机有危有机。化危为机，就能反败为胜，赢得新的机遇。

"将军在匆忙之中，能整兵坚垒，任谤任劳，使反败为胜，虽古之名将，何以加兹！"
这是《三国演义》十六回中曹操加赏于禁反败为胜，封于为益寿亭侯时说的一段话。多
少年以后，商界发生了比军事更多的反败为胜的事例。

20 世纪 40 年代初，美国发生严重的经济萧条。全美国的旅馆倒闭了 80%。希尔顿
的旅馆也一家接着一家地亏损不堪，一度债台高筑。面对危机，希尔顿并不灰心，他召
集每一家旅馆服务员特别交待和呼吁："目前正值旅馆亏空靠借债度日的时期，我决定
强渡难关。一旦美国经济萧条期过去，我们希尔顿旅馆很快就能进入云开日出的局面。
因此，我请各位记住，万万不可把心里的愁云摆到脸上，无论旅馆本身遭遇的困难多大，
希尔顿旅馆服务员脸上的微笑永远是属于顾客的。"

这就是希尔顿创造的微笑服务法。事实上，在那纷纷倒闭后只剩下的 20% 旅馆中，
只有希尔顿旅馆服务员总是微笑的，也笑到了最后。经济萧条过后，希尔顿旅馆系统就
领先进入了新的繁荣期，跨入了经营的黄金时代。如今，希尔顿旅馆已吞并了号称 "旅
馆大王" 的纽约华尔道夫的奥斯托利亚旅馆，买下了号称为 "旅馆皇后" 的纽约普拉萨
旅馆，希尔顿旅馆遍布五大洲的各大城市，名冠全球，成为全世界最大规模的旅馆业。

　　深圳一家公司生产的童车好不容易打进国际市场。有个爱尔兰女孩因骑车摔伤住进了医院，反映童车钢圈受压变形，有质量问题。面对一场危机，在公司创意人的敏捷策划下，总经理立即飞赴伦敦，向受伤的女孩鞠躬致歉。接着，公司在爱尔兰报刊广登启事，声明将对所有买下童车的顾客负责，并就地对存货一一检验。如此，顺利地化解了一场危机。这家公司在海外的信誉不仅没有受到损害，反而有所提高。第二年，美国代理商的订货增加了 10 万辆。

　　危机有危有机。化危为机，就能反败为胜，赢得新的机遇。

象棋的局外话

◆一得录

象棋之所以称为象棋，本身具有许多象征意义，能在娱乐中产生许多的教化作用。

屈原在楚辞中最早运用"象棋"一词来诉说衷肠；北宋理学家程颢专门写作《象棋诗》以感悟世事人生；宰相刘罗锅《咏象棋诗》心知肚明，告诉人们许多象棋的局外话。

2009 年是新中国成立 60 周年，纪念活动大兴唱红歌、看红片、讲红色故事，于是大家更有机会领略毛主席等老一辈革命家的伟大风范，也得以了解生活中领袖们鲜为人知的故事。

一次，朱德老总与毛主席下象棋，有位警卫战士看得入迷。毛主席看到了，热情地叫他到身边来学下棋，并教这位警卫战士"走棋歌"。说是"车行直线象走田，马走斜日炮翻山，兵卒过河横着走，仕相不离将帅边"。后来组织上安排警卫战士新的工作岗位，这位战士死活不愿意。说是自己永远牢记毛主席的教导：仕相不离将帅边。警卫战士就是要保卫党中央，保卫毛主席，哪里也不能去。

这个小故事非常感人，也特别让人受启发。原来象棋之所以称为象棋，本身具有许多象征意义，能在娱乐中产生许多的教化作用，由此还可以引出许多象棋的局外话来。

中国象棋在古时候称象戏、象弈或博弈。这里的"象"，非大耳朵、长鼻子的陆地上最大的动物大象，而是取模拟、仿效之"象"，"象征"之象。象棋两个人轮流走子，以模仿将帅及兵卒演习，是一种形象的战斗游戏，斗智运动。

中国象棋什么时候就有了？又是谁发明的？笔者没有去研究过，但读《孟子》书时看到，传说这象棋是舜发明的。舜有个弟弟叫象，他不怀好意几次想害死舜。后来舜先下手把象幽禁了起来。毕竟是兄弟手足之情，担心象被幽禁寂寞而死，那时又没有听音乐看电视等娱乐，于是舜就制造了象棋给弟弟做文娱活动用，让人陪着象玩棋，后来干脆就把这种棋叫象棋。

这象棋从构思到布局原本就残酷。棋子分将（帅）、士（仕）、象（相）、车、马、炮、兵（卒）七种，功能各异，贵贱不一，其胜负取决于将帅之存亡，只要将帅在，即使全军覆没亦不为输；而将帅若遭不测（被将死了），即使一子未失也算失败。为了保住将帅，所有棋子都要拼死护卫，即使被杀光吃尽，也在所不惜。如此一盘棋等级森严、竞争残酷、步步算计、子子悲惨，似乎是中国封建社会的典型象征和缩影，大有中国传统文化体系贱视苍生的阴影体现。

在这个等级森严、竞争残酷的棋局中，每个棋子的命运因人为规定的功能和作用不一，表现出人间众生相，因而就有了这象棋更多的局外话。

将（帅）——棋中首脑，双方竭力争夺的目标。看上去驾驭一切，所有的棋子为它死拼护卫，甚至被杀光吃尽也在所不惜，真所谓一将功成万骨枯。其实它幽于"九宫"之内，闭目塞听，步履艰难，每次走动只能按控制的竖线或横线挪动一格，不能越孤城半步，其实属于典型的无能之辈，不过是棋手的傀儡而已。

士（仕）——帅（将）的贴身保镖。拱卫城池，以身护帅，跟主子贴得最紧，在九宫之内，左拱右卫，看似耀武扬威，关键的时候，就常常被用来垫背。

象（相）——将（帅）的二级卫士。守护将帅，拱卫城池，虽不像士那样对主子低身下气，可以飞来飞去，步法固然潇洒，却始终只能给你那么宽田地，让你无法走出既定的圈子。而且如果只要在"田"字中央塞上一子，就动弹不得。

马——开局时不如炮那样爱抢头功，残局中远胜于炮，走出来"八面威风"。不过靠走歪门邪道，虽也捷径逞能，经常会遭蹩足，最后死路一条。

车——在棋局中可以竖去横来，"一车十子寒"，威力最大，因此是被看重的棋中至宝，还经常沾上"丢卒保车"的光。不过虽然本事很大，却只会直来直去，落到丢车保帅时比别人更悲惨。

炮——效力沙场，杀伤力不言而喻。总觉得像有种人，最拿手的是躲在背后置人于死地，不得不防，却又防不胜防。

卒——最悲惨之辈，一股劲往前冲，遭马踏，挨炮打，往往中途夭折，甚至未曾起步，便呜呼哀哉，即使自强不息，拱到最后，却变成废子一般，蟹行蠕动于底线。设若给它一条退路，又还能像现在这样一往无前吗？看来许多人和事，都是逼出来的。

或许正因为中国象棋的象征意义，象棋的许多局外话，使历史上许多文人雅士都想从中再发现点什么，再汲取些什么。屈原在楚辞《招魂》中最早运用了"象棋"一词来诉说衷肠。北宋理学家程颢专门写作《象棋》诗，感悟"却凭纹楸聊自笑，雄如刘项亦闲争"的世事人生。清乾隆进士刘墉，虽然有电视剧《宰相刘罗锅》，把他扮演得如何忠君爱民清廉，如何风流潇洒、进退自如，其实他自己心知肚明，世局如棋局，人生如棋。他写下有一首《咏象棋诗》，告诉人们许多象棋的局外话，人生的感悟话。我们不妨好好读读：隔河灿烂火荼分，局势方圆列阵云；一去无还惟卒伍，深藏不出是将军；冲车驰突诚难御，飞炮凭凌更逸群；士也翩翩非汗马，也随彼相录忠勤。

"烹小鲜"中的大道理

◆一得录

> 早在我国春秋战国时，老子把煎小鱼儿的事，和治理国家扯到了一起，说是"治大国若烹小鲜"。一句话，把简单的事弄复杂了，把明白的方法搞得高深莫测了。
>
> 于是，这"烹小鲜"，一直让后来的历朝历代统治者解读和运用，就连美国总统里根在他的国情咨文中也引用了这句话。

凡大型一点的汉语工具书，都收录有"烹小鲜"（或"烹鲜"）一词条。

这个词的意思表面很简单。直观地解读，"烹"即烧煮食物，再通俗一点，就是把生食物通过烧煮，做成熟食物。"鲜"是生鱼。生鱼自然很鲜，因此又有了"新鲜"、"鲜美"这类词。而这里的"鲜"，是地道的生鱼，并且还是小鱼儿。

我没学过烹饪，也很少下厨，虽然也可以将生食物做成熟食物，但很少了解或能够运用称得上烹的技艺。不过从小生长在河边，喜欢到河里去捞点鱼儿虾儿，觉得很有趣。于是，对加工小鱼儿的方法，倒还略知一二。

弄回家的小鱼，要尽快加工，特别是夏天，否则容易变坏。加工小鱼儿运用的"烹饪法"应该是"煎"。把铁锅烧到一定火候抹上植物油，将小鱼儿一个个平摊到锅里。这时火不能太猛，猛火会把鱼儿烧糊（焦黑了）。特别要注意火候，并适时翻煎。翻早了，鱼儿容易碎，煎不好；翻迟了，底下那面又煎黑了。这样急不得，慢不得，耐心才要得。把小鱼儿两面煎干了，一个个金灿灿的。这时候可以加作料，烹调成一道可口的佳肴。也可以把煎好的鱼儿再用炭火烤或拿到太阳下晒，鱼儿干到一定程度，就可以收藏起来日后再用，或包装上市买卖。这些方法很传统，在我们老家，可以说家家都有"烹小鲜"的高手。

谁知道早在我国春秋战国时，老子把煎小鱼儿的事，和治理国家扯到了一起，说是"治大国若烹小鲜"。一句话，把简单的事弄复杂了，把明白的方法搞得高深莫测了。于是，这"烹小鲜"，一直让后来的历朝历代统治者解读和运用，就连美国总统里根在他的国情咨文中也引用了这句话。

据《史记》记载，老子是春秋时楚国苦县厉乡曲仁里人，姓李，名耳，字聃，和孔子同时，但比孔子年长。他做过周政府守藏室的史官，这个职务相当于现在的国家图书馆馆长。孔子到周政府所在地洛阳去，曾经向老子请教过礼。老子告诉孔子说："一个了不起的商人，深藏财货，而外表看起来好像空无所有；一个有修养的君子，内藏道德，而外表看起来好像是愚蠢迟钝。你要去掉骄傲之气和贪欲之心，这些对你都没有益处。"

老子在周政府待了很久，看到周室日渐衰微，于是就离开周。将要出关时，守关的关员看到了就对他说："你学问很多，平时不留文字，现在快要隐居了，勉强为我们写一点东西吧"。于是老子就写了一本书，分为上下篇，内容都是"道"和"德"的，一共5000多字。写好以后就走了，从此再没有人知道他的下落。他大概活了160多岁，也有人说他活了200多岁，因为他修道并且善于养生。

老子写的这本书，现在通行的都分为上下篇。上篇第一句是"道可道，非常道"。下篇第一句是"上德不德，是以有德"。因此后人取上篇的"道"字和下篇的"德"字，合起来称之为《道德经》。通行本为八十一章（一本为七十二章，另一本为六十八章）。

"治大国若烹小鲜"，语出老子《道德经》第六十章。西汉时精研老子学说的道家人物河上公，对这句话的解释是："鲜，鱼。烹小鱼，不去肠，不去鳞，不敢挠，恐其糜也。治国烦则下乱。"凡是有生活经验的人都知道，"烹小鱼"往往要格外留神，若是随意在锅里翻动，必然会造成"糜"即碎的结果。老子用"烹小鲜"来比喻治大国，便是要提醒国君注意不能政令繁琐，不能朝令夕改，不能胡乱折腾，否则国家难免会"乱"的。以"烹小鲜"之难来告诫治理国家要小心谨慎，教导的是理政才能，总结的是治国方略。

　　三国时魏国的玄学家王弼在《老子》注中，同样也指出了这一比喻的实质："无扰也。躁则多害，静则全真。故其国弥大而其主弥静，然后乃能广得众心矣"。所以，历来统治者都强调"存烹鲜之义，殉简易之政"。

　　这就是"烹小鲜"中的大道理。

简单的容易出错

千万别笑话

◆一得录

> 中国的笑话文化很发达，而中华文化之博大精深，稍不留神，便有可能会闹出笑话。
>
> 不去笑话别人应该容易做到。要不被别人笑话，千万须得多学多问，活到老学到老才是。

2006年12月，随团去了趟台湾。第一晚住在桃源县中坜市，随便到街上走走，一家叫"垫脚石书店"很是惹眼，于是进店光顾了一番。

原来听说台湾文化与大陆有两点不同：一是不接受汉字简化方案，继续使用繁体字。这点不假。二是书本坚持竖行排印如线装式，即是横行也不是从左到右而是按竖行方式从右到左。眼见为实。竖行本多是真的。横行本少，但也是从左到右，而不是从右到左。试想横行书写要是真的从右到左，该是多么不方便。

我随便拿来一本《中国幽默小品》翻看，裕文堂书局，常笑生著，收录了中国历代典籍中的笑话故事。看我翻得有趣，书店一管理员凑过来搭讪。我说这类幽默故事书大陆有好多种版本。她说"中华文化一脉化，阿扁要去中国化，大陆千万别笑话"。

这本书成了我台湾之行的纪念。书店这位管理员的千万别笑话让我读这本书时进而感觉到，中国笑话文化很发达，而中华文化之博大精深，稍不留神，便有可能会闹出笑话。这里抄录书中两则故事，是笑话，却千万别笑话。

纪晓岚为人母作寿诗，一开始写道："这个婆娘不是人"，旁观的人为之咋舌。接着又写："九天降下一仙真"，人们因此松了一口大气。但第三句写出："几个儿子都作贼"，却使几个有地位的儿子怫然变色。当写完第四句"偷得蟠桃献母亲"时，则是满堂喜悦和惊讶。

这叫败笔生妙诗，反败为胜。要是你一开始就以为人家粗俗可笑，最终不是要贻笑大方吗？据说朱元璋做了皇帝，朝廷内外都认为这皇帝没文化。有一次，朱元璋突发奇兴，叫来笔墨题写"金鸡报晓"诗，开始写道："鸡叫一声撅一声，鸡叫二声撅二声"，在场的人掩鼻好笑又不敢笑出声来。接着写出"三声唤出扶桑日，扫败晓月与残星"，这时吓得施笑的人面如土色，朱皇帝哈哈大笑，捋须离场，由此让人更敬畏十分。

另一则让人好笑却又笑不起来的是"落山落水"：

教师无学术，有客自京师回。一徒执书问"晋"字，教师不识，以朱笔旁抹之，托言待客去再问。又一徒问"卫"字，教师以朱笔圈之，亦云待客去再问。又顷，一徒问"仁者乐山，智者乐水"。师曰："读作'落'（指'乐'字）字便了。"师问京客云："都下有何新闻？"客曰："吾出京时，只见晋义公被戳一枪，卫灵公被红巾围住。"师曰："不知部下军士如何？"客答曰："落山的落山，落水的落水。"

这位京师客官，笑那教书先生连"晋"、"卫"字都不认得，用红笔圈点，敷衍学生实在不应该。倒是对"乐山乐水"，读如"落山落水"的人，除了这位京师客官，能分辨的人至今也不很多。这句话语出自《论语·雍也》的"仁者乐山，智者乐水"。此处的"乐"读"yào"，喜好的意思。仁义的人安于义理，不易动摇，如同大山，所以喜欢高山；明智的人达于事理，似水长流不滞，所以喜欢流水。

如此这般，汉语言文字，不认识许多字，读错许多音，在一般人来都是常有的事。问题是不去笑话别人应该容易做到。要不被人笑话，千万得多学多问，活到老学到老才是。

"老"的讲究

◆一得录

> 人总是不希望老的，或者更多的是对"老"持双重标准。
>
> 表达的明明是追求老，实际上期望的是不要老。追求年岁要老，越老寿越高；期望生命不老，生命不老才能高寿。或许得既要卖老又要装嫩。
>
> 所谓不知老之将至，其实早就知道，只是不愿意去知或装着不知罢了。

中华民族有尊老敬老的传统，而客观上，"老"的讲究原来很多。人总是不希望老的，或者说更多的是对"老"持双重标准。一方面要敬老重老，甚至是追求老；另一方面忌讳老，几乎又厌烦老。因此，或有由"老"而成名，如"老好人"，或有因"老"而获咎，如"老得罪人"等等。

冯友兰先生在88岁自寿联中写道：何止于米，相期以茶。这里的"米"指"米寿"，拆"米"字可得八十八，因而称八十八岁为米寿。"茶"指"茶寿"。一百零八岁称茶寿。寿联中表达的明明是追求老，实际上期望的是不要老。追求年岁要老，越老寿越高。期望生命不要老，生命不老才能高寿。冯先生活到了95岁，离"茶寿"还差13年，不无遗憾。

清朝河间才子纪晓岚对"老"最有讲究。他因鄙夷问了一句"老头子"，引起龙颜大怒，又因为一番巧妙解释"老"，让皇帝乐开了怀。

乾隆皇帝61岁的时候，决定修《四库全书》，令广学博才、能言善辩的纪晓岚为《四库全书》馆总裁。纪晓岚体胖最怕暑热，有一天他盘起发辫，脱掉上衣，袒胸露背地坐在馆里校阅书稿。忽然乾隆皇帝踱步走进馆来，纪晓岚来不及穿上衣服，随手用帷幔裹住了身体，怕有失恭敬，于是便钻到桌子底下藏身。不料，这一切都被乾隆看在眼里，只是不指出来也不忙着离开。纪晓岚裹在桌下，难耐炎热，好一阵工夫听不见动静，以为皇上走了，便探出头问馆中的人："老头子走了吗？"话音刚落，发现乾隆在自己身旁坐着，纪晓岚急忙出来穿好衣服，伏地请罪。

皇上怒气冲冲地说着："别的罪都可以原谅，只是叫我老头子的罪不可原谅。不过，你若能讲出道理，可免你一死。"

纪晓岚不愧能言善辩，他不慌不忙地答道："老头子这个称呼，全城的人都这样称您。您想，皇帝称万岁，岂不是老？皇帝在亿万人之上，岂不是头？皇帝是天之骄子，岂不是子？这就是百姓称您为'老头子'的缘故。"乾隆皇帝听后，哈哈大笑，转怒为喜，自然原谅了纪晓岚。

纪氏智解"老头子"，除了维护皇帝的面子尊严外，更揣透了皇帝比一般人更忌讳"老"的内心。我曾遇到过这样场面：酒席间，一年轻人主动起坐，举杯拱手说是"敬老领导一杯酒"，不意这位老领导却愤然说："你讲得好，我就老了！"让年轻人讨了个没趣。其实这位领导历任职务多，任职资历长，称老领导当属无愧，平常身边人也都这样称呼他而从没遭到拒绝过。而今这位老领导快到任职年限了，行将告退，这"老"字似乎才下眉头又上心头，多了许多讳言莫深来，说得不中听，人到了这个份上，或许得既要卖老又要装嫩。

至于"老"，是自然规律，不在乎人的好恶。所谓不知老之将至，其实早就知道，只是不愿意去知或装着不知罢了。因为人家忌讳，你又何必去冒犯，该多学些讲究，这样不仅可以避免尴尬，还可能多得点别人的欢心。

国学在台湾

◆一得录

台湾除了社会政治制度与大陆不同，文化上完全是一脉传承的，不仅没有发现与大陆有什么"对着干"的，反倒觉得中国传统文化在台湾很正宗。

大陆国学或叫传统文化出现倒退，部分人或忘掉好的传统，或盲目崇外，或胡乱标新，学术低下、恶作剧现象充斥文化舞台，让人汗颜，令人不安。

　　还是在校读书的时候，老师讲中国文化常识，有几个关于大陆与台湾的异同问题，至今才明白究竟是怎么回事。

　　一个是关于汉字简化的问题。中华人民共和国成立后，为了扫除文盲，普及文化，国家在 1955 年推出了汉字简化方案，要求人们不再使用繁体字。因为这简化字是共产党政府总结倡导的，台湾方面一概禁止采用，一律使用繁体字不动摇。二是书写排行顺序问题。传统的采用竖式排行，从右到左，这样给读写都带来不方便，尤其是阅读不方便，容易跳行。新中国改为从左到右横式排行，事实上让读写方便多了。而国民党治下的台湾，怕受共产党"左"的影响，允许采用横排，但仍要坚持从右到左写。尝试一下，如果真的从右到左横排写，比之传统的从右到左竖排写怕是更不方便。

　　这次有机会到了趟台湾，下意识找人聊一些文化方面的问题。耳闻眼见，台湾除了社会政治制度与大陆有不同，文化上完全是一脉传承的，不仅没有发现与大陆有什么"对着干"的，反倒觉得中国传统文化在台湾很正宗。

关于台湾怕受"左"的影响，横式书写还要坚持从右到左，纯粹是开政治玩笑而已，书写与大陆完全一致，采用横式，保留竖排。至于说台湾拒绝使用简体字问题，也不完全准确。台湾是可以使用简体字的，但禁止在正式场合和印刷品使用。说起来也不无道理，因为台湾认为，繁体字应该叫"正体字"，从仓颉创造出来，即从汉字产生到简化字出现前，几乎没有变更过，是传统的国字。正体字还是象形文化，每个字的背后各有故事，是中国历史文明和传统美的最佳载体。据知，台湾当局领导人马英九还曾就此表过态：不反对大家用简体字，但反对采用简体字印刷。这是文化传承问题，没有政治考虑。台湾对繁简字的观点，反过来影响大陆重开一场对汉字简化的论争。挺繁派认为，汉字简化破坏了汉字内蕴的文化基因，当初简化汉字的理由而今也已经不成立，主张取消简化汉字；挺简派认为，汉字简化是历史发展的趋势，符合现状需要，而且简体字已成为社会大众传媒和现代文化记载的基本工具。看来挺繁或挺简都有偏颇，也不是简单可以谁能说服谁的，还是台湾学者们的观点好："识繁写简"或"用简识繁"，才是和谐并存之道。

还想举几个例子来说明台湾国学的正宗。我们都知道，街头行使的供营运的小汽车，大陆称"出租汽车"，也有叫"的士"的。叫"的士"是香港的音译，无疑和曾长期受英国统治有关，而且按粤方言用字，译得并不准确。大陆的"出租汽车"，用字多却不严谨。"出租"是指东西被人有偿借用，而坐出租车只是搭载，汽车仍是原来的司机驾驶，谈不上是"出租"。台湾则称之为"计程车"，相比之下最恰当，一语道破了这种车子按行驶里程计价收费的本质特点。又比如二胡、笛子、古筝这类乐器，大陆称之为"民乐"，台湾则称"国乐"。大陆把"民乐"和"西乐"对举，强调的是器乐的民族特点；台湾称"国乐"，则更加突显这类器乐的中华民族特点。最近注意到，中央电视台音乐频道有个专题栏目，叫"风华国乐"，将"民乐"称为"国乐"了，说大一点，是大陆对台湾"国学"的认同。

在台湾书店，看到一套《中国历代经典宝库》的通俗读物，共59种65册。这套读物给诸子及其他经典都起有一个书名，钩弦提要，引人入胜，把思想性和艺术性很好地统一起来了，部分抄录下来，一同欣赏：

先民的歌唱——《诗经》

儒家的理想国——《礼记》

中国人的圣书——《论语》

儒者的良心——《孟子》

生命的大智慧——《老子》

哲学的天籁——《庄子》

救世的苦行者——《墨子》

人性的批判——《荀子》

国家的秩序——《韩非子》

不朽的战争艺术——《孙子兵法》

泽畔的悲歌——《楚辞》

历史的长城——《史记》

帝王的镜子——《资治通鉴》

民族文化的大觉醒——《宋元学案》

民族文化的再觉醒——《明儒学案》

诸侯争贤记——《左传》

隽永的说辞——《战国策》

御风而行的哲思——《列子》

一位父亲的叮咛——《颜氏家训》

科技的百科全书——《天工开物》

大块文章——《唐宋八大家》

妙语的花园——《说苑》

石窟里的老传说——《敦煌变文》

汉代财经大辩论——《盐铁论》

神话的故乡——《山海经》

六朝异闻——《世说新语》

听古人说书——《宋明话本》

书生现形记——《儒林外史》

造化的钥匙——《神仙传》

失去的大观园——《红楼梦》

梁山英雄榜——《水浒传》

龙争虎斗——《三国演义》

取经的卡通——《西游记》

瓜棚下的怪谈——《聊斋志异》

西周英雄传奇——《封神榜》

帝国的最后一瞥——《老残游记》

文学的御花园——《文选》

大地之歌——《乐府》

古典文学的奥秘——《文心雕龙》

华夏的曙光——《尚书》

神仙道家——《淮南子》

不死的探求——《抱朴子》

唐山过海的故事——《台湾通史》

净土上的烽烟——《洛阳伽蓝记》

忠臣孝子的悲愿——《明夷待访录》

典章制度的总汇——《通典》

　　相比之下，大陆国学或叫传统文化出现倒退，却是不争的事实。表现在部分人或忘掉好的传统，或盲目崇外，或胡乱标新，学术低下、恶作剧现象，充斥文化舞台。近些年来出现如"大禹治水，三过家门而不入，只为婚外情"；"女娲补天只因性苦闷"；"孔圣人难过美人关，与卫灵公夫人南子有风流韵事"；"李清照赌博嗜酒、风流成性"等等。还有屈原汨罗投江，被搬进游乐中心作为蹦极项目；不把文天祥、岳飞当成民族英雄；废弃中国龙，重树中国形象之类，如此恶搞，糟蹋国学，让人汗颜，令人不安。

　　话说到这里，最后恕己直言：国学在台湾很正宗，台湾在国学的传承、学习和运用方面比大陆做得好。这方面值得我们认真总结学习。

为国语争"加油"

◆一得录

> "加油"是劳动呼喊，"加油"是鼓劲号子。
>
> 不过这"加油"在中国太传统了，运用得太娴熟了，惹出了"加油添醋"时增加了一些原本没有的内容和细节，由此而造成了许多不必要的麻烦。以为"加油"属于外来语，应该属于这种"加油添醋"造成的麻烦之一。

中国汉文化语言，在世界语言大家庭中不仅使用的人口众多，而且是充分发育很具表现力的一种文化语言。加之不断与外来语相融合，使得更加丰富多彩。

汉文化语言在表达思想情感方面，其独特的表现力是其他文化语言不可企及的。比如把莎翁或泰戈尔等语言巨匠的诗作译成汉语，不仅能充分传达其语言艺术，甚至比原作更加具有感染力。还有如"雪碧"（Sprite）、"可口可乐"（Coca Cola）这样的译名，其语言魅力直追"望梅止渴"一类优秀传统文化语言。

但是要把国语作品如诗经、楚辞、汉赋译成英语，就很难表现它的特有韵味和意境，对有的语句甚至没有办法翻译出来。因为翻译不单是语种间的转换，更是牵涉到两种不同文化的背景，这比文字翻译本身要复杂得多。外国人译中文的困难除中文本身以外，还有中国历史风俗习惯的障碍。中文的口语、成语，字面上很好懂，译起来却容易出错，原因就在于文化背景的差异。据说民国初年的《上海西报》，把"胡适先生驰骋文坛"译成了"胡适生先经常在写字台上跑马"。成语"一诺千金"外译后再译回来，就成了

"只要一答应，就要付一千美元"，最近有件发生在重要场合的尴尬事，同样说明这个问题。

2008年12月18日，胡锦涛总书记在纪念党的十一届三中全会召开30周年大会上发表重要讲话，讲到我们国家到新中国成立100周年时要基本实现现代化，建成富强民主文明和谐的社会主义现代化国家时，要求我们"不动摇、不懈怠、不折腾"，坚定不移地推进改革开放，坚定不移地走中国特色社会主义道路。宏伟的目标蓝图，激起全场热烈掌声。在场的国内外媒体记者双语精英，却被"不折腾"一语折煞得无可奈何，找不到恰当的英语词汇来表达。据说后来出现了几十种译法，都不能把"折腾"真正内涵恰到好处地体现出来。

这类地道的国语，非常有个性，用其他语种往往不好替代。由此想起有人把国语"加油"这个词当作外来语对待，很难有理由说服人接受。

"加油"外来说认为，"加油"这个词来源于世界第一次汽车拉力赛。说是当这次汽车拉力赛进入关键时候，跑在最前面的意大利法拉利车队的一辆赛车，离冠军只有一步之遥的时候，突然熄火。在场的无数观众都为这辆车着急。这时被誉为世界"赛车之父"的意大利人恩佐·法拉利先生连忙问身边的助手，为什么会突然熄火。助手称应该是耗油太多，赛车没油了。恩佐·法拉利顿失异常生气，大叫："加油！加油！"四周的观众们一听，以为这是法拉利先生在对自己车队的赛车手鼓劲，于是大家也跟着大喊"加油，加油"。自此以后，"加油"便成了赛车场上对赛车手的一种独特的鼓励方式。后来随着体育运动越来越多地受到人们的喜爱、关注与重视，为赛车手"加油"这种方式渐渐沿用到各种比赛场上，喊"加油"便成为观众对运动员呐喊助威的全世界流行的一种方式。

但是，"加油"这个词是外来语，只不过是附会的一个传奇故事。因为恩佐·法拉利先生是意大利人，他不可能用中文喊"加油"，在场的观众也不可能附和中国语"加油"！如果说是通过了语言翻译的话，而今英汉或汉英工具书里还找不到与"加油"完全对应的词语。世界上正式的第一次汽车拉力赛，时间在1907年6月10日。而在此之前，国语中的"加油"就已经家喻户晓了。比如我们历史上没有电，照明用松膏油灯，加油的事随时都在发生，比如古代没有动力车，木轮车轴润滑，同样需要加油。"加油"是劳动呼喊；"加油"是鼓劲号子。至若汉语成语"加油添醋"或"添油加醋"都是生活中的常事，原本早就有的。要是国语没有"加油"这个词儿，想想我们的祖祖辈辈们，加油的时候又该叫做什么呢？

"加油"是劳动人们在长期的劳动中形成的，是中国汉语言文化发展的产物。不过这"加油"在中国太传统了，运用得太娴熟了，惹出了"加油添醋"时增加了一些原本没有的内容和细节，由此而造成了许多不必要的麻烦，以为"加油"属于外来语，应该属于这种"加油添醋"造成的麻烦之一，所以才需要为国语争"加油"。

汉语的几个奥妙

◆一得录

> 　　汉语是讲究语法修辞的。语法是规则，修辞是技巧。规则和技巧掌握和运用得娴熟了，就能使汉语表现出魔术般的奥妙，让人玩味无穷。
> 　　句逗相去千里，词序变化无穷，声调妙趣横生，析字深不可测，谜语曲径通幽。

　　大家都知道，汉语是讲究语法修辞的。所谓语法，指的是汉语组词成句的规则，包括词法和句法两大部分。所谓修辞，是指使用各种巧妙而有效的方法，把语文修饰得美丽生动，以加强它抒发情感，表达思想的功能。语法是规则，修辞是技巧。规则、技巧掌握和运用得娴熟了，就能使汉语表现出魔术般的奥妙，让人玩味无穷。

　　句逗相去千里——盛唐著名的边塞诗人王之涣，他的诗作许多被当时的乐工制曲歌唱。广为人知的《出塞》，本是一首七言诗："黄河远上白云间，一片孤城万仞山。羌笛何须怨杨柳，春风不度玉门关。"据说当时有位乐工，把这首诗唱成了"黄河远上，白云间一片，孤城万仞山。羌笛何须怨，杨柳春风，不度玉门关"。使这样一首描写西北边塞广阔山川特有风光，委婉地指出君恩不及边塞远戍之人，对戍边战士表示极大的同情，借以抒发征人思乡之情的七言好诗，变成了长短句，一首绝妙好词。并使其意境更加雄浑，感情更加强烈，风格更加悲壮苍凉。

　　古代人写文章没有标点符号，后来人读古籍，首先要断句。一段话句逗不同，其意义大相径庭。被后来用以治天下的经典《论语》一书，里面许多话因为句逗不同，见仁见智，相去千里。比如在《泰伯第八》中，孔子说"民可使由之不可使知之"，理解起来，可以是"民可使由之，不可使知之"；也可以是"民可使，由之；不可使，知之"；还可以是："民可，使由之；不可，使知之"。争论了几千年，至今没有定论，各取所需。

　　至于像"养猪大如山　老鼠头头死　酿酒缸缸好　造醋坛坛酸"，横披为"人多　病少　财富"这样的对联，因为没有标点，被人念成"养猪大如山老鼠，头头死；酿酒缸缸好造醋，坛坛酸"。横披"人多病、少财富"。这样的笑话很多，让人喷饭。

　　词序变化无穷——见到过一把茶壶，上面刻有这样五个字："可以清心也"。让你从其中任何一个字起读，全都可以读通成句子。结果是：可以清心也；以清心也可；清心也可以；心也可以清；也可以清心。都是在渲染表达茶水的功能，变化如此丰富，几同魔方。

　　走进学校，常常看到这样一条标语："一切为了学生，为了一切学生，为了学生一切。"六个字循环往复，让人感受到了学校老师对学生的片片爱心。"一切为了学生"揭示学校工作的出发点，不是某些方面为了学生，而是方方面面为了学生；"为了一切学生"强调自己的服务对象，不是少数学生，而是全体学生，一个也不能少；"为了学生一切"表明服务的彻底性，对学生的一切负责，不作任何推诿。面对学校这样的承诺，没有人认为它是文字游戏，而更多地觉得是给学生、给家长的关心和关爱。

　　运用词序变化作广告语，妙手偶得，佳句天成的例子不少。比如中央电视台某农村栏目播出的一句广告语："听您想说的，说您想听的。"一"听"一"说"，忽前忽后：前一句表明倾听意见的虚心，后一句则表明办好节目的决心。这样的用语自然激发观众收看这档节目的兴趣。又如湖北《今古传奇》："今古传奇，奇传古今。"前一句道刊名，后一句表特色，一正一反，自然贴切，天衣无缝。再如上海《理财周刊》的广告词是："你不理财，财不理你。"本是寻常口语，一经倒置以后，顿时魅力四射。真是五分说理，七分幽默，十分得意。

　　声调妙趣横生——明朝文学家徐文长晚年撰写一幅对联挂在书斋中："好读书，不好读书；好读书，不好读书。"用注音来表示，此联应读为："好(hǎo)读书，不好(hào)读书；好(hào)读书，不好(hǎo)读书"。上下联文字完全相同，其中的"好"字，形同而音、义不同。一读"hǎo"，与坏相对，表示使人满意，如好人好事；一读"hào"，跟恶(wù)相对，表示喜爱，如好学、好动脑筋。作者利用"好"字的音义变化，上联讲人在青少年是最好读书的时期，往往不爱好读书。下联指出年纪大了喜好读书，却不是读书最佳的时期了。巧妙而又深刻地表达了人生在读书问题上的心得与感慨，既富有理性思考，又使人读起来奇巧有趣。

山海关孟姜女庙联脍炙人口，但也为难了不少人多有不解。联曰："海水朝朝朝朝朝朝朝落，浮云长长长长长长长消"。联中的关键文字是"朝"通"潮"，在这里分别读作"zhāo"和"cháo"；"长"通"涨"，分别读作"cháng"和"zhǎng"。这样此联读作："海水潮，朝朝潮，朝潮朝落；浮云涨，长长涨，长涨长消"。对联的意义既一目了然，又韵味深长。

还有一家豆芽菜店，题着"水中求财"扁，对联是："长长长长长长长；长长长长长长长"。上下联14个字完全相同。原来其中一个是动词"长"(zhǎng)，一个是形容词"长"(cháng)。利用这个多音多义词，带着豆芽菜店"水中求财"的意境，读出此联来，真的是妙趣横生。

析字深不可测——析字又叫拆字、测字，是通过汉字笔画的增损离合来做文章。比如《坚瓠集》载的一联："琴瑟琵琶，八大王一般头面；魑魅魍魉，四小鬼各样心肠。"八大王、四小鬼是拆前四字的同样半边。又比如"古木枯，此木是柴；女子好，少女更妙"。偏旁部首，有离有合，组词成句。

析字法最流行的是测字，它根据汉字的不同形体，或增笔画，或拆开偏旁，或打乱结构，做出富有神秘色彩的解释，以此推算人的吉凶祸福。这种测字很多是信口开河的解说，没有任何科学依据，但它对字形的巧妙解释，却闪烁着智慧的火花。其历史源远流长，至少可以追溯到汉代。隋朝又名"破字"，宋代则称"相字"。《后汉书·蔡茂传》中一段记载，说的虽然是梦境，而被认为是后世测字的由来。蔡茂，东汉人，官至司徒。一日梦中得禾，复又失之，以问主长簿郭贺。郭贺认为"禾失为秩"，"虽然失之，乃所以得禄秩也"。"秩"是官员的俸禄或者官阶，蔡茂听后自是大喜，不久果然得以擢升。

中华人民共和国成立前夕，孙科曾出任行政院长。当时南京《益世报》上，刊文为孙内阁测字。该文作者把"科"字拆为"禾""斗"二字，说孙内阁面对当时国共对峙的形势，"欲和无口，欲鬪（斗）无门"，因此注定是"短命内阁"。事情的发展果然不出所料。同样是这家报纸，在淮海战役结束之后，曾刊文预测蒋介石何时下台，该文把"蒋中正"拆为"廿、将、中、一、止"五个部分。这五个部分拼成一句话：廿一将中止。1949年1月21日下午，显赫一时的"蒋总统"真的黯然宣布"下野"了，让拆字文充满了巧合的戏剧色彩。

我曾在街头见识过一次测字。某女为母病问安。测字先生叫她随便写个字。某女即写一"而"字。测字先生说："而"是个连词，既然连得下去，看来你母亲并无大恙。求测的人是一女子，女字上面加个"而"得一"耍"字。"耍"者，游玩也。看来你母亲能玩能耍，你放心好了。几句话说得这女子心花怒放。由此，析字之法让汉字得到了以另类形式展示奥妙的机会。

谜语曲径通幽——明代冯梦龙编有《黄山谜》，其中"上无半片之瓦，下无立锥之地，腰间挂着个葫芦，倒有些阴阳之气"，猜一占卜的"卜"字，此谜可谓形神兼备，妙不可言。据说北宋文学家王安石，也是一个谜语高手。他的一首诗："佳人伴醉索人扶，露出胸前白雪肤。走入帐中寻不见，任他风水满江湖。"每句中隐藏一位诗人的名字，前三句分别为唐代著名诗人贾岛、李白、罗隐，第四句是比王安石稍早的诗人潘阆，自号"逍遥子"。这谜底可以会意得出。还有"画时圆，写时方，冬时短，夏时长"，猜一"日"字，也是他的大作。

冰心直到晚年，还津津有味地谈起儿时猜过的一则字谜，谜底是"随"字："上有一半，下有一半，中空一半，除去一半，还有一半。"她说"随"字很难写，猜了这个谜语，立刻就记住了。上面"有"的一半是"ナ"，下面"有"的一半是"月"，中间"空"的一半是"工"，"除"去一半是"阝"，"还"有一半是"辶"，加在一起就成了"随"字。

历代不少有成就的诗人词家，用谜语创作诗词，其诗谜表现尤为精彩。比如清代满族女词人顾春，是某皇室子弟的侧室（小老婆），她在《玉房怨》词中深沉地抒发了元宵之夜独守空闺怨愤之情："元宵夜，兀坐灯窗下。问苍天，人在谁家？恨玉郎，全无一点真心话。叫奴欲罢不能罢。吾今舍口不言他。论交情，曾不差。染尘皂，难说清白话。恨不得，一刀两断分两家。可怜奴，手中无力能抛下。我今设一计，数他无言可答。"这首词也是诗谜，谜底从"一"到"十"，分别藏在如泣如诉的字里行间。第一句，"元"字去掉"兀"是一；第二句，天字不见了"人"是二；第三句，"玉"字无一点一竖是三；第四句，繁体"罢"（罷）字没有"能"是四；第五句，"吾"字"舍口"是五；第六句，"交"字"曾不差"即不要"乂"，是六；第七句，"皂"字"难说清白"即去掉"白"，是七；第八句，将"分"字"一刀两断"是八；第九句，"抛"字没有了"扌"和"力"，是九；第十句，"计"字无言是"十"。

至于像杨主簿与魏武帝竞猜曹娥碑诗文旁八个大字："黄娟幼妇外孙齑白"，是"绝妙好辞"，让曹操自愧与杨修才力相距三十里，终于埋下嫉杀之祸，让后人扼腕叹息！类似这样的奥秘，就不是曲径通幽，而是讳莫如深了。

同样的感官 异样的感受

◆一得录

> 怎样设计布阵，使高考工作严谨认真，既能达到预期效果，又能更多地让高考环境更轻松一些，对每个考生有更多一点的人文关爱。不要总是有意无意来营造出一种剑拔弩张、你争我夺、叫人死活没有退路的氛围。同样的感官，却可以有异样的感受。

　　这些年，绝大多数省份的高考都安排在 6 月 8-9 日两天进行，场面气氛和天气一样的热烈。2009 年高考后的第五天，我到某市设考点的某中学，看到高考的环境、高考的氛围，依然还那么神圣庄严。眼前的情景强烈地刺激着每个人的感官。

　　距离学校大门足足十米远的地面上，正前方、左右侧框着醒目的半包围白线，三方分别写着"警戒"的大字，赫赫威严。校门上挂的对联是："雄关漫道谁与争勇，烈火熊炉我自称雄"，让人看到真要急得跳起来。走近校门，跟在后边的是一道高大的彩虹门，横跨在校园大道上。气压把门拱冲得涨鼓鼓的，彩虹门上红底白字格外耀眼，上面写的是："十年磨一剑 争锋在今朝"，好似刀光剑影，令人毛骨悚然。往前行在离一排教学楼不远的地方，又是一道"警戒线"。越过这道警戒线进入教学楼，教学楼四周原来围着的专用"警戒彩带"还没有完全收捡。教学楼前腾空而起两个大彩球，彩带上金黄色的大字十分吸引眼球："览前贤思己任铁杆磨针只求前程似锦，念亲情感师恩悬梁刺股但愿无愧我心"！是祝福？是砺志？担心让人没有了退路。看得出，这里是五天前厮杀的地方！真个是：考场外，冲天标语，刺破青天锷未残；考场内，莘莘学子，披肝沥胆，有如万马战犹酣！

此情此景，让我仿佛回到了 32 年前。那是公元 1977 年，我们国家历经十年"文化大革命"后恢复高考的第一年。我参加了这一年的高考，也全凭这次高考实现了自己人生道路的转折。

记得是 12 月的一天，天气本来已经有点冷了，我又穿着单薄，早上也不可能补充什么好的营养热能，连饭都顾不上吃就从村里赶着来参加考试。考场设在我读高中时的区中学，虽然离开母校回到农村广阔天地去接受贫下中农再教育，四五年时间没来这了，但环境应该还是熟悉的。没料到突如其来，进考场要经过两道岗哨，让人不寒而栗。第一道岗设在校大门，武装民兵查问后进校园。第二道岗设在教室门口，持枪民兵守卫着教室门，监考人员查验准考证让人进考场。我刚一入座，考试铃声就响了，还没醒过神来，试卷就分发到了眼前。此时此刻，我拿着考卷两眼发黑，头晕目眩，不知道是疲劳还是紧张造成的。我只好下意识闭上眼睛，咬着舌头，扒在桌子上静养片刻，才恢复过来，开始答题……

1977 年那年的高考作文题目是"心中有话向党说"，真的是印象深刻。兴许是我向党说得真诚，说得铭心，说得入理，结果让我从理科考生录到了文科上学。而今高考年年有，我不仅记住当年那作文题，而且还想象当年那样为高考而有话继续向党说，只不过这时的党代表或代表党的应该是每年高考的组织工作和考务人员。怎样设计布阵，使高考工作严谨认真，达到预期目的，又能更多地让高考的环境更轻松一些，对每个考生有更多一点的人文关爱。不要总是有意无意来营造出一种剑拔弩张、你争我夺、叫人死活没有退路的氛围。都是过来人在操办这些事，换位思考一下，总不至于要以自己当年的感受来报复现在的年轻人呀！其实，像这样的情景，读书人都能感受到是什么样的滋味，是不需要更多地再去刺激感官的，同样的感官，却可以有异样的感受。不是有这样一个关于考生与考官的故事传说吗？

考生曰：未曾提笔泪涟涟，寒窗苦读十几年；考官若不把我取，只有一命归黄泉！

考官依次在考生的那四句话上批曰：何必，未必，势必，不必！

果真如此，不需要去考证，真的担心那位考生还能否好好地活下去。

数字中的国学常识

◆一得录

中国人之于数字，不仅是记数，其中往往有着更深刻的含义。每个人自幼识数，开始就学"一、二、三……"，但难穷其奥妙。因为论其定义，是数字；究其衍义，是训诂学；穷其虚义，则又是哲学……

这里姑且叙说个一、二、三，或许可以激发我们对数字国学更大的兴趣，增加一点国学常识储备。

国学，顾名思义就是中国之学。中国之学以经、史、子、集为载体，包括文学、史学、哲学、宗教学、民俗学、伦理学、金石考据学等等，其历史悠久，博大精深，灿烂辉煌。就连从一至十这些简单的数字，其中也饱含着丰富的国学常识。

《素问》中说："天地之至数，始于一，终于九焉。"中国人之于数字，不仅是记数，其中往往有着更深刻的含义。每个人自幼识数，开始就学"一、二、三……"，但难穷其奥妙。因为论其实义，是数字；究期衍义，是训诂学；穷期虚义，则又是哲学……

大家都知道，我们现在使用表示数字的字符有几套。这1、2、3……叫阿拉伯数字，是泊来品，据说是古印度人创造的，约在公元7世纪先后传入阿拉伯、欧洲地区，为阿拉伯人先行使用，因而被称为阿拉伯数字，后来在全世界通行。大约在公元13到14世纪，阿拉伯数字传入中国。由于我国古代就有一种叫"筹码"的数字，写起来比较方便，一时未推广阿拉伯数字，到20世纪以后才慢慢使用，不过100多年的历史。

正统的国学数字是方块汉字一、二、三……，它们源自生产及生活中的计数。在古代，人们曾以竹棍、木条等作为计数的工具。从发生学的角度看，与今日儿童的计数没有本质的差别。然而，先民们用来辅助计数，向他人表示数量，最直观而实用者，莫过用手指计数。因此，正如郭沫若先生所言："数生于手，古文一二三四作一二三亖，此手指之象形也。"事实上，五、六、七、八、九、十也源自手势语言。研究者还发现，数字国学首推"十进位制"，即"逢十进一"和"退一当十"的进位计算方法，是对世界数学文化的伟大贡献。十十为百，十百为千，十千为万，在世界范围内，古代社会只有印第安人和中国人达到以"万"为计数的单位。甲骨文中所见的数最大为三万。"万"在中国传统的数词中是最大的，"亿"则是现代人后来造的数词。"万"在古代极言其多，如"万物、万象、万万岁"等。

还有一套大写的数字：壹、贰、叁……不知道大家是不是注意到它是怎样得来的没有。《西游记》中有一段故事，讲的是唐太宗李世民病危，奄奄一息了。大臣魏徵知他的魂魄已到阴间，便托阴间旧友判官崔珏设法营救。当崔判官翻阅生死簿时，见到唐太宗的死期是贞观一十三年时，大吃一惊，如不设法篡改，李世民之魂便回不了阳间。他急中生智，便在一十三年的"一"字上添加两画。后来阎王见生死簿上唐太宗名下还有二十年阳寿，便让李世民返魂还阳了。这个小故事表露一个问题：原来这小写数字很容易篡改。为弥补这一缺陷，从西汉时开始就流行大写数字，到唐代武则天执政时，官方正式规定，"壹、贰、叁、肆、伍、陆、柒、捌、玖、拾"为序数一至十的大写数字。后人称之为"会计体"。《通俗编·数目》曰："今官府文书，凡记其数，皆取声同而点画多者改用之。于是壹、贰、叁、肆之类，本皆非数，借以为用，贵其不可改换为奸耳。"原来这"会计体"的每个字都有其本身的意义，用作数字大写，属于同音假借。同音假借又是国学的一大绝妙。要是把这些数字分别同其他词结合起来，组成新的复合词，更是千姿百态，知识无限。比如"一统、二体、三戒、四科、五伦、六部、七出、八条、九品、十哲"等等，这里姑且叙说个一、二、三，或许可以激发我们对数字国学更大的兴趣，增加一点国学常识储备。

一统

先从"一"字说起。古文字中的"一"是个象形字，来源于右手食指伸出的象形摹写。现今楷书"一"字，与古文字一脉相承。《玉篇》解释为："一者数之始也。"就是说，一是最小的整数，是万事万物量的基始。《说文解字》解释为："一，惟始太始，道立于一。道分天地，化成万物。"老子曾经说过："昔之得一者，天得一以清，地得一以宁，侯王得一以为天下。"《管子》在"形势篇"中也明确指出："异趣而同归，古今一也。"所有事物合起来是一个整体，"九九归一"。"一"又是抽象意义上的最大。所以"一"引伸为整体、归一之义。正因为这样，华夏民族从来尊崇"一"也即"归一"，形成了根深蒂固的"一统"也就是"大一统"的思想传统。

孔子作《春秋》，开篇云："隐公元年，春，王正月。"意思是说，鲁隐公元年的春天，就是周王的正月。什么意思呢？《公羊传》解释道："王正月，大一统也。"这里的大一统，就是尊崇一统。大，尊崇的意思。按照大一统的思想，国家无论大小，人口不在多寡，只要民族统一、国家统一、政令统一、思想统一、历法统一、礼仪统一、度量衡统一、文字统一、货币统一等等，都是尊崇一统。

"大一统"的理念是中国自西周以来立国的基本观念之一。西周成立之初，虽然大封诸侯，裂土分治，但却有一套严谨的礼乐制度。这套礼乐制度上自天子，下至诸侯、士大夫，不论是祭祀天地祖宗、宴乐聚会，还是车舆礼器乃至拥有妻室的数目等，都有严格的规定。制礼作乐是王权至高无尚的象征，诸侯臣民只有奉行。如孔子所云："天下有道，礼乐征伐自天子出；天子无道，礼乐征伐自诸侯出。"当历史进入春秋、战国，周王朝大一统的政治格局被打破，诸侯群起，礼崩乐坏，但大一统的观念却仍然根深蒂固。根据这个观念孟子曾预言："天下将定于一。"认为大乱之后将迎来大治，天下合久必分，分久必合。从此，"大一统"思想成了中国历朝历代遵奉的宗旨。今天我们继承一统思想，应该更加努力去追求实现中华民族的伟大复兴。

二体

"二"字为头的词语有很多，独选"二体"，出于这样的动因：首先，"二"（尤其是大写贰），自身含义有许多属于不怎么积极向上的，不足以为范式。其次，历史中有无尽的宝藏，"二体"属于历史的，拿"二体"来谈国学，所谓"读史使人明智"，自然还可以"明治"，何乐而不为！

与"一"同出一辙，"二"也是个象形字，乃右手食指和中指伸出，以手掌背对他人时的象形描述。从甲骨文始，金文、小篆、楷体均为上短下长，以两横构形。

"二"字的本义是数目。一加一等于二。引申意义极为丰富：表副职，如《周礼·天官·大宰》"乃施法于官府，而建其正，立其二"；表重复再次，如《论语·雍也》"有颜回者，好学，不迁怒，不二过"；表怀疑、不信任，如《书·大禹谟》"任贤易二"；

表背叛、有二心，如《左传·襄公二十四年》"夫诸侯之贿，聚于空，则诸侯二"；表不按规则、变易无常，如《诗·卫风·氓》："士也罔极，二三其德"。还有把封建时代的前朝官员投降新朝又当了官的人叫"二（贰）臣"，因此又有"好女不嫁二夫，好男不事二主"等等，这些虽也不乏教育意义，但都不足以为范式。

这里要说的"二体"，即"班荀二体"。特指班固《汉书》、荀悦《汉纪》所分别完善的纪传体和编年体这两种史书体裁。后世两类史书均依班、荀两书为范式，故被誉称为"班荀二体"。

纪传体是以人物为中心的史书体裁，为司马迁《史记》始创。编年体则按年月顺序编写史书，如《春秋》、《左传》等。班固《汉书》对司马迁《史记》编写体例上的发展完善，主要在于舍"世家"，改"本纪"为"纪"、"列传"为"传"、"书"为"志"，并新设传类、志类、表类，使史书纪传体更臻完善。相比来说，荀悦《汉纪》对编年体史书体裁的贡献更大。在《春秋》、《左传》以编年体记事之后，由于《史记》等纪传体史书的问世和影响，编年体史书再也没出现。荀悦《汉纪》是两书之后第一次使用编年体。在写法上突破了时间的界限，吸收了纪传体的长处，使编年体不仅可以记事，也可以写人，还可以载述典章制度，从而使这种体裁达到成熟，成为与纪传体并驾齐驱的史书体例。

了解"二体"，可以帮助我们更好地学史、用史、修史。而修史、学史、用史，可以使人明大势、审源流、阐幽微、辨真伪、知得失，做到谋事不至辱先，做事足以垂后。

三戒

与一、二如出一辙，"三"字来源于三个手指伸出，以右手掌面对他人的象形描摹。其甲骨文、金文、小篆、楷体一脉相承，均以三横画来表示记数符号。

不过"三"比之于"二"，虽然都是数目字，其意义却不只是比"二"多伸出了一个手指，"三"的地位远比"二"高。

《说文》曰："三、天地人之道也。"老子说："道生一，一生二，二生三，三生万物。"在"叁天两地"的圣数中，三为天为乾为日为父为男为阳，二为地为坤为月为母为女为阴。天尊地卑，男尊女卑，三的神圣性、崇高性，远非二可比拟。

"三"是中国人特别喜欢用的数词。三才天地人，三王禹汤周，三光日月星，三友松竹梅。伦理民俗有《礼记·大学》"三纲领"：即"大学之道，在明明德，在亲民，在止于至善"。有儒家"三从（四德）"、"三纲（五常）"。政治官职有"三省、三公、三司"；

哲学思想有"三教（九流）"等等。在古人看来，凡事不过三，因此"三"又表示多数、多次，如"一日三省吾身、三思而后行、三盈三虚、三过家门而不入"等等。更神圣的是，古代人认为，先民创造文字，三横者代表天道、地道、人道，而能通达天道地道人道的是王者，三横而又用竖线连接其中叫王字，所以王者是天下归趋向往的对象。就连孔子也称道王者"一贯三"，可见"三"字的神圣、崇高。

以上运用的这些材料表明，"三"字不仅是数词，表定数还可以跟多相配，表概数。更重要的是"三"字是标准，在中国传统文化中，礼以三为成。这里我们所以特举"三戒"，希望有更多的人能了解这些标准，遵守这些标准。

"三戒"，出自《论语·季氏》："君子有三戒：少之时，血气未定，戒之在色；及其壮也，血气方刚，戒之在斗；及其老也，血气既衰，戒之在得"——少年戒色，壮年戒斗，老年戒得，这是孔子倡导的人生修养要诀。今天的人们，不妨多读读这样的要诀。

65 与 56 的困惑

◆一得录

酝酿将法定退休年龄提高到 65 岁，有网民如此说：我要继续好好工作，多交社保金，到了 65 岁，自动去见马克思，更不会为国家添一点点麻烦。

处级干部任职年限为 56，科级干部为 45……限龄任职，提前离岗，无异于促使人"未老先衰"。干部未老先衰，是国家的一大悲哀。

两个直白的阿拉伯数字，何以让人困惑？原来这 65 有可能成为干部职工的退休年龄，也就是法定退休年龄将从现在的 60 岁推至 65 岁。这 56 则是处级干部任职的年限，年届 56 岁者，当从领导职务岗位上退出来，转为非领导职务再自由上班到退休。面对这两组年龄数字，让人思来想去，产生几多困惑甚至悲哀来。

据媒体消息，最近国家人力资源和社会劳动保障部有关人士透露，正在酝酿逐步将法定退休年龄提高到 65 岁。拟推行这一政策的主要理由是，养老保险资金缺口巨大，延迟退休可以有效缓解"白色浪潮"的压力。这一方案能否正式出台，不得而知。但媒体一透露，便受到社会广泛关注和热议，引来大多数人指责这绝对是个馊主意。

说它是个馊主意，我想主要有两点背离现实常情甚至道德的地方。首先从人的年龄与劳动权和休息权来看，中国人的平均寿命也就是 70 多岁，如果推迟退休年龄，那就意味着每个劳动者一生中要增加更多的劳动时间，虽然这样做可以增加为自己向社保部门缴养老保险金，而劳动者休息的时间相应减少了，享受社保提供养老保险回报的时间和额度也大大减少了。这样来看，试图推迟退休年龄，来减缓社保资金的压力，其实质是损害广大劳动者的切身利益，将矛盾和危机转嫁给广大劳动者，显然是不合理也是不道德的。其次是影响就业。中国的就业情况本来就不容乐观甚至让人担忧，在这种背景下要是出台推迟退休年龄的政策，无疑将进一步加剧本来就日益严重的失业现状。试想难道应该让更多的年轻人失业而靠老职工延长工作年龄，多交五年养老保险金来缓解社会压力吗？无怪乎有网民如此说：从今天开始，我要继续好好工作，多交社保金，到了65岁，自动去见马克思，更不会给国家添一点点麻烦。

问题的另一面，又是不让你或者说不要你继续好好工作。虽然法定退休年龄可能提高到65岁，可是许多地方都已经出台了政策规定：处级干部任职年限为56岁，科级干部为45岁，到了这个年龄，就要转非领导职务，任调研员、副调研员或主任副主任科员。转非领导职务可以上班可以不上班，还可以提前离岗，等到了退休年龄时再办退休手续。这期间工资福利待遇与在职不变，事不要做，钱照样拿，按说是天下再没有比这更好的美差了。其实这样做弊端极大，不仅伤害了一大批干部的积极性乃至自尊心，进而又对年轻在职的产生消极影响。

如果说要是推迟退休年龄，作为个人无奈的话，可以通过"延年益寿"，来争取扩大自己的劳动权和休息权益。那么限龄任职，提前离岗，无异于促使人"未老先衰"。此当如安东尼在《沉思录》书中所指出的："这是一个羞愧：当你的身体还没有衰退的时候，你的灵魂就先在生活中衰退。"面对着65与56的困惑，更觉得干部未老先衰，是国家的一大悲哀。

换位体验不出思考

◆一得录

　　"一周局长"、"一日警察"，始作俑者想通过换位体验，达到换位思考，从而消除误解，增进理解，达到谅解。

　　然而如此换位体验，不过是滑稽多于严肃，愚弄多于疏导。事实上换位是体验不出思考来的。

　　对当前经济社会形势的判断，大家比较一致地能够接受这两句话：一句是黄金发展期；另一句是矛盾凸显期。抓住机遇，加快发展，是不可动摇的主题。和谐关系，化解矛盾，又是必要的条件和保障。

　　利益格局的多元化，产生矛盾的多发性和复杂性。一定程度上看，官民矛盾、警民矛盾表现得越来越突出。官贪、官独引发民不从命。警黑警霸，诱发民怨。各级都在下意识严肃警纪，整肃吏治。办法措施自然也可以是多样化的。最近在新闻媒体上读到两则消息，简言之叫"一周局长"和"一日警察"。开始怀疑怕是"作秀"，却不然还引发了进一步讨论，认为这样"换位体验"好，可以释放怨气，增加社会公平公正从而生成和谐。

　　这"一周局长"说的是某县县委做出决定，县直单位局（部）一律实行干部职工轮流当"一把手"，推出了"一周局长"制。并且还具体要求，局级单位干部职工人数在25人以下的，应在全部干部职工中进行。干部职工人数在25人以上的，可以在中层干部中开展。

另一则消息是某市开展"今天请您当警察"活动，第一次请到 21 名群众穿戴好警用装备，当上"一日警察"。

消息报道说：试行"一周局长"制度，主要是让干部职工体验一下"当家"的难处，进而提高干部职工的大局意识和综合素质，培养一般干部职工换位思考的能力。而记者发现，几乎每个接受采访的"一周局长"、"一周部长"都肯定地说自己通过轮流任职后得到了不同程度的进步和提升。但问及他们在一周任期内解决过什么实际问题，这些"周官"个个面露难色。而那些"一日警察"，则个个感触颇深，说是虽然只当了一天警察，却真正感受到了当警察是个很辛苦的差事，让人体会到当警察真不容易，今后不再埋怨警察这也不行那也不是了！

这使我想起了儿时听人说的一个故事。有一位读书人落第不得志，满肚诗书，满腹骚怨。天天用纸笔写"天地不公，鬼神有私"。写了烧，烧了写。这件事让阎王知道了，接这位书生去做一日生死判官，让他判死遣生，结果弄得晕头转向、糊涂不堪，结果自动告饶，表示再也不发牢骚了。

果真能如此，倒也还算是有效果的。我想这始作俑者，出发点和目的都在于想通过换位体验，达到换位思考，从而消化误解，增进理解，达到谅解。然而，如此换位体验，就能够促成换位思考吗？或曰，如果让我当"一周局长"，我就抓紧办两件事：多批条子"同意报销"，研究进人提拔干部。我当"一日警察"，就 24 小时不停去开出罚款通知单……看来不过滑稽多于严肃，愚弄多于疏导！

换位思考的实质，就是设身处地为他人着想，即想人所想，理解至上，是人对人的一种心理体验过程。将心比心，设身处地，将自己的内心世界，如情感体验、思维方式等与对方联系起来，站在对方的立场上体验和思考问题，从而与对方在情感上得到沟通，增进理解，达到谅解。因此，倘能换位思考，何须换位体验。事实上换位是体验不出思考来的。

刘伯温难料"正打歪着"

◆一得录

> 泱泱中国，仿古弄假由来已久，且越来越多。这《良桐之琴》将仿古造假的工艺技术和流程和盘托出，足以让人一看就懂，一学就成，成了仿古弄假的始作俑者。
>
> 刘基如此"正打歪着"，恐怕连他这位神机妙算的预言家，也始料不及。

刘基，字伯温，是元末明初著名的政治家，朱明王朝开国元勋之一。然而，在民间享有崇高地位的是刘伯温，而不是刘基。因为更多的人不了解刘基是"帝师"、"王佐"，却知道刘伯温如何神机妙算，比诸葛亮更加神明。原来有一本流传很广的《烧饼歌》，传说是刘伯温写成的，又叫《帝师问答歌》。

这《烧饼歌》流传的版本很多，大同小异，全文只有1912个字，是对话方式的歌谣文体，更确切地说是用隐语写成的"预言"歌谣。这里面刘伯温的话都是掩头藏尾的，事情没有发生时谁也猜不透是怎么回事。事情发生过后才会令人恍然大悟。它从明太祖之后一直说到清王朝被推翻，然后还有很多现在都还未发生的事情，也就是说它预言了20世纪以后的中国，甚至21世纪、22世纪……一直不知到哪个世纪。这些未来的预言，有点像"母在父先亡"之类令人狐疑，具有不确定性，可以作多种解释，一旦确定是哪一种，就可以使预言者得到验证。说它预测准确吧，免不了多有巧合，最好只能算是歪打正着。

《烧饼歌》里许多被应验了的事情，都是这样。比如关于明朝气数的预言。朱皇帝问刘伯温："天下之事若何？朱家天下长享否？"意思是问朱明王朝能坐享天下到什么时候。刘伯温回答:"茫茫天数,我皇万子万孙,何须问哉!"说是天数虽然难料,而皇帝您众多子孙,代代相传,就看他们啦,不必问我。后来明朝江山结束在思宗(朱由检)崇祯皇帝手中。崇祯十七年(1644年)北京被李闯王所破,思宗自缢。而思宗是神宗皇帝(朱翊钧)万历的孙子。事情发展到这里,人们解读刘伯温当时回答朱元璋的话,以为语带双关,好像是一句恭维话,告诉朱明王朝将千秋万世,子孙相传。实际上已经指明明朝天下到万历的孙子崇祯为止。因此认为完全应验刘伯温关于明朝气数的预言,笔者实在不敢苟同。

如果说《烧饼歌》中反映这类应验之事,不过"歪打正着",那么刘伯温还有另类的文字却属于"正打歪着"了。

刘伯温的重要著作是《郁离子》。这本书集中表现了他的政治主张、哲学思想和人才观点。书中有一篇《良桐之琴》。文章说,有一位善于作琴的工匠叫工之侨的,得到一块优质桐木,"斫而为琴,弦而封之,金声玉应,自以为天下之美也",于是将此琴献给主管宫廷礼乐的官员太常,太常看了看摇头说:这不是古物。工之侨将琴带回,"谋诸漆工,作断纹焉。又谋篆工,作古窾焉,匣而埋诸土,期年出之"。经过漆工断纹、篆工作古字之后,将琴埋入地下,一年之后挖出来,抱之入市,贵人过而见之,易之以百金;献诸朝,乐官传视,皆曰:"稀世之宝也。"工之侨闻之,叹曰:"悲哉世也,岂独一琴哉,莫不然也,而不早图之,其与亡也。"

一把好琴,因新制"弗古",被弃之不取,一旦弄假仿古,身价百倍。这不是一张琴,而是整个社会的偏见。工之侨因此兴叹,避世深山,实际是刘基自喻,他在这里极力主张去浮饰,求真才,尖锐批判重古贤而轻今人的陈腐观念,通过这个故事进而指出盲目守旧,势必阻碍发展,摧残人才,扼杀社会的生机。显而易见,从反复古的意义上说,刘基的用人思想有积极的革新意义。

我们之所以说刘基的《良桐之琴》是"正打歪着",是说它反对盲目守旧,倡导革新用人,切中时弊,有积极意义。而在这方面,虽然看到了问题而不可能解决好问题。相反作文有误导和教唆之嫌,成了仿古弄假的始作俑者。文章把工之侨为了使他的那把琴达到"古物"的标准,将仿古造假的工艺技术和流程和盘托出,足以让后人一看就懂,一学就成。泱泱中国,仿古弄假由来以久,且越来越多,这《良桐之琴》岂不成为言传身教,推波助澜的典范吗?刘基如此"正打歪着",恐怕连他这位神机妙算的预言家,也始料不及,后人要是算起历史账来,恐怕他还真难辞其咎。

先得后失与先失后得

◆一得录

聪明的猴子因为总是被目标最好的假象所迷惑，总是先得后失，得而又失。问题出在战略判断的失误。

追求利益的最大化固然不错，但要是把握不住对目标的追求与追求目标的可行性，忽视实际可能去盲目追求，最终会导致聪明反被聪明误。

我们常说想问题办事情，不能受"患得患失"的影响，但终究离不了在得与失之间选择。有得有失，有失有得。或先得后失，或先失后得。

聪明的猴子没桃吃。这是大家耳熟能详的故事。一只猴子下山去玩，先是在桃树上摘到了一个大桃子，然后一路上扔了桃子去摘玉米，又扔了玉米去摘西瓜，最后为了追一只兔子而扔掉了西瓜，结果兔子没追着，西瓜也丢了，折腾了大半天，什么也没有得到。

出于对最终结果的认识，这只猴子一直以来都被人们视为"三心二意"，或因贪婪而前功尽弃的反面典型。要是换一个角度，仔细分析一下猴子追寻猎物的选择过程，或许会给我们更多的启发和教育。

从开始摘桃子，到抱西瓜，追兔子，猴子一直都在执着地追寻最好的食物，也就是最优目标。猴子最终一无所获，其实这并不是由于它三心二意或贪得无厌，而是由于战略性判断的失误。追求利益的最大化固然不错，但要是把握不住对目标的追求与追求目标的可行性，忽视实际可能去盲目追求，最终会导致聪明反被聪明误。

　　聪明的猴子因为总是被目标最好的假象所迷惑，总是先得后失，得而又失。我们做管理工作就在于确定目标，激励行动，不仅要对目标有全面和充分的分析，还要对自身实力有清晰的判断，面对目标有的放矢，有所为，有所不为，才能避免先得后失，在先失而后得中实现效益最大化。

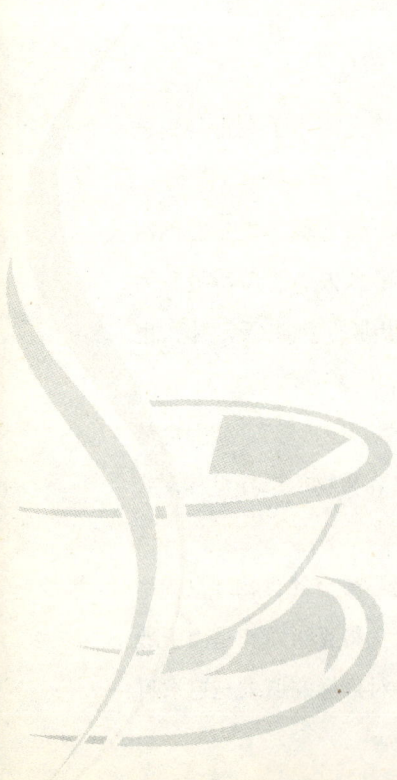

张说处方以钱疗贪

◆一得录

　　金钱可以镇痛。这一研究成果被美国《心理科学》杂志收录。这使我想起了张说的《钱本草》来，并有理由认为《钱本草》是张说处方以钱疗贪。
　　《钱本草》以钱喻药，字字药石，句句针砭，通篇理疗，寓教深刻，为古往今来那些为金钱所累、因金钱而病的人开出了一副治病疗疾的良药妙方。

　　不久前，媒体披露中山大学的一位心理学教授完成一项试验，得出这样一个答案：金钱可以镇痛。这一研究成果被美国《心理科学》杂志收录。这使我想起了张说的《钱本草》来，并有理由认为《钱本草》是张说处方以钱疗贪。

　　张说处方以钱疗贪，看起来语句通顺，却好像有点不符合情理，是不是存在逻辑上的问题。为什么呢？贪者物欲也，就是想要更多地得到钱物。举凡贪者无不为钱而贪，因钱至贪。以钱疗贪，岂不使贪上加贪，贪者更贪。且看张说开处的《钱本草》妙方，如何以钱疗贪，而又具有特殊的疗效。

　　张说（667—730），唐朝洛阳人，字道济，又字说之。垂拱四年（688），武则天策试贤良方正，年方弱冠的张说应诏对策为天下第一，授校书郎，累官中书令。开元十六年（728），以尚书右丞相兼任集贤殿学士，不久又擢升为尚书左丞相。开元十八年（730）病卒，封燕国公，死后赠"太师"，谥曰"文贞"。有《张燕公集》传世。

张说擅长文学，才思敏捷，为文俊丽，一生掌文学之任30多年，朝廷大述作，多出其手，与苏廷并称"燕许大手笔"。张说几乎一生高官厚禄、富贵荣华，钱财于他而言当是不乏之物。但或许是因为"人心不足，欲壑难填"吧，据说张为官时却一直贪财好利，屡为金钱所累。直到晚年，他才幡然醒悟，对金钱有了清醒而正确的认识。根据他丰富的人生之阅历，做官之经验和修史之根底，苦心孤诣，写下了《钱本草》这篇流传千古的旷世奇文，为古往今来那些为金钱所累、因金钱而病的人开出了一副治病疗疾的良药妙方。

《钱本草》用医家记叙中草药的语气，标本比喻，浅深相济，把钱的利弊充满哲理又极富幽默地刻画得入木三分，让人觉得他这味药方至今效力未减，好像是专门为现在的人与事而特制的。

让我们全文录下，再逐段赏析之。

> 钱，味甘，大热，有毒。偏能驻颜，采泽流润，善疗饥寒，解困厄之患，立验。能利邦国，污贤达，畏清廉。贪婪者服之，以均平为良；如不均平，则冷热相激，令人霍乱。其药，采无时，采至非理则伤神。此既流行，能役神灵，通鬼气。如积而不散，则有水火盗贼之灾生；如散而不积，则有因厄之患至。一积一散谓之道，不以为珍谓之德，取予合宜谓之义，使无非分谓之礼，博施济众谓之仁，出不失期谓之信，入不妨己谓之智，以此七术精炼，方可久而服之，令人长寿。若服之非理，则弱智伤神，切须忌之。

我们可以从四个方面，对文章进行分析领会。

首先，识药理。让我们知道钱是什么。文章以精炼的语言定义钱这味灵丹妙药的性能：味甘美而发内热，虽含有不良的副作用，可使人中毒，但其功能强大，能令人青春常驻，容颜焕发，并能立即消除饥寒困窘之症。这种药对国家非常有利，但却腐蚀贤达，而惧怕清廉之士。寥寥数语，让人对钱的本质性能有充分的理解。"钱"这味药，味甘性毒偏性大，人与邦国，不可不取不用。取者用者，须了解其性能。千万不能乱取乱用。

其次，教服用。告诉人们，对钱不可贪得无厌，要均平适量，若服之不当，则会造成"冷热相激，令人霍乱"。霍乱是一种急性腹泻疾病，传染性强，病势凶险，挥霍之间，使致缭乱。以霍乱之病症喻不正当吸纳钱财的表状，真是惟妙惟肖。

第三，讲采集。让人明白"钱"该怎样取予。"钱"无时无地不在，随时都可以获取，但要采之有理，不能乱采，否则，将徒劳无益，伤损精神。"钱"只有在流通中才能发挥作用，爱财如命的守财奴，一味地积累钱财，将酿成各种灾害；如果随意挥霍浪费，没有必要的积蓄，则不免遭饥寒困厄。

第四，指禁忌。让人们知道应该怎样对待、使用"钱"。传统中医认为，人致病的原因有六淫（风、寒、暑、湿、燥、火）和七情（喜、怒、忧、思、悲、恐、惊）。张说以儒家的道、德、义、礼、仁、信、智等代替"七情"而提出了对待使用金钱的"七术"，并警告用"药"者，唯"七术"精炼之药（钱），才可以长期服用，益寿延年。中医认为人的七情受到过度兴奋和刺激，会造成疾病。而人要是违背了道、德、义、礼、仁、信、智等行为要求，则要病入膏肓，无药可医。用钱如用药，关键要合理，"若服之非礼，则弱志伤神，切须忌之"。如此反复告诫，真是用心良苦。

赏析《钱本草》，全文虽然只有187个字，而以钱喻药，字字药石，句句针砭，通篇理疗，寓教深刻。张说为世人开了一副以钱疗贪的大处方、一副醒世警世的良方。

简单的容易出错

◆一得录

> 人很多时候都处在懂与不懂的状态，自然而然安于似懂非懂之中，表现为不懂却懂一般。
>
> 要预防简单的容易出错，需要别人能够以不纵容来要求，更多的需要自己下意识处理好懂与不懂的关系。因为人不可能全部不懂，又不可能都懂。

在认读汉语言文字时出几个错，是经常有的事儿。因为这语言文字太久远太丰富了。不过人家可以原谅你出高级的错，不原谅你出低级的错。

所谓高级的错，属于懂得太多或可以不懂而发生了错。比如国学大师章太炎先生，学问自是没得说，但无论治经还是攻史，都运笔古奥，用字艰深，别人难以索解。《訄书》问世，连他的学生鲁迅也说："我读不断，当然也读不懂。"单是书名中的这个"訄"(qiú)字，恐怕认识的人便不多。先生有四个女儿，他给她们取的名字是：章㸚、章叕、章㠭、章㗊，个个古色古香。看得出，章先生是费了番认真的，可是他的女儿们却深受其累。四位千金人品、相貌都没问题，成人以后却一直待字闺中，原来都是名字惹的祸。小伙子要么名字叫不来，要么都叫错了，谁还敢来谈情说爱呢？

这是四个什么怪字呢？㸚，音 lǐ，"二爻也"，"爻"是八卦中的符号，有阳爻、阴爻之分。叕，即"缀"的古字，有四种读音，用在姓名中似有连缀义，读音为 zhuó。㠭，音 zhǎn，就是"展"的古字。段注《说文》曰："工为巧，故四工为极巧"，这里的"巧"

和"目力"有关。㗊，是"吉"的古字，吉利、吉祥的意思。

不需讳言，对这几个字不认识或认读错的大有人在，但这可以理解，因为这些文字早已老掉了牙，该寿终正寝了，一般来说是不需要了解掌握的。错在章老先生书读得太多了。而章先生出这样的"错"，尽管让别人觉得很累，却又从不认为这是什么错，因为它属于高级的错。

所谓低级错，属于需要而且应该不出错而出了错的，人家不仅不谅解你，往往还要笑话你。表现得最尖刻的当数郑板桥。据说郑板桥在做县官时，有次去看一所私塾，当时老师正在领读《礼记》中的"临财毋苟得，临难毋苟生"。那位先生把"毋"（音 wú，副词，表劝阻如"不要"），念成了"母"(mǔ)。郑板桥前去指教，对那位先生说："曲礼篇中无母狗"，并且要先生对答。先生哪里能对得上，郑板桥又告诉先生说："谷梁传外有公羊"，说完大笑而去。

像上面这位先生的低级错误，生活中发生有许许多多的例子，我们宽容地把它叫做"简单的容易出错"，是不是这样，再举几个例子，你自己对照看看。

一个人喝醉酒了，人们常形容他"烂醉如泥"。你以为这里的"泥"所指的是什么，不用说谁都知道，是吗？

其实，"烂醉如泥"的"泥"，指一种传说中的动物。据说，这种动物生于南海，无骨，"在水中则活，失水则醉，如一堆泥然"。

你以为"痛饮黄龙"中的"黄龙"，是酒的名称吧？原来不是。

"痛饮黄龙"语出《宋史·岳飞传》，表现的是岳飞的豪情壮志："直抵黄龙府，与诸君痛饮尔"。"黄龙"即黄龙府，为金人腹地，辖地在今吉林省一带。

把"望洋兴叹"中的"洋"释为海洋，望着浩瀚无边的海洋，使人徒生慨叹，这只不过是你的臆想，是一种误解。"望洋"是联绵词，也可以写作"望阳"、"望羊"，形容仰视的样子。

别以为"不刊之论"中的"刊"，是刊登的意思。这里的"刊"指消除。古人在竹简上写字，发现差错，即采取"刊"的办法进行修改。"不刊之论"是不需要作任何修改的言论。

还有一些习以为常的东西，其实人们并没有了解它的真正含义。比如"合同"即契约，在经济社会生活中被普遍运用。这个词在我国古代就已经有了。为什么称"合同"呢？

《周礼·秋官·朝士》的"判书"《贾公彦疏》载："云判，半分而合者，即质剂傅别分支合同，两家各得其一者也。"原来判书、质剂、傅别都是契约的书面形式。凡合同皆为"两家各得其一"，而合在一起是相同的，所以叫"合同"。

大家都知道农历年的最后一天是除夕。"除夕"的"除"是什么意思呢？不知道或不去理会的人很多。

"除"本指宫殿的台阶。台阶总是一级一级更替登高，所以清人段玉裁注《说文》曰："凡去旧更新皆曰除，取拾级更易之义也"。"除夕"即更换旧岁的最后一夕。

......

如此看来，简单的容易出错本质说明，人很多时候都处在懂与不懂的状态。不懂就学，不懂就问，说得容易，说得动听，其实很少有人能够经常去学经常去问，而是不懂也不学也不问。这样自然而然安于似懂非懂之中，表现为不懂却懂一般。因此，要预防简单的容易出错，需要别人能够以不纵容来要求，更多的需要自己下意识处理好懂与不懂的关系。因为人不可能全部不懂，又不可能都懂。明白了这个道理，或许可以减少一些简单的出错。

有奶不一定**是娘**

大雁不会因为失去领头雁而各自单飞

◆一得录

> 大雁要随季节的变化飞向更适合它们生存的地方。共同的愿景，让它们结队奋飞，而且不会因为失去领头雁而各自单飞。
>
> 做领导工作的，应该明白自己在团队中的地位和作用，需知制定目标、激励行动，比什么都重要。

大雁是一种大型游禽，也就是一种候鸟。它们每年春分后飞往北方，秋分后飞回南方。一群大雁在飞行的时候通常排成"人"字型或"一"字型，结队而飞，不散不离。

读小学时，有一篇《大雁南飞》的课文。老师从这里教给学生自然常识，更是为了培养学生的团队精神。

设若有人提问，大雁结队而飞，领导者是谁？我相信你一定会马上回答说：领头的那只，就是领头雁。那么继续问下来，要是有一天，领头的大雁出了意外，或被猎人射杀了下来，或得了"非典"病死了，这群大雁会怎么样呢？它们会继续飞？还是散伙回家？实际上，这群大雁既不会散伙回家，也不会因为失去领头雁而各自单飞。它们会在经过短暂的混乱后迅速调整好，推选出新的领头雁，很快又排成"人"字或"一"字，继续向着预定的方向飞行前进。

那么谁是这群大雁团队的领导者呢？是那只领头雁吗？不是。领头雁仅仅是一个代表，真正领导这群大雁的是所有大雁向往和趋赴的共同目标，也就是它们"共同的愿景"。

大雁要随季节变化飞向那更适合它们生存的地方。会让它们生活得更好的地方在引导它们，这就是大雁自身的需求，就是共同愿景！

为什么大雁要在一起排成"人"字或"一"字，共同飞行前进呢？研究者发现，大雁结队飞行可以提升24%的绩效。也就是说孤雁单飞，如果能飞100公里，而当一群大雁结队飞行的时候，就可以飞124公里。既然都要去南方——这个愿景是它们共同的愿景，又能提高绩效，所以大雁会结队成型，一起前进。

共同的愿景，让大雁结队奋飞，而且不会因为失去领头雁而各自单飞。可见愿景在团队中的重要性。愿景是不可或缺的，是团队未来目标、使命及核心价值，是团队哲学最核心的内容，是团队最终希望实现的图景。一个团队，一个团队的领导者，应该深刻领悟这一点，需要反复规划修炼远景，启动共同的愿景。同时这个道理告诉每个做领导工作的人，明白自己在团队中的地位和作用，需知制定目标、激励行动，比什么都重要。

"国"字的认同

◆一得录

> "国"字的基本意义是国家。而我能够知道的"国"字的变化有"國（或）、圀、国、圆"等。
>
> 这"中華民國"、"中华人民共和国"，一个是"国"，一个还是"國"，也不可能都写成"圆"。人们认识成熟的时候，就会找到真正属于自己的认同。

下面是我最近读到某学者的谏言：北京在奥运会之后，应立即启动"新政"，推行实质性的政改："合并中国与中华人民共和国国名，使用唯一恒久国名——中国。台独分子不承认中华人民共和国而分裂中国，台湾主流人群认同中国但不认同中华人民共和国，使用唯一国名'中国'可以抹去意识形态隔阂，避免'一个中国'国名争执，使台独分子失去以政治理由分裂祖国的理由，加速中国和平统一的进程"。

关于这个主张的动机、目的及其逻辑和可行性如何，故且勿论。单从这名称字面上打主意，使我更多地想起了对"国"字的认同来。

每个人都知道，"国"字的基本意义是"国家"。至于这"国"字出现过哪些变化，注意的人也许不多。我查了一下，我能够知道的有"國（或）、圀、国、圆"等。《说文解字》、《康熙字典》、《辞源》中收有"國（或）"，《辞海》、《现代汉语词典》中收录"国"，把"國、国"作异体字（或繁体字）列了出来。找不到"圀"、"圆"二字。再从文字学方面深究一下，在商代甲骨文中没有"國（或）"字。到了周初金文，才出现"或"字，与“國”字相通，指城邑。段注《说文解字》：“或：邦也，从囗，从戈，以守一。一，地也。邦者國也，周时为古今字。”又解释：“國：邦也。”从囗（wéi），表示疆域；从或（即國）。可见古“或”与“國”是通用字。篆文“”在“或”字周边下个大包围做国界，而让其内的小方形做国都，又以戈守卫之。“國”字到这个时候才完善，一用就几千年。

现在常用的“国”字，什么时候出现的呢？原来1956年《汉字简化方案修正草案》送审时把“國”字简化为“国”，委员们审查时通不过，理由是新中国人民当家作主了，不兴用“王”字。据说郭沫若还要坚持，解释此乃张王李赵之王，非国王之王。最终还是尊重民意，从“玉”不从“王”，简化为“国”。

汉语字词典中没有“圀、囻”两个字，包括从囗从王的“国”字，是哪里来的呢？据《正字通》记载，唐武则天掌国时，“有言國中或者惑也，请以武镇之”，建议将“國”中的“或”改为“武”。但不久又有人进言：“武在囗中，与困何异”，认为将“武”困在“囗”内并不吉利。最终武则天选择以“八、方”两字取代大包围圈内的“或”，造出了一个新字——“圀”，以示向外八方拓展，可到永远无限。没想到这大包围圈“囗”无论画多大，总是有局限的，此字实在经不起琢磨，加之面目可厌，八字像掉眼角。虽然昭示天下，却未能流通开来，武则天一死，只是徒添了一个如同武曌的故事而已，这“曌”字连认识它的人也没有几个，休说有多大功用。

“国”字是影响较大的一个字，说是清代太平军造的。“太平天国”即用此字。考虑到军政权封王多达 1600 多人，必须强调立国以王为本。所以大包围内赫然唯一王，便充当了新的“国”字。其实这“国”字在宋代以后已较为流行，可能与“國”的正字草书有关，笔画较少和书写方便应是成因之一。而北宋以后，专制王朝不断发展至明清时期达到顶峰。在这种政治体制下，“朕即国家”，普天之下，莫非王土。从这个意义上说，“国”字的产生，又很好地反映了中国传统国家的性质。无怪乎，到了20世纪中期，“国”字简化出现“王”者之争，最后取其易读，在王字的身边增加一注小点而成“国”，沿用至今。

至于这个“囻”字，从何而来，最难说清楚。我读过一篇专门谈“囻”字的短文，作者说他第一次见到这个字，是在冯尔康先生题为《20世纪中国社会各界的家族观》的文章中。冯先生收集研究过大量家谱，他说传统人家的堂屋里，神龛牌位常书写“天地君亲师”五个字。但进入民国以后，一些家庭却把它改为“天地国亲师”了。“君”改成了"国"，表示不要皇帝，而崇奉民国。他还指出：将"君"字改成"国"，理解了，但这时的"国"则改为"圀"，不知何义？可能是突出民国以民立国吧。如此看来，这个"不知何义"的"圀"字出现，似乎是某个家族的主人突发奇想、灵机一动而创造的杰作。其实不然，作者进而举出中华民国刚建立几个月后，一些公开刊物上凡带"国"字的都写作"圀"，如"中華民圀"、"圀家"、"英圀"等。可以想见，这个"圀"字，当时曾经激起多少国人对于新生民国的向往和希冀。须要指出的是，"圀"字虽在这时一度被较多使用，但不是当时某个人的创新。辽人释行均在《龙龛手鉴》里，列有"國"的五个俗字（异体字），其中包括有"圁、囯、圀"。但"圀"字究竟缘何而来，其造字之初是什么意图，如今已难以得知。从字形上我们可以大胆"会意"一下，或许包含两层意思：一是指邦国拥有"广土众民"；二是所谓"民为邦本，本固邦宁"。这可能是在推翻封建帝制后，"圀"字被中华民国文人学者倡导使用的原因。"民"与"王"相对，成为国家的主人，国由"君"、"王"、"皇"的私产变成民有、民治、民享的公产，也即"國"由"囯"变成"圀"，这种会意的转换，应该是很自然的。

　　说到这里，回想起开头的话题来。为了认同，单把"中华人民共和国"与"中国"合并成"中国"还不行，最好把"中国"改变成"中圀"。因为"中华民国"奉行三民主义，让人向往和认同的"国"应该是"圀"。中华人民共和国，天下是人民的天下，国家是人民的国家，把人民放在第一位，让"民"字居"口"中央，更是题中之义。这样，一"圀"的认同感不就可以完全一致了，中国统一的大业不就可以实现了！

　　然而，名称归名称，文字也不过游戏而已。政治还是政治。民国初年时有力主使用"圀"字的，后来并"未能流通开来"，这一方面因为语言文字自身的原因，它一但产生，便不能完全以某些人的主观意愿来改变。另一条原因更重要，遗老遗少们都有看法：既有"民国"，何需"圀"字？两相重叠，实属自扰。这"中華民國"、中华人民共和国，一个是"国"，一个还是"國"，也不可能都写成"圀"。这种暂且的"一中各表"，不妨等到人们认识成熟的时候，他们就会找到真正属于自己的认同。

置疑直不疑

◆一得录

面对飞来的偷金盗嫂之诬，直不疑受诬不自辩，宽容忍让，洒脱得近乎离奇。

直不疑受诬不自辩原来有更深层的诱因和追求。联系"文景之治"的时代背景，完全可以看清这一点。汉文帝不以口辩用人的人才观，必然影响那个时代的人，在那个时代的人身上打下烙印。

作为一位忠厚的长者，怎么一会儿有人怀疑你偷了别人的金子，一会儿传言说你同自己的兄嫂有不正当的男女关系？

别人诬陷你偷了他的金子，你不仅不辩白，反而多话不说，掏出自己的钱来奉还给别人；别人诽谤你与自己的嫂子私通，你淡然不争，只是告诉别人自己本来就没有兄长！

一个偷金盗嫂、清白不保、名节大损的人，却每每让皇上相中，连得擢升，官至御史大夫，名封塞侯……

历史上有这样的人，有这样的事吗？有。这人便是我国汉朝"文景之治"时期的直不疑。

直不疑其人其事，见诸史书的并不多。"起自太古，断于清末"的《中国名人大辞典》收录有直不疑，不过简单抄录了《史记》中的文字。而司马迁作为当朝人，在写作《史记》一书时，只是在"万石张叔列传"中有200多个字涉及到直不疑。说明直不疑虽然官至御史大夫，但政绩并不突出，没有什么值得更多记录的。所记录的不过是直不疑"偷金盗嫂"的故事。

事情是这样。直不疑在汉文帝的时候，他曾经担任郎官。一次，他的同室郎官中有人因事回家，但是这个人错拿了另外一个郎官的黄金。不久，黄金的主人发现自己的金子丢失了，便胡乱猜疑是直不疑偷去的。对此，直不疑没有做任何辩解，他拿出自己同等的黄金，交给了失主。没过多久，回家转来的郎官把错拿的黄金退还给了失主。这位丢失黄金的郎官十分惭愧，向直不疑道歉。直不疑十分大度，自然没有表示任何怨言。因此，远近的人都称赞直不疑是忠厚好人。后来，直不疑逐渐升官，做到了太中大夫。在一次上朝的时候，有位官员公开诽谤他说："直不疑长得美貌，可惜却与自己的嫂子私通！"直不疑听后，只是平静地回答："我是没有兄长的。"仅此而已，他依然没有为自己多辩白。七国之乱的时候，直不疑以二千石官员的身份带领军队参加平叛战争。景帝后元元年，直不疑被任命为御史大夫。皇帝为表彰平定七国之乱的有功之员，将直不疑封为塞侯。

耐人寻味的是，面对飞来的偷金盗嫂之诬，直不疑受诬不自辩，宽容忍让，洒脱得近乎离奇。一般都认为，原来发生在直不疑身上的两件事，虽然可以使人觉得无风不起浪，有人言可畏之怕，但终究不成事实，不攻自破，不需要口辩。此所谓毁誉听之于人，是非存之于己。或者叫善恶在我，毁誉由人。直不疑深得此道，表现冲淡宽容、息事不争，不仅不显得窝囊废，反而更体现出修养高，更加值得标榜和称道，这样也自然情通理顺。

其实，直不疑受诬不辩原来有更深层的诱因和追求。联系"文景之治"的时代背景，完全可以看清这一点。文景以黄老哲学御天下，提倡忍让谦退，阴柔宁静。在人才选拔和使用上，不以口辩用人，是一大鲜明的时代特色。

有一次，汉文帝游幸上林苑，随行的有谒者仆射张释之。文帝登上虎圈，询问主管上林苑的上林尉，苑中畜养些什么禽兽，数量多少。一连问了许多问题，上林尉却支支吾吾，说不清楚。一旁管理虎圈的啬夫抢过话去作了详尽的回答，文帝很满意。于是下诏让张释之提拔啬夫为上林令。张释之不以为然，又不便对抗皇帝成命，就问汉文帝，陛下认为绛侯周勃是何等的人？东阳侯张相如是何等的人？文帝肯定他俩是长者。以此，张释之就说："夫绛侯、东阳侯称为长者，此两人言事曾不能出口，岂效此啬夫喋喋利口捷给哉！今陛下以啬夫口辩而超迁之，臣恐天下随风靡，争口辩，亡其实。"文帝觉得张释之的话很有道理，于是收回成命，不再提拔啬夫。

在这里，汉文帝放弃提拔啬夫这个人，却坚持了他选拔人才、使用人才的一个重要原则，即不以口辩用人。无论是选拔人才，还是使用人才，都不应该"争口辩，亡其实"，即主要不是看他说的怎样，而是看他做得怎样。否则，形成一种夸夸其谈、不注意实际的社会风气，就不仅会在选拔使用人才方面出现失误，而且会影响整个国家的安定。

汉文帝不以口辩用人的人才观，必然影响那个时代的人，在那个时代的人身上打下烙印。无怪乎，司马迁在用不到300字的笔墨记录直不疑的事迹时，还要特别交待清楚，直不疑喜欢读《老子》一书，学习的是黄老之道。对诬清白、损名节的事，特别能宽容忍让。因此，后人对直不疑这个人能被文景二帝相中，累得擢升的原因，应该不辩自明了。至于还要置疑直不疑受诬不辩，以为有多少沽名钓誉、投机取巧之嫌的话，只能说是那段历史世风的折射、人格的显示。

"舍得"莫要出错

◆一得录

> 把"舍得"一词功利化，夸大"舍得"的意义和作用，这
> 非但不是好事，还是非常有害的。
> "舍"与"得"不是人生的因果关系。"取"与"舍"
> 才是事物的两面。人生舍得，应该是愈取愈少，愈舍愈多。

"舍得"一词在一般人的文化字典里或生活阅历中，是一个朴实而简单的口语。它与读书多少关系不大，人人都会讲，都会用，也都能理解。虽然也表示一种态度、一种选择、一种境界，但说不上明显带有什么心计、动机和目的，更看不出什么因果关系之类更高深的哲学道理甚至玄妙禅意。

比如说，亲戚朋友来了，把家里的好酒好菜拿出来款待，人家评价你"舍得"，这种"舍得"是友情，是义气。叫花子上门乞讨，别人不给东西而你给了，这"舍得"是慷慨，是爱心……不过要是在生活条件并不宽裕的日子里，一个人吃得穿得好了一点，别人也会说这人"舍得"。这种"舍得"则包含有不节俭或大手大脚的指责了。即便是如此，"舍得"也并没有什么直接的过错。

我不太懂语法。"舍得"一词读如"shě de"，应该是以"舍"为主，"得"为词缀。相对的词语是"舍不得"。"舍得"表示不吝惜，愿意割弃。"舍不得"表示很爱惜，不愿意放弃或离开。从词性上应该都属是形容词，不是动宾词组"舍而得"或"舍而不得"。

而今人们思想观念变化很大，对"舍得"的认识和理解也越来越深化，近乎要创立

了一门学问叫"舍得之道"，进而把"舍得之道"当成人生宝典、救世良药，要求人们都要学点"舍得之道"，从而懂得有目的的舍弃，有追求的得到。这"舍得之道"认为，所有一切的"舍"，都应该是为了更多更好的"得"。人生的过程是"舍得"的过程，人生之痛苦的根源就在于舍不得而得不到。须知不舍不得，小舍小得，大舍大得！"舍得之道"把"舍得"一词功利化，夸大"舍得"的意义和作用，这非但不是好事，还是非常有害的。

2008年9月24日，深圳龙岗区舞王俱乐部演出时发生火灾，造成44人死亡的惨剧。国务院事故调查组很快查明，这个舞王俱乐部无证无照经营，原来得到区公安局主管治安的副局长的保护。副局长在舞王俱乐部等多处娱乐场所持有"干股"。仅"舞王"每月就定时送给副局长20万元的干股分红。火灾发生后，这位副局长也败露了原形。从他家搜出现金1000多万元，另有其个人账户下的房产、存款及股票等，总值约2亿元。更令人咋舌的是，据这位副局长自己的记录，他这个官职竟然是花了2000万元买来的。此案正在进一步调查中。

这个舞王俱乐部老板和那位副局长，无疑都熟谙"舍得之道"，并且都实现了"大舍大得"的目的。让我们看到，恰恰是这"舍得"出了错，惹的祸。他们"大舍大得"铸成的大错，已经触目惊心。要是这人生、这社会，都这样"大舍大得"，岂不更加恐怖！

"舍"与"得"不是人生的因果关系。"取"与"舍"才是事物的两面。人生舍得，应该是愈取愈少，愈舍愈多。有人把它总结为：少年时取其丰，舍其不能得；壮年时取其实，舍其不当得；老年时取其精，舍其不必得。如此，可以避免"舍得"出错。

苏轼悔过

◆一得录

"人皆养子望聪明，我被聪明误一生。惟愿孩儿愚且鲁，无灾无难到公卿"——我以为这可以当成苏轼的一首"悔过诗"。

苏公悔什么？因什么而悔？他要悔的，一是恃才逞能，与人结下了不解之怨；二是不听老父之言，吃了性格的亏。最不该辜负了苏老泉《名二子说》的一番苦心。

提起苏轼，许多人都能吟出他的一些诗词或名句来。如"大江东去，浪淘尽，千古风流人物"，"明月几时有，把酒问青天"，"但愿人长久，千里共婵娟"，"不识庐山真面目，只缘身在此山中"等等。苏轼在诗、文、词、书、画等方面，在才俊辈出的宋代均取得了登峰造极的成就，是中国历史上少有的文学和艺术天才。

苏轼散文著述宏富，后人评价"其文焕然如水之质，漫衍浩荡，则其波亦自然成文"。"出新意于法度之中，寄妙理于豪放之外"，"常行于所当行，常止于所不可不止，文理自然，姿态横生"。名归"唐宋古文八大家"之一，成为继欧阳修之后主持北宋文坛的领袖人物。

苏轼诗现存 4000 多首，"其境界皆开辟古今之所未有，天地万物，嬉笑怒骂，无不鼓舞于笔端"，"别开生面，成一代之大观"。

苏轼词开豪放一派，影响深远，在我国词史上占有特殊地位。苏词现存 340 多首，具有广阔的社会内容。他将北宋诗文革新运动的精神，扩大到词的领域，扫除了晚唐五代以来的传统词风，开创了与婉约派并立的豪放词派，扩大了词的题材，丰富了词的意境，冲破了诗庄词媚的界限，对词的革新和发展做出了重大贡献。以至"词至东坡，倾荡磊落，如诗如文，如天地奇观"。

苏轼还擅长行、楷书，与黄庭坚、米芾、蔡襄并称"宋四家"。绘画善墨竹。提倡"诗画本一律，天工与清新"，为其后"文人画"的发展奠定了基础。苏轼还留下精湛的烹饪技法，食谱里有"东坡肉"、"东坡馄饨"等。

史书记载，苏轼为官，政绩显赫，深得民心。杭州当太守，疏浚西湖，用挖出的泥在西湖旁筑成堤坝，成就了一项重大水利建设，留下了著名的"苏堤"。

如此一位苏东坡，名以诗文，咎以诗文。他生活在北宋新旧党争、矛盾激烈的时代，由于性格"不外饰"，论事激烈，不为世容，几次入朝，又几次"积以论事，为当轴者所恨"而外任。还因作诗讽刺新法，"文字毁谤君相"，史称"乌台诗案"被捕下狱，濒临被砍头的境地。历经官海沉浮、人生坎坷，苏轼文如其人，人如其文，他的诗词作品在整体风格上，诗案前是大漠长天挥洒自如，内容上则多指向仕宦人生以抒政治豪情。诗案后，虽也有一段时间官至翰林学士，任期作品却少有致君尧舜的豪放超逸，相反却越来越转向大自然、转向人生体悟。至于谪居惠州、儋州，其淡泊旷达的心境就更加显露出来，收敛平生心，我远物自闲，以达豁然恬淡之境。用苏公自己的诗文来表达就是："我本不违世，而世与人殊"；"哀哉命不偶，每以才得谤"；"人间歧路知多少"；"世事渐艰吾欲去"。这一过程由认识经历，到感叹人生而淡泊出世。他终于写出了一首我以为可以认作是"悔过"的诗。诗曰：人皆养子望聪明，我被聪明误一生。惟愿孩儿愚且鲁，无灾无难到公卿。

苏公悔什么，因什么而悔？看得出来，好像客观上生不逢时，主观上聪明反被聪明误。其实不尽然。他要悔的和该悔的，一是恃才逞能，与人结下了不解之怨；一是不听老父言，吃了性格的亏。

苏轼因"乌台诗案"致祸的原由，除了"莫须有罪名"外，据说是由于得罪了当时朝廷宰相王安石。苏轼在朝廷当礼部尚书之时，有一天，他去找王安石，王不在，苏见到台桌上摆着一首只写得两句的诗——"明月枝头叫，黄狗卧花心"，东坡看了看，好生质疑，觉得明月怎能在枝头叫呢？黄狗还会在花心上卧吗？以为不妥。于是提笔将诗句改为"明月当空照，黄狗卧花荫"。

王安石回来后，看到苏轼改他的诗极为不满，认为他自以为是、恃才狂妄，不久就将他贬到合浦。苏东坡到了合浦后，有一次到外面散步，遇见一群小孩子围在一堆花草丛中猛喊："黄狗啰啰，黑狗啰啰，快出来呀！啰啰，啰啰……"苏东坡好奇地走过去问小孩喊什么，小孩说，我们叫虫子快点出来，好捉它玩。原来这花蕊里有一种芝麻大的小虫子叫做黄狗虫、黑狗虫。苏东坡黯然不语，离开小孩们来到一棵大榕树下，直听到树上一阵清脆的鸟叫声，问旁人，这是什么鸟叫？旁人答道：这是明月鸟在树上叫。此刻苏公恍然大悟，知道错改了王安石的诗，悔之莫及。这件事的真伪不可考，从史实上看，王安石惩罚苏轼，错改两句诗应该不是真正原因。真正的原因是政治上苏轼反对王安石变法。因此，苏轼少不了刑名之狱。

知其子者莫若父母。苏轼的父亲苏洵，号老泉，非常明智，他希望子女首先学会生存，然后再寻求发展。苦心孤诣，他为两个儿子分别取名为"轼"、"辙"。还专门写了一篇短文——《名二子说》。这篇短文巧妙地借名字而发挥，对两个儿子进行为人处事方面的教诲。大儿子名"轼"。他说：车子的轮子、辐木、车厢，都各事其职，只有用作扶手的那条横木——轼，好像没有用处。然而，去掉轼，就不是一辆完整的车。也就是说，轼的职责是隐含的。

苏洵担心大儿子常常显露自己不会掩饰。所以，他希望苏轼就像"轼"那样，放低身段，注意"外饰"，有所作为又懂得保全自己，而不要自以为是、锋芒毕露。而辙呢，所有的车都从辙上轧过，论起车的功绩，却从来不会想到辙，当然，遇到翻车的灾难，辙也不需要承受什么责难。这正是苏老泉为他的两个儿子取名"苏轼"、"苏辙"的一番苦心。

观苏轼、苏辙兄弟二人生平，苏辙性格内敛，他专心于学问的时间较多，才华能力虽逊于兄，而仕官生涯远比苏轼顺利。在激烈的政治斗争中，虽然也遭到贬谪，但并没有遭大祸，他在人生的最后十年，终日默坐，不与外人相见，直到故去，也算是如父亲苏洵所愿，平安度过了晚年。苏轼的性格豪放不羁，确实"不外饰"，因为自己心胸坦荡，也不在乎别人对他有意见，宁可得罪人，也要一吐为快。有一次，苏轼与仁宗皇帝陈述时政时竟当面指出："当今天下有治平之名而无治平之实"。这话说得多"冲"啊，这等于说是皇帝的能力不行！所以，苏轼一生要遭嫉恨、贬斥，也在情理之中了。既然如此，苏轼自然心知肚明，怨什么，悔什么，还用得着具体多说吗？最不该辜负了苏老泉《名二子说》的一番苦心。

怕老婆的国家更民主

◆一得录

> "在一个国家，怕老婆的故事多，则容易民主；反之则否。德国文学极少怕老婆的故事，故不容易民主；中国怕老婆的故事特多，故将来必能民主。"
>
> 胡适先生的这段"宏论"经得起时间的检验，使更多的人理解接受。因为大家都希望国家更民主。

看似生拉硬扯，其实又不无道理，做学问往往是这样，甚至做大学问也往往是这样的。此所谓见人之未见，发人之未发，于平常中见新奇。读下面一段话，你会觉得这个话题虽俗，却挖出了其中的微言大义。

"在一个国家，怕老婆的故事多，则容易民主；反之则否。德国文学极少怕老婆的故事，故不容易民主；中国怕老婆的故事特多，故将来必能民主。"

这是20个世纪40年代胡适先生在任北京大学校长时，曾经对学生发表过的一番"宏论"。当时许多人以为胡适此论只是开玩笑，不过这种玩笑，却有"企图以玩笑来消解学生们对严肃工作的情绪"（见聂绀弩先生《论怕老婆》）。此事过去了半个多世纪，却让越来越多的人改变了自己的看法，尤其是从《胡适之先生晚年谈话录》中更多地发现，胡先生的这段"宏论"经得起时间的检验，使更多的人理解接受。

大家都知道：胡适先生是现代著名的大学问家，是中国新文化运动的领袖之一。他学识渊博，在文学、史学、哲学、考据学、教育学、伦理学等诸多领域内均有突出的建树，传奇般地获得过 35 个博士学位。胡适百年之后，蒋介石曾为他亲撰挽联悼念，称胡适先生是"新文化中旧道德的楷模，旧伦理中新思想的师表"。属于最好的盖棺定论。

关于"怕老婆"与社会民主的问题，后来胡先生到了台湾，在公共场合还经常谈到。胡适说，他爱好收藏，其实最爱收集的是全世界各国男人害怕老婆的故事。在收集这类故事的过程中，胡适先生发现，只有三个国家没有怕老婆的故事流传在外。它们是德国、日本和俄国。由于当时俄国是第二次世界大战时期的盟国，所以胡先生没有深究。至于同为轴心国的意大利，倒有许多怕老婆的故事，胡适凭直觉认为，意大利会跳出轴心国的。果然几个月之后，意大利真的跳出了轴心国。据此，胡适得出了一个结论：凡是有怕老婆故事的国家都是自由民主的国家；反之，都是独裁和极权的国家。

胡先生如此高论，当然是他个人独特的感悟，我们不可能也没有必要再去"大胆设问、小心求证"，但先生的观点却可以启发人对问题去作自己的考察和分析。

家庭是国家的基本单元。试想，在一个大部分家庭都充斥着极端男子主义的国度里，能够产生出来的，更多的恐怕只会是极端的自私和独裁。一般来说，家庭内部环境的宽容和民主与否，往往决定这个家庭的幸福指数。进一步说，一个家庭内部的氛围如何，往往会影响整个家庭成员的一言一行。大而言之，如果一个社会缺乏民主的氛围，缺少理性、包容与自由精神，那么这个社会里的成员之间就会充斥着仇视、嫉妒、暴力等诸多因素。这些东西积累多了，就可能造就 20 世纪三四十年代的日本、德国这样的国家。

男人怕老婆，因此家里就有了女人发表意见的一席之地，就有了一种平衡、和谐。国人应该多一点"人类的第三种本能——谦让"。谦让本身就是一种美德。不要动不动就以舌头加拳脚，甚至机关枪加坦克来解决问题。正因为此，胡适先生不仅勇于承认自己"惧内"，还以自己的言传身教来影响和改变中国传统男权社会对女子"三从四德"要求的束缚，倡导男人们要像旧时代女子那样恪守他所谓的"三从四得"：太太命令要服从，太太出门要跟从，太太说错要盲从；太太化妆要等得，太太生日要记得，太太花钱要舍得，太太发威要忍得！

事隔几十年，这胡适版的男人"三从四得"流传更广，版本大同小异，还相当适用，值得如今的男人们好好奉行，因为大家都希望国家更民主。

不必 不能 不容 所以不是

◆一得录

> 读这则故事，我们领受到一种讽刺：说"四七二十七"的
> 人不受责罚，可以洋洋得意；我们品尝到一种心酸：坚持"四
> 七二十八"的人挨板子，似乎还应该挨打。因为不必——不能
> ——不容，所以不是。

这里想说说一个小故事中的大道理。

从前，有两个人发生一场激烈的争论。一个人说"四七二十七"，另一个人纠正他，说"四七二十八"。说"二十七"的人死不认同"二十八"，坚持说"四七二十七"。说"二十八"的人坚决纠正"二十七"，一定要他承认"四七二十八"。两个人争执不下，为了弄个是和不是，官司打到县衙里。县令听罢二人陈述，立即做出判决。对坚持说"四七二十七"的说："你说'四七二十七'是吗？"说"二十七"的回答："是。"县令说："没你的事了，回去吧！"对坚持说"四七二十八"的说："你说'四七二十八'是吗？"说"二十八"的回答："是。"县令说："来人，把这个说'四七二十八'的打他二十八大板，再放他回去！"

事后有人觉得县令这样判决没有道理，坚持"四七二十八"的人挨打太冤了，便问县令。县令说：那人糊涂到"四七二十七"的程度了，可是这个人还要和他没完没了地

争论不休，和糊涂人争论不是更糊涂吗，不打他打谁？

　　故事到这里完了，一般听故事的人听到这里，好像也都明白了道理：俗话说得好，宁和聪明人打架，不和愚蠢人犯话。一个聪明人，不应该在常识问题上和人争论，如果争论便是愚蠢。这是不争论的智慧。

　　能够像上面这样来解读这个故事，已经是很有教育意义了。倒是这个故事的幽默与辛辣，还可以告诉人们更多的道理。我们不妨再提几个问题来思考一下：说"四七二十七"的人一定糊涂吗？争"四七二十八"的人一定更糊涂吗？县令是属于"二十七"，还是"二十八"那类呢？

　　前面我们已经认识到，"二十七"与"二十八"是个常识问题，不必要争论。实际上是凭一般的看法或者说是顺着县令的判决做出的判断，以设定"四七二十七"糊涂为前提，所以得出争"二十八"更糊涂来。虽然也同情说"四七二十八"的挨打冤枉，但对县令的判决还是可以接受的。不必争而争，所以认定说"四七二十八"的更糊涂，打板子或许使其今后能清醒。事实上生活中的人和事很复杂，没那么简单。不知道"四七二十八"的有之，知道"四七二十八"却要说成"四七二十七"的大有人在。前一种属于糊涂，后一种属于装糊涂。属于糊涂的不必与之争；属于装糊涂的不能与之争，不容与之争。比如说，现在有些人不仅嘴里说而且还遵循"一切从实惠出发"，"密切联系领导"，"表扬与自我表扬"，你以为他说错了，不知道应该"一切从实际出发"、"密切联系群众"、"批评与自我批评"吗？这确实是不必要你去纠正，不需要你去争论的。更有甚者，是不能争也不容争的。比如"指鹿为马"，这是大家都知道的故事。《史记·秦始皇本纪》记载：秦二世时，丞相赵高想要篡位，但又恐怕其他大臣不服从，就先来测验一下。他给秦二世献了一只鹿，说："这是匹马。"二世笑着说："丞相弄错了吧？把鹿说成马了。"赵高就问其他大臣，大臣中有的不吭声，有的要巴结赵高就跟着说是马；也有说是鹿的。说是鹿的后来岂只是挨打，都被赵高以"莫须有"的罪名杀害了。这"指鹿为马"，原本故意颠倒黑白，混淆是非，是也，非也，不是不必分说，而是不能分说，不容分说。这是中国历史的一大悲哀，中国人的一大悲哀！

　　讨论这些问题，区分出情况，原来说"四七二十七"的，一种本属糊涂，另一种是装糊涂。争"四七二十八"的要学会区别对待：遇到糊涂时你可以装糊涂，遇到装糊涂时你也应该糊涂，如此不至于更糊涂，也不会受气挨打了。县令怎样判决"二十七"与"二十八"是与不是呢？标准很简单，因为他身在官场，不仅经常遇着说"四七二十七"

的，同时自己也免不了有说"四七二十七"的时候。争"四七二十八"的有，但不多见，因为在官场上非但不可能多，甚至还不允许有。这都是旧官场的潜规则！不可以指望县令能换个角度，责罚说"四七二十七"的连常识都不懂，听不进别人纠正，还好意思与人争执不休，真是愚不可及，打个二十七大板，放人。

因为不必——不能——不容，所以不是。读这则故事，我们领受到一种讽刺：说"四七二十七"的不受责罚，可以洋洋得意。这种洋洋得意之人从来大有人在，岂不是对正直与乖谬的最大嘲弄！我们品尝到一种辛酸：坚持"四七二十八"挨打板子，似乎应该挨打。这样的辛酸事在现实生活中有很多很多，岂不令人叹复叹，思复思！

屁事屁话　　功用都大

◆一得录

　　屁事是大事，屁话功用大。原来不在乎屁事屁话，在于合不合时宜。只要合时宜，功用必然就大。道理就这么简单而又复杂。

　　世间万事万物，怕莫数屁事屁话最俗不可耐，最遭人鄙夷。因此，人们往往不便于直接说，而把放屁说成是"纵气"或者"出虚恭"。若要论屁事是大事，屁话功用大，该由何而来，从哪里谈起？

　　先举两例屁事，证明屁事是大事。

　　首先，本人亲自来证明。

　　现在人要是患了胆结石，只要打个小洞就可以把它取出来，医院里叫做腹腔镜。本人没那么幸运，当年肚皮上重重挨了一刀，打开腹腔把胆囊给摘掉了。记得从手术台回到病床上，时隔不久，医生、护士先后都来关心，他们不时问相同的一个问题：你放屁了没有？这肌肤毛发，受之于父母，挨了刀子，拿掉器官，才是大事，为什么老关心屁事？原来做手术的人，全身麻醉后醒过来，身体各功能需要重新恢复。消化系统恢复正常功能的重要标志就是放屁。如果答案是肯定的，则说明肠气通畅，是好征兆。要是术后一定时间不能放屁，说不定会产生多少麻烦来，影响恢复，甚至出现新的病情。此所谓痛与通的关系，通则不痛，痛则不通。屁事是大事，放屁功用大，大到人命关天。

　　其次，有秘书作例证。

秘书何许人也？不必究其姓名。讲起他的段子，流传的版本有几种，不过大同小异，结果都是一样的。用他来说明屁事是大事，是决定命运前途的大事，算得上不可多得的最好例证。

一天，秘书跟主任陪同领导参加一重要接待活动。当他们与客人在电梯里上行时，领导不经意放了个响屁，主任马上出面圆场，指着秘书说不应该放那么响的屁。秘书反应没那么快，表白自己没有放屁，还指明屁是领导放的，弄得很尴尬，大家再也不好做声。

事情过去没几天，领导交待主任把秘书的工作动一下，放到下边去锻炼。主任说，秘书是领导身边的人，得安排个重要一点的职务。领导说：关键时候，连屁大个责任都不敢承担，这样的人能重用吗！主任除了不好再力争，还平添了几分忧愁。思忖领导有道理。古人说得好，大事难事看担当，逆境顺境看襟怀，群行群止看见识。那天要是直接站出来说是自己不注意放了个响屁该多好呀！如今后悔聪明打圆场，愚蠢不担当。领导要是深究起来，说不定秘书的今天，就是自己的明天……你看看，就这么个屁事，弄不好葬送了两个人的前程，还不能算是大事吗？

再列两段屁话，看看屁话功用大。

首先让我们来看看明人赵星南撰《笑赞》中的一则《屁颂》，冯梦龙的《笑史》亦收录，形式与内容基本相同，称得上是中国历史上流传最广泛最为经典的屁话。抄录原文如下：

> 一秀才数尽，去见阎王。阎王偶撒一屁，秀才即就屁颂一篇曰："高竦金臀，弘宣宝气，依稀乎丝竹之音，仿佛乎麝兰之味，臣立下风，不胜馨香之至。"阎王大喜，增寿十年，即时放回阳间。

原来世人都以为说屁话如何低下没气节，没料到这位秀才凭着一篇屁颂，博得阎王老子的喜欢，从黄泉路上回来，再享十年阳寿，世界上还有比这屁话功用更大的文章么！

也许是这位秀才开了先河，使后来说屁话的屡见不鲜，享屁颂殊荣的举不胜举。就连在中国现代史上名气那么大，水平那么高，文、史、哲、考据诸多成就那么显著的郭开贞先生，也难逃诟病，甚至被人认为是作屁颂的集大成者，枉哉，悲哉！这里请允许摘录其诗一首和大家分享，以深化对这方面问题的认识。这里请允许摘录《我向你高呼万岁　斯大林元帅》一诗和大家分享。

我向你高呼万岁

斯大林元帅

你是全人类的解放者

今天是你的 70 寿辰

我向你高呼万岁

原子弹的威力在你面前只是儿戏

细菌战的威胁在你面前只是梦呓

你的光暖使南北两冰洋化为暖流

你的润泽使撒哈拉沙漠变成沃土

......

　　斯人已去，斯文长留。这些人事言词，虽然能够证明屁事屁话，功用都大，但改变不了屁是从肛门排出的臭气。屁事屁话仍然会用来骂人，指斥文字或语言荒谬。这里隐去它的晦气，突出其功用，为了让人发现：原来不在乎屁事屁话，在于是否合时宜，只要合时宜，功用必然就大。道理就这么简单而又复杂。正因为如此，白乐天在《与元九书》中早就作了经典总结："文章合为时而著，诗歌合为事而作"。大块文章如此，屁事屁话亦然。

　　最近听说美国制造商韦默发明了一种内裤，具有"滤屁"的功能，可以消声匿臭，用者即使不停放屁，旁边的人也不会听到闻到，人们随时穿上隔屁内裤，睡觉、工作、社交、聚会、坐公车、搭飞机都没问题。这下子人们听不到屁声闻不到屁臭，屁事屁话不也就没有了吗？不会的。只要地球上还有人生活着，屁就不会消失。把屁用"滤屁裤"隔起来，只能使之更委婉些更含蓄，屁事屁话依然源源不绝，只看你怎么讲怎么听就是了。

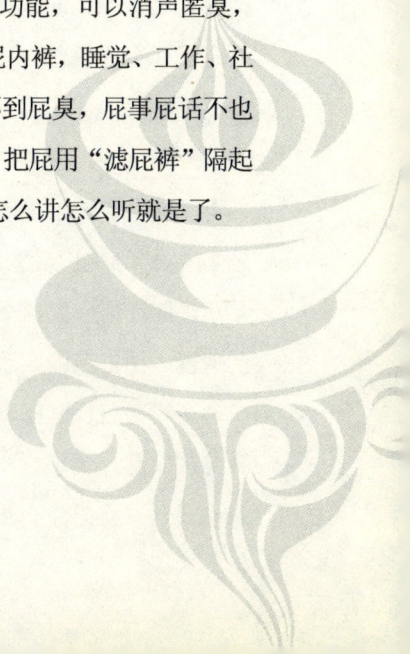

由"三个不能吃亏"想到"蜀贾卖药"

◆一得录

由"三个不能吃亏"想到"蜀贾卖药"。什么时候真的"让吃苦的人吃香，让实干的人实惠，让有为的人有位"，不是有了几个人提倡一下就能够做到的。

时下流行一种舆论引导，说是创新干部选拔任用机制，坚持"不能让综合素质高的人吃亏，不能让干事的人吃亏，不能让老实人吃亏"。乍听起来，真也还伸张正义，鼓舞士气。其实不过是或鸣不平或宽解安抚而已。官场上的事，历来不是那么简单就可以摆得平的。什么时候真的"让吃苦的人吃香、让实干的人实惠、让有为的人有位"，不是有了几个人提倡一下就能够做到的。

想到"蜀贾卖药"，这是刘基《郁离子》中的一则寓言故事。

刘基（1311—1375），字伯温，浙江青田人，元末明初著名的政治家。刘基这个人长于谋略，也敢于揭批时弊。曾辅佐明太祖平定天下，被朱明皇帝比为汉代的张良，称之为"吾子房也"，平日里叫"老先生"，而不直呼其名。刘基元末考取进士，做过高安县丞，浙江儒学副提举等官职，因受排挤而弃官归隐。他目睹了当时社会政治包括官场的情况，把自己的政治主张、哲学思想和人才观点，用寓言杂论的方式表达出来，写了一部奇特的著作《郁离子》。有人解释"郁离子"的含义说："离为火，文明之象，用之，其文郁郁然，为盛世文明之治。"显然，这是一部总结历史与现实用人经验深化而成的著作。全书共分为十八编，杂文195篇，其中绝大多数是寓言。有个叫郁离子的人贯穿全书，作为故事的当事人或评论者。书中 20 多篇文章专门讨论用人问题，既阐发了作者一贯主张的用人思想，也明显地、巧妙地契合了元末的社会实际，尤其在用人问题上提出了诸多精到的主张，因此也可以说这是中国古代社会中一部探讨人才问题的专著。在《千里马编》"蜀贾卖药"一则中，作者借商场比官场，说明元朝吏治腐败，廉直的人受到冷落，狡诈作伪的人飞黄腾达。全文意译如下：

蜀地有三个商人都在街上买卖药材。其中一个人，专门收购好药材，根据药材的收购价格决定卖出的价格，不漫天要价，也不过多地谋取利润。另一个人，好药材、劣等药材都收购，他卖出的价格高低不等，只看顾客的要求，用不同的药材来应付，出的价钱高就给好药材，出的价钱低就给劣等药材。还有一个人，不收购好药材，只收购大量的劣等货，卖药时定价很低，顾客要求多拿点药就多拿点，从不计较。于是，顾客都争着去他那里买药。他家的门坎都被踩得磨损了，一年多便成了大富翁。那个好药、差药都卖的人，顾客虽然去得少一些，但生意也不差，过了两年也富足了。只有那专门贩卖好药的人，他的店辅里白天也像夜晚一样冷冷清清，弄得吃了早饭又愁晚饭。

郁离子见到这种情况后叹息说："现在做官的人也像这些商人一样啊！"素质高的、能干事的老实人什么时候真正才不会吃亏呢？

大明清官做不下去

◆一得录

> 朱元璋的这个发现，背后大有道理。而如果说"新官堕落"很可怕的话，那么不奸不贪的清官"善能终是"，做不下去则更可悲。这一点在朱元璋统治下每每发生，遗憾的是未能有人发现。

朱元璋建立大明王朝。他是标准的农民领袖，自己讨过饭，打过仗，从马弁干起，最终拥有天下，对贪官污吏深恶痛绝。在整肃吏治、惩治贪腐、建设清廉干部队伍方面，朱皇帝算得上用尽心思，下了大气力的，后人也评价大明洪武年间的官场，乃是整个明朝最干净的官场。

洪武十八年（1385）三月，户部侍郎郭桓特大贪污案东窗事发。郭桓勾结刑、礼、兵、工等六部大小官员及各省官僚地主贪污税粮及鱼盐等，折米2400万石，相当于全国一年征收秋粮的总数，还侵吞大量金银财宝。朱元璋下令把郭桓等6部的12名高官及左右侍郎以下同案犯数万人，或处死，或系狱，或充边，追究责任者不计其数。

为反贪树廉，朱元璋制定了惩治经济犯罪的严格法令。如规定，凡贪污白银60两以上的郡守、县令（含朝廷同级官员），按贪污数额多少判处枭首示众、凌迟处死甚至诛灭九族，还要将贪官剥皮填草，作为人皮口袋挂在公堂上以惩戒后任，谓之"敕法以峻刑，诛一以儆百"。如此严厉的"铁血政策"，简直残酷野蛮，因而遭到批评和指责，但总的还是赢得了生前和身后的广泛赞誉。

其实，朱元璋对自己惩贪树廉的所作所为有过深刻的反思和总结。他在当皇帝的第18个年头（1385）时说："朕自即位以来，法古命官，布列华夷，岂期擢用之时，并效忠贞，任用既久，俱系奸贪。朕乃明以宪章，而刑责有不可恕。以至内外官僚，守职维艰，善能终是者寡，身家诛戮者多。"（明·吕毖《明朝小史》）用现在的话来说就是：我效法古人任命官员，将他们派往全国各地。没想到刚刚提拔任用的时候，这些人既忠诚又坚持原则，可是让他当官当久了，一个个全都又奸又贪。我严格执法，决不轻饶，结果呢，能善始善终干到底的人很少，身死家破的很多。这应该算是朱皇帝一项重大而又耐人深思的发现。

朱元璋的这个发现，背后大有道理。而如果说"新官堕落"很可怕的话，那么不奸不贪的清官"善能终是"，做不下去则更可悲。这一点在朱皇帝治下每每发生，遗憾的是未能有人发现。

《明史》中描绘有两个新官坚持做清官，不肯变奸变贪的可悲遭遇：

有个叫徐均的人，洪武年间在广东当阳春县主簿，这个官类似现在的政府秘书长。阳春地方偏僻，土豪盘踞为奸，每有新官上任，就以厚赂拉拢腐蚀，最后把持控制政府。徐均刚到阳春，一个吏便向他建议，说他应该主动去看看莫大老。莫大老是一个土豪。徐均不吃这一套，反问：难道这家伙不是皇上的臣民吗？他敢乱来，我杀了他。说着还拿出了自己的双剑给那位吏看，以示决心和勇气。

莫大老听了那吏的通风报信害怕了，便主动去谒拜徐均。徐均调查了解了一番，掌握了莫的违法勾当，将其逮捕下狱。莫大老认为这不过是要敲诈他一下而已，就很知趣地送给徐均两个瓜，数枚安石榴，里面塞满了黄金珠宝。徐均根本不看，给他带上刑具，径直押送至府。没想到府里的官员早被买通，很快将莫大老放回家了。面对清廉的徐均，莫大老低声下气，再一次送上那些装满金珠的瓜果。徐均再次大怒，打算再将其逮捕法办。就在这善恶清浊较量的关键时刻，府里来函将徐均调离，到阳江县任职去了。有说是被送进劳改农场做事去了。不管去向哪里，徐均从此从官场上销声匿迹了。

也是在明朝洪武年间，道同（蒙古族）出任广东番禺县知县。知县号称一县父母，为当地最高行政首脑，但是还有他管辖之外的权力系统，这就是军队和贵族。

坐镇番禺的是永嘉侯朱亮祖。他是打江山的开国元勋，征讨杀伐立过大功。《明史》上说，朱亮祖勇悍善战而不知学，办事随心所欲，经常违法乱纪。而道同偏偏是一个执法严明的清官，没有道理的事情，不管来头多大，坚决顶住不办。

　　当地的土豪数十人，经常在市场上干一些巧取豪夺的勾当，以低价强买珍贵货物。稍不如意，就变着法地栽赃陷害。道同严格执法，打击这些市霸，将他们当中的头头逮捕，押在街头戴枷示众。于是斗法开始。

　　这些土豪明白，道同这个人不好争取，便争相贿赂朱祖亮，求他出面说话。

　　朱祖亮果然被土豪们勾引教坏了。他摆下酒席，请道同吃饭。在席间点了几句，为土豪头子说情。侯的地位在一品官之上，是道同的上级的上级。应该说，以他的身份出面请客，算是很抬举道同这个七品芝麻官了。可是道同偏偏不吃这套。他厉声回答："公是大臣，怎么竟然受小人役使呢？"永嘉侯见压服不了道同，也不再跟他废话，干脆就派人将街头示众的土豪头子放了。这还不算完，随后又寻个差错，抽了道同一顿鞭子。

　　有一位罗姓富人，不知道算不算土豪，巴结朱亮祖，把女儿送给了他。这姑娘的兄弟有了靠山，便干了许多违法的事，如同土豪。道同又依法惩治，朱亮祖又将人夺走。

　　道同实在气不过，便将朱亮祖的这些事一一写下来，上奏朱元璋。朱亮祖恶人先告状，劾奏道同傲慢无礼。朱元璋先看到朱亮祖的奏折，便遣使去番禺杀道同。这时候道同的奏折也到了，朱元璋一看，明白是怎么回事了。他想，道同这么一个小官，敢顶撞大臣，告大臣的状，这人对朝廷忠诚，耿直可用，于是又遣使赦免道同。两位使者同一天到达番禺，赦免的使者刚到，道同则刚被砍下了脑袋。

　　这两个人和事，都发生在朱元璋做皇帝惩贪树廉的时候，清廉官做不下去，其他时候官场的情景就可想而知了。

　　再说明朝相传有许多廉吏清官，像海瑞、徐九斤等，都是广为人知的。海瑞的清廉正直让人敬佩。《万历野获编》中记录海瑞为了捍卫清廉，逼死自己亲生的女儿。原来5岁的女儿接受了一男仆送给的一块饼，海瑞骂女儿不该接受人家的东西，哪怕就是饿死了，才算我海瑞的好女儿。女儿无法对父亲的辱骂，真的绝食而死。这虽然是稗官野史上的轶事，不足为据，而无论正史还是野史，哪怕海瑞再清廉，这样的清官在当时也没法做下去，革职罢官在所难免。就连大明那样有思想的人李贽，也只有作无奈评价："先生（指海瑞）如万年青草，可以傲霜雪而不可充栋梁"。还有那位歪嘴斜肩的玉田知县徐九斤一曲"当官难难当官"的鸣冤叫屈，是那样荡气回肠，却原来是清官做不下去还要做清官。好心的人们，应该从中去好好发现，好好总结。

有奶不一定是娘

◆一得录

> 人啊，往往容易自觉或不自觉地接受"有奶便是娘"的现实，少去想明白弄清楚"有奶不一定是娘"的道理，由此而缺失了做事的规则、为人的标准。

在中国人的道德词典里，有一句俗语叫做"有奶便是娘"，意思很直白：谁有奶水喂养，就认谁做娘！比喻谁能给我好处，能解决我的问题，我便投入谁的怀抱、依靠谁。因为如此，此话说起来不大中听，总是给人以贬低之意。骂一个人看重眼前利益、贪利忘义或卖身投靠或崇洋媚外，莫若这一句"有奶便是娘"了。

这句话由谁发明，是谁先运用的，没有找到依据。不过古人、今人运用得并不少见，表现出正直正义正派的价值观、道德观从不泯灭，也不会泯灭。

北宋欧阳修骂冯道"有奶便是娘"，说他"曾事四姓、相六帝"，是个典型的没有节气的贰臣。原来唐末五代动乱80多年，皇帝更换频频，而且都是边疆民族（历史上称胡人），而冯道不论哪个朝代更换，他都去辅政，成了不倒翁。封建社会在前朝做官，投降后一朝又做官的人叫做"贰臣"。做"贰臣"会遭世人鄙夷，这之中不乏时代偏见。

这些年来，名人广告的虚假性已遭到社会广泛诟病。最近，某文化名人代言的保健食品、药品、医疗器械等十多个虚假广告，先后被浙江、辽宁、山西、河北等地工商行政管理局或食品药品管理局通报查处。其在接受中央电视台经济半小时专访时，竟然称全世界的广告，都有夸张的成分在里面，因为不夸张就不叫广告。如此该名人被称为当今"有奶便是娘"的典型代表。

不可否认，奶在人生活中的地位是无可取代的，刚落地之婴儿，无奶便没办法成活。在自然界，狼和狗一般是不相容的，可如果一只刚生下来就死了娘的幼狼，在碰到满是奶水的母狗时，绝对会伸嘴就去吮母狗的奶头的。而人之所以为人，区别于畜牲的还在于有奶不一定是娘。

有个叫千文传的，字寿道，元仁宗（1312—1320）时任乌程府尹。当地有个有钱人家张甲，妻子姓王，没有生子。张甲在外纳了一妾，生下一个儿子，未满周岁。王氏用计将这名妾及婴儿骗来，不久就赶走妾，杀死并焚毁了婴儿。

千文传听到这件事，就展开侦察，终于找到死婴的骨骸。王氏用很多钱收买妾的母亲，然后买来邻家的婴儿，假装是妾的婴儿，诈称婴儿未死。千文传于是命令妾抱婴儿喂奶，婴儿却哭着不肯吃，妾的母亲只好招认。千文传又将王氏邻家的妇人叫来，婴儿一看见她，就投入她的怀里，喂奶，也吃了起来。王氏这才认罪，事情终于真相大白。

上面讲的这个小故事，过去人们都是把它作为清官巧断疑难案，打击奸邪来读的，我特别从中抽取出"有奶不一定是娘"这个题目来，并且强调如此解读更有现实意义和警示作用。因为在物欲横流与权钱膜拜的面前，不但"有奶便是娘"，而且"谁给的奶多谁就是娘"，正视这样的现实，解决这些问题，比之千文传破解王氏疑案，需要更高的智慧，更大的气力！

人啊，往往容易自觉或不自觉地接受"有奶便是娘"的现实，少去想明白弄清楚"有奶不一定是娘"的道理，由此而缺失了做事的规则、为人的标准。

老子是水做的

北大有尊老子铜像

◆一得录

> 北大光华管理学院新楼门前的这尊老子铜像，艺名叫"刚柔之道"。将铜像摆在学院的教室门前，可以从这里参禅悟道。
>
> 常枞以刚齿比柔舌先亡的事实，启发老子理解并接受柔弱胜刚强的道理。倒是老子没有辜负老师的希望，他从刚柔之道中推演出更多的道理，以至上升到一种治国兴邦的指导思想和原则——"无为"，使其影响了无数人。

去过北京大学的人自然很多，看到并议论北大老子铜像的人也一定不少。说这样的废话有什么意思呢？一方面让你别笑话我少见多怪，另一方面使你也觉得北大的这尊老子铜像，真的值得人看，值得人议论。

我们是 2009 年 4 月 9 日到北大的。一行 50 人，参加北大光华管理学院"高层管理者培训中心（EDP）"组织举办的一期培训班。培训班教室设在光华管理学院新楼，一楼门前立有一尊老子铜像。

培训班为期 13 天，天天进出教室，天天都要从门前老子铜像身边经过。这尊老子铜像，高两米左右，谈不上伟岸，形象也不怎么雅致。身体是树桩形的，形同枯木。五官很独特，肥大的耳朵、厚厚的嘴唇、额上一道道的深沟。更是张着一张大嘴，伸出长长的舌头，让人看得出来，嘴里只剩下上边一颗黝黑的门牙了……你要是对老子其人、对老子的思想没有一点了解的话，这尊铜像还真让人只能看出丑陋，看不出有什么特别的意义来。我们同行的也不例外，天天都能看到，天天有人议论。置疑或争议的主要有两点：一是北大该为谁立像？立有谁的像，我们姑且不论，单议为什么要立这尊老子铜像？二是立的这尊老子铜像，为什么要让其张大口伸长舌，露着唯一一颗门牙，是长者还是智者形象？

有意听取谈论，有心把谈论弄清楚。原来北大没有专门为老子立过像，光华管理学院新楼门前的这尊老子铜像，是别人为新楼落成志贺赠送的工艺品摆件。作为工艺美术品，创作者往往借助艺术创作，蕴含思想表达。这尊老子铜像取的艺名叫"刚柔之道"，"刚柔之道"是作品的思想概括，也是作者巧妙的艺术点拨。将老子铜像赠送光华管理学院，学院又将铜像摆在学院的教室门前，用心良苦。原来到这里培训学习的都是有身份的人，应该可以从这里参禅悟道！

大家都知道，老子姓李名耳字聃，是春秋楚国人，曾为周政府守藏室史官，相当于现在的国家图书馆馆长。据记载，孔子曾经特意去向老子请教过关于"礼"的一些问题。老子留有一书，分上下篇，上篇第一句是"道可道，非常道"。下篇第一句是"上德不德，是以有德"。因此，后人取其上篇的"道"字和下篇的"德"字，合称其为《道德经》。全书不过5000多字，体现了老子的全部思想。

老子思想教人柔弱，就能谦下不争；教人愚鲁，就能弃华取实。谦下不争，就能无私无我，一切依循自然；弃华取实，就能反省内观，最后返璞归真。后来人从老子思想中概括出道家哲学精髓为"老子七律"，即"道德自然律、玄之又玄律、巨树毫末律、反者道动律、有无相生律、二生三律、不道律"，这前面四种与费尔巴哈、黑格尔等的朴素唯物论、否定之否定、量变到质变等思想观点相一致。后三律，在西方哲学中至今还没有。因此连被称为中国第一位睁开眼睛看世界的人——清代思想家魏源也称赞《老子》是一本救世书、教人成功的书。守柔曰强，柔弱胜刚强，以柔达到成功。

基本弄清楚了前面的两个疑问后，又回到老子铜像来。这表现刚柔之道——伸着舌头露出一颗牙齿的形象，原来不属于老子的，最多也只能算是老子从他的老师常枞那儿学来的。了解这一点，既可以帮助我们对这一艺术形象的认识，更能够加深对老子思想及老子思想渊源的认识。

汉·刘向《说苑·敬慎》上记载：春秋时，有位教育家叫常枞。在他弥留之际，学生老聃前往探望，并讨遗教。常枞张其口而示老子曰："吾舌存乎？"老子曰："然"；"吾齿存乎？"老子曰："亡！"常枞曰："子知之乎？"老子曰："夫舌之存也，岂非以其柔耶？齿之亡也，岂非以其刚耶？”常枞曰："噫，是已！天下之事已尽矣，何以复语子哉！"常枞以刚齿比柔舌先亡的事实，启发老子理解接受柔弱胜刚强的道理。倒是老子没有辜负老师的希望，他从刚柔之道中推演出更多的道理，以至上升到一种治国兴邦的指导思想和原则——"无为"，使其影响了无数人。老子主张"无为"，实际上是"无为之为"。就是既要"为"，又要让人家看不出是在"为"：说了话不留下把柄，干了事不留下痕迹，算计了人又不露声色，禁锢人却让人见不到牢笼，束缚人又使人看不到枷锁。总而言之，就是统治着人，却让人觉察不到是如何实施统治的。这是世间最高明的"为"！因此也很少有人怀疑老子这一套思想有什么权术甚至阴谋，常常被称颂，在提倡，真的让人感到玄之又玄。

北大是出思想的地方。光华学院是培训"高层管理者中心"。老子这尊"刚柔之道"铜像立在这里，难道不正是要让人好好看看，让人好好议议，让人好好想想，然后让人好好学学吗？

不争论是一种智慧

◆一得录

> 一个有智慧的人，不应该在无需争论便可以明白的常识问题上与人争论，如果争论便是无智。这是一种不争论的智慧。

中国具有悠久的历史文化。能够影响人们的思想行为，甚至国家的历史进程，这样的思想理论，可以举出许多。但在近几十年中流传最广、影响最深的要数猫论、摸论和不争论。

猫论，就是不管黑猫白猫，捉到老鼠就是好猫。其告诉人们，以经济建设为中心，搞市场经济，不要问姓社姓资，发展才是硬道理。

摸论，就是摸着石头过河。其告诉人们，改革开放，走中国特色社会主义道路，没有现成模式，要敢想、敢闯、敢冒。对了，坚持；错了，改过来就是。

不争论，是以"猫论"和"摸论"为前提的。既然强调和肯定了"猫论"、"摸论"，还有什么值得争论的呢？

这个道理一点即通。但也总是有不通的，少不得窃窃私语、评头品足。

古代有过两个人发生的一场激烈争论：一个人说"四七二十七"，另一个人就纠正他，说"四七二十八"；说"四七二十七"的人不服，坚持"四七二十七"；另一个人坚决纠正，一定要那个人承认"四七二十八"。两个人争执不下，闹到县令那里去打官司，判输赢。

县令听罢，随即做出判决：对坚持说"四七二十八"的打屁股二十八大板；对坚持说"四七二十七"的人不予追究，放他回去。有人觉得这样的判法没道理，坚持"四七二十八"的人挨大板太冤了。县令宣示说：那人已经糊涂到"四七二十七"的程度了，可是这个人还要和他没完没了争论输赢，和糊涂人争论就是更糊涂吗，不打他打谁？

这虽然是一则笑话，却说明一种道理：一个有智慧的人，不应该在无需争论便可以明白的常识问题上与人争论，如果争论便是无智。这是一种不争论的智慧，是非常东方式的关于"无"的智慧。

今年是中国改革开放 30 年，以前一些人总是或担心或指责，农村分田到户，是不是"辛辛苦苦几十年，一夜退到解放前"？城市国有企业改制，是不是搞私有化？实行市场经济，是不是走资本主义道路？……正因为对这些如同"四七二十七"的说法，不去理会它，不去作争论，只管自己做，让别人去说，才赢得今天改革开放的辉煌成就，才使中国特色社会主义在当今世界上独树一帜，令世人刮目相看！

"曹刿论战"的三重启示

◆一得录

> "曹刿论战"，论战事、论人事、论政治，启示颇多。小能胜大，弱能胜强，原来是政治开明赢得人才，赢得人才而赢得战事。

被列为"十三经"之一的《左传》，是我国先秦历史文学中的一部著名的作品。这部著作，记录了鲁隐公元年（前722）起到鲁哀公二十七年（前468）止，共255年内周王朝及诸侯各国之间某些重大历史事件。其中"庄公十年"记录一个不大的战役——齐鲁长勺之战，后人概括标题为"曹刿论战"。

本人最初接触到"曹刿论战"，是在读高中时的语文教科书，以后当中学民办老师时，每年教这篇文章。对"曹刿论战"，虽然理解不深，总还算是比较熟悉的。"文化大革命"后我国恢复高考，1977年湖南考卷语文试题之一是翻译"曹刿论战"中的一段话，我因为"比较熟悉"，自然就沾了点光。加之这年高考的作文题是"心中有话向党说"，为备考，我曾试写过"写在考场上"的文章，虽然谈不上押中了题，总可以八九不离十基本上从脑子里照抄照搬，又很顺利地完成了作文考试。或许这样终于帮了考试成绩的忙，我由一个理科考生因色盲受专业限制，得以录取到文科上学。如此幸运得让我忘不了"曹刿论战"这篇文章，更使得自己对这篇文章意义的认识不断加深。

有道是"奇文共欣赏，疑义相与析"。为了方便讨论"曹刿论战"的启示，原文也不长，不妨抄录如下：

　　十年春，齐师伐我。公将战，曹刿请见。其乡人曰："肉食者谋之，又何间焉？"刿曰："肉食者鄙，未能远谋。"乃入见。

问："何以战？"。公曰："衣食所安，弗敢专也，必以分人。"对曰："小惠未徧，民弗从也。"公曰："牺牲玉帛，弗敢加也，必以信。"对曰："小信未孚，神弗福也。"公曰："小大之狱，虽不能察，必以情。"对曰："忠之属也，可以一战。战则请从。"公与之乘，战于长勺。

公将鼓之。刿曰："未可。"齐人三鼓。刿曰："可矣。"齐师败绩。公将驰之。刿曰："未可。"下视其辙，登轼而望之，曰："可矣。"遂逐齐师。

既克，公问其故。刿曰："夫战，勇气也，一鼓作气，再而衰，三而竭。彼竭我盈，故克之。夫大国，难测也，惧有伏焉。吾视其辙乱，望其旗靡，故逐之。"

初读这篇文章时，老师教给我，我教学生，都是说这长勺之战，虽然是个不大的战役，但是它说明了战略防御的原则，是以弱胜强的著名战例。这当然没有错。特别是在那个年代，教课文要提炼主题思想，达到教学目的。用小国能够打败大国，弱国能够战胜强国的思想来启发教育学生，无疑符合时代精神要求，能充分证明帝国主义和一切反动派都是纸老虎的真理，提升反对霸权主义的信心。

后来也是客观社会事物的影响和生活阅历的变化，觉得"曹刿论战"的意义不独是在论战事，而是在论人、论人事。而论人事中最突出的问题，便是官民问题，或叫官民矛盾。因为在文章中除了关于战争"一鼓作气，再而衰，三而竭"这些精彩的论述之外，最吸人眼球的是"肉食者"，"肉食者鄙，未能远谋"。过来人们一般地把"肉食者"解读为做官的，做大官的人。说"肉食者鄙"是指做官的人鄙陋浅薄，自以为高贵聪明，实际上最愚蠢。而卑贱者最聪明，比如曹刿是个没有权势的人，他富有谋略，是他帮助鲁庄公为鲁国赢得了以弱胜强的齐鲁长勺之战。这是不争的事实。

然而由战事到人事，这样的一种解读却越来越突现出政治来。文章中最大的"肉食者"应该是鲁庄公，他是怎样的"鄙"，"鄙"到了何种程度呢？一般人很容易读出来。比如说问他凭靠什么进行这场战争，他说把衣物分给老百姓，向神灵祈祷保佑，试图以小恩小惠动员群众成战争大业。而更可笑的是当曹刿指挥若定，赢得战争胜利时，鲁庄公竟然不知道是怎么回事，问曹刿是如何赢的，显得何等鄙陋，岂能远谋。

然而，这里的鲁庄公不过是一般人眼里的鲁庄公，他所表现"肉食者鄙"的那些东西，最终要说明"肉食者鄙"不是我们简单所理解的鄙陋、庸俗浅薄，而确实有许多"肉食者"蔽固不通，不知时变。真正的鲁庄公既不鄙陋，也不蔽固，而是政治开明、作风民主、虚怀若谷、从善如流。他让曹刿与自己同乘一辆车，平起平坐，他对曹刿正确的意见言听计从，他让曹刿这样一个有谋略有才华而没有权势需要平台去表现的人发挥得淋漓尽致！正因为这样，与其说曹刿的军事谋略有过人之处，不如说鲁庄公的政治智慧高人一筹。难得如此开明之公啊！"肉食者"当问问庄公，学学庄公，何鄙之有？

"曹刿论战"，论战事、论人事、论政治，启示颇多。小能胜大，弱能胜强，原来是政治开明而赢得人才，赢得人才而赢得战事。古往今来，概莫能外。

大禹治水故事的疑问与发现

◆一得录

> 　　大禹治水的故事有口皆碑，只有屈原大夫独发疑问。正是屈原的疑问，给后人重读这个故事以提醒：治水不可能毕其功于一役，人类更不可能因大禹治水而一劳永逸。
>
> 　　大禹治水的故事众口一词，只有司马迁另有发现：原来大禹治水不是"过家不入门"，而是"过家门不敢入"！

　　大禹治水的故事有口皆碑，只有屈原大夫独发疑问。

　　大禹又叫禹、夏禹、戎禹，姒姓，名文命。他是黄帝的玄孙，帝颛顼之孙，鲧的独生子，生活在尧舜时期。相传尧的时候，洪水滔天，百姓无法生存。尧派禹的父亲鲧去负责治理洪水，历经九年毫无效果，于是鲧被追究责任处以死刑。尧帝因此感到自己用人不当而引咎辞职，把帝位让给了舜。舜帝派禹继续治水。禹采用疏堵结合的办法，终于平服了洪水。大禹治水的故事，成为我国先人治水的象征，代代流传。大禹治水的精神，成为中华民族之精神，有口皆碑。

　　考究大禹治水能成功，他采用疏堵结合，除了方法得当，还得力于"息壤"和"应龙"。"息壤"是一种神土。这种神土可以自己生长不息，无穷无止。大禹用"息壤"堵塞洪水，凡是用它铺填的地方，都很快长成了陆地或大山。史书上记载："茫茫禹迹，画为九州。"或曰："帝乃命禹卒布土以定九州。"都说是大禹治水所到之处用"息壤"铺填形成了九州。后来我国以"九州"作为政区划分，"九州"还成为中国的别称。"应龙"是一种长有翅膀的神龙，它用尾巴画地导水，帮助大禹疏通江河，使水畅其流。传说禹的父亲鲧被处极刑后进入羽渊，变成了龙一类的神物。或许这"应龙"正是鲧死后所化之物，来成就大禹治水，我们无从考证。

对大禹神奇般的令人折服的治水业绩，屈原大夫却以他忧国忧民的社会责任感和对现实生活的独到洞察，提出了置疑。他在其诗作《天问》中写道："洪泉极深，何以填之？地方九则，何以坟之？""应龙何画，河海何历？""鲧何所营？禹何所成？"他不相信洪水的源泉，九州的疆域可以用"息壤"填起来。也不相信江河纵横，径流不息，凭借"应龙"的尾巴能够划出来。屈原在这里提出怀疑，借《天问》以问天，不是要澄清大禹治水事实的真伪，而是为了表达诗人"举世混浊我独清，众人皆醉我独醒"的悲天悯人之情，明辨个中道理。正是屈原大夫的疑问，给后人重读这个故事以提醒：治水不可能毕其功于一役，人类更不可能因大禹治水而一劳永逸。大禹治水的故事一方面体现了先民对战胜洪水，争取社会安定和发展的渴望，用想象和借助想象力以征服自然、支配自然。另一方面揭示人类在征服自然与自然作斗争的过程中，还要不断学会适应自然，与自然相生相衍。

大禹治水的故事众口一词，只有司马迁另有发现。

人们称道大禹治水，众口一词是"过门不入"或"三过家门而不入"。见诸典籍的如《夏书》称："禹抑洪水十三年，过家不入门。"《列子·杨朱》说："鲧治水土，绩用不就，殛诸羽山。禹纂业事雠，唯荒土功，子产不字，过门不入。"《孟子·离娄下》称："'禹、稷当平世，三过其门而不入。'孔子贤之。"后来"过门不入"作为中华成语和敬业美德，用来形容那些热心事业、公而忘私的人。

然而，西汉史学家司马迁在他的《史记》中对大禹治水过门不入另有发现，实际上也是"继春秋之后成为一家之言"。《史记》中有一篇关于水利方面的专著叫《河渠书》，后人称它是中国历史上的第一部水利志。该书从大禹治水开篇到战国到汉武帝，在记述先帝们兴利除患改造自然的斗争实践的同时，还认真总结出古代治水成功的诸多经验。书中评价"禹抑洪水十三年，过家不入门"，司马迁特别作了说明，这是引用《夏书》中的话，并不完全代表他自己的看法。他的看法表达在《史记·夏本纪》中。《夏本纪》详细记述大禹治水，塑造了一位不辞劳苦、拯民于苦难的远古部落首领形象，让人真切地感到自古创业之功，莫高于夏禹。在这里，司马迁强调指出："禹伤先人父鲧功不成受诛，乃劳身焦思，居外十三年，过家门不敢入"。原来大禹治水不是"过家不入门"，而是"过家门不敢入"！

　　过家门"不入"，与过家门"不敢入"，少一字多一字，绝不是随便的偶然的。史家从来叹服，司马迁为史，不隐恶，不虚美，秉笔直书，他的《史记》被后人誉为"史家之绝唱，无韵之离骚"。这"不敢入"之说，正是《史记》"信而有征"的独到之处，点睛之笔。

　　人们都说大禹新婚第三天就离开了家，治水在外十三年，三过家而不入门。信能如此，其敬业精神和思想境界，无疑可敬可佩。事实上大禹治水有着特定的背景和使命。他的父亲因治水无功而受诛杀，尧帝也因此引咎辞位让给了舜，舜再派大禹去继续治水，此情此境，过家门是入还是不入？是不入还是不敢入？这里不是一种简单的行为取舍或思想闪念。如果只看到过门而不入，即便是事实，也能表现人物的思想境界，但显然有失偏颇，还少不了有虚美之嫌。指出大禹是过家门而不敢入，则更好地体现出治水使命和责任的驱使，体现和表达得更客观公允，更发人深思，更警示后人。正因为如此，写到这里，太史公自己才喟然感叹："甚哉，水之为利害也！""自是以后，用事者争言水利"，治国者必先治水。并由此而告诫人们，治理水患意义重大，责任重大，要有"过家不入门"的奉献精神，更要有"过家门不敢入"的使命感和责任心。

争先恐后的误导

◆一得录

> 争着向前，唯恐落后……就这样潜移默化，造就了中国成为一个争先恐后的国度。
>
> 世上万事万物，原本有先有后，不必要争，也不需乎恐。孰先孰后，但看需先需后，能先能后。
>
> 先后之谓有序，有序之谓和谐。

"争先恐后"这个成语，通俗易懂，记得上学的时候，在小学课本里面就出现了。意思也好记：争着向前，唯恐落后。老师进而还教导学生，这个成语更深远意义是用来比喻人们力争上游，不甘落后，你追我赶的进取精神。

同一本教科书，同样老师教出来的学生，自然都一样理解和学会了运用"争先恐后"。像文学大师（还应该说是文字语言大师）郭沫若，他在《少年时代》中造写的句子就是这样："在船离岸还有二三尺远时，他们便争先恐后地跳上船来，手里拿着一面小旗子，口里不断地叫喊着。"这类名人名句，经常被引用为范例，就这样潜移默化，造就了中国成为一个争先恐后的国度。常常可以看到这样的情形：门一打开，拥挤在门口的人群蜂拥而动。不论是公交车门前，还是公园门口、展销会门口、影剧院门口、飞机的登机口……车站、码头。大家在斑马线前面等绿灯，没有人愿意站在后面，都下意识往前挤，结果绿灯还没亮起，人群就漫到了马路上。这些争先恐后的场面，举不胜举。

那么是谁发明了"争先恐后",本意是什么呢?

"争先恐后"出自《韩非子·喻老》中的一则寓言故事:赵襄子向王于期学习驾驶车马。过了一段时间,就同王于期比赛驾车。赵襄子几次换马,几次都落后了。

赵襄子有些不高兴,对王于期说:"那驾驶车马的技术,你还留了一手啊。"王于期解释说:"技术已经教完了,倒是您运用起来还不得法啊。凡是驾驶车马,最关键的在于:马的身体同车儿的大小适合,人的心思同马儿的步伐协调,这才可以跑得快,跑得远。而刚才您一落后,就想急切追上我;一领先,又生怕被我追上。本来比赛就有先后之分,而您争先恐后,把注意力都集中在我身上,哪还有什么心思注意车马呢?这才是您落后的原因。"

这个故事告诉我们,争先恐后本不是好事。争先恐后,往往患得患失;而患得患失,势必分散精力,很可能导致落后、失败。

先后之谓有序,有序之谓和谐。世上万事万物,原本有先有后,不必要争,也不需乎恐。孰先孰后,但看需先需后,能先能后。推而广之,尤其像下列先后原则,不但要遵守,还应该大力倡导。如先忧后乐、先忧后喜、先急后缓、先易后难、先难后获、先人后己、先公后私、先国后家、先声后实、先礼后兵、先礼后刑、先予后取、先义后利、先河后海、先君子后小人、先明后不争,等等,千万不要被争先恐后误导了。

刘项的文化贡献

◆一得录

> 　　一个"不读书"的人能留下传世经典"人杰论"、不朽诗作《大风歌》，读书人何曾盖过，又岂敢小觑！
>
> 　　项羽生前身后，留下许多成语典故，像是一座丰富的文化素材宝库，让人永远开发利用，其数量之多，传播运用之广泛，甚至没有哪个历史人物或文化大师可以企及。
>
> 　　原来这两个"不读书"的人，留给了后人读不完的书。

　　中国历史上有被人笑话"不读书"的两个人：一个叫刘邦，一个是项羽。他们以轰轰烈烈、惊天动地的言论和行动，成就了千古流传的功名。正是这两个"不读书"的人，留给后人读不完的书。

　　秦始皇统一中国，成为中国历史上第一个皇帝。一次东巡，场面盛大辉煌。刘邦见了十分羡慕，感慨"大丈夫当如此也"；项羽看到，格外眼热，坦言"彼可取而代之"。后来两人果然投身秦末农民起义军，先是珠联璧合，两人联手分率主力义军，攻入咸阳，推翻了秦王朝。继而楚汉对垒，刘项成为主要竞争对手，垓下之围，让西楚霸王项羽走上英雄末路，刘邦终成汉朝大帝。回头看看，谁说他俩口出狂言，只有秀才造反，十年不成。这两个"不读书"的人一举实现了改朝换代。

　　刘邦原来非但不重视读书，还鄙薄读书人到了极点。他曾揭下儒生的帽子往里面撒尿。在刘邦的眼里，"腐儒"是最没有用最不能用的人。他求的是猛士，他用的是人杰。一番君臣对话，"人杰论"经典无与伦比。一首《大风歌》求贤若渴，引无数英雄竞折腰。

刘邦当了皇帝，一天，他置酒洛阳南宫，召群臣聚饮，讨论总结楚汉战争成败的原因。刘邦说："夫运等帷幄之中，决胜千里之外，吾不如子房；镇国家，抚百姓，给饷馈，不绝粮道，吾不如萧何；连百万之众，战必胜，攻必取，吾不如韩信。三者皆人杰，吾能用之，此吾所以取天下者也。"这段实践经验的理论提炼，敢信不少知识渊博的才子都会自愧弗如！

刘邦平定英布叛乱后，回师路过家乡，置酒招待父老乡亲。酒酣耳热之际，刘邦意气风发，高唱起"大风起兮云飞扬，威加海内兮归故乡，安得猛士兮守四方"！一首《大风歌》如此豪放深沉、大气酣畅。虽然功成名就，不忘长治久安！真个"大丈夫当如此也"！岂不使那些所谓学富五车、才大志疏的读书人自惭形秽！

一个"不读书"的人能留下传世经典"人杰论"、不朽诗作《大风歌》，读书人何曾盖过，又怎敢小觑！孔夫子曾教给人许多道理。而"逝者如斯夫"之类，让人感叹时光如流水，徒生无奈。至于像"民可使由之不可使知之"这些，争论了千百年，也不知道究竟是"民可使由之，不可使知之"，还是"民可，使由之；不可，使知之"，抑或"民可使，由之；不可使，知之"，至今让许多人读不懂，比不上刘氏文字让人明快，给人启发。

项羽是盖世英雄。虽然不如刘邦功成名就，但太史公不以成败论英雄，在《史记》中为他立了"本纪"，给了他王者的名分。项羽的文化贡献较之刘邦有过之而无不及。

项羽留有一首广为人知的诗叫《虞姬歌》。诗曰："力拔山兮气盖世，时不利兮骓不逝，骓不逝兮可奈何，虞兮虞兮奈若何！"司马迁记述，项王悲歌慷慨，反复唱吟，泣数行下，左右皆泣，莫能仰视，可见其悲壮情景，非同一般。其实诗中更多表现出项羽英雄气短、儿女情长的软肋，尤其是在"身死东城，尚不觉悟而不自责"，唯怨"天之亡我"，增加了悲剧的色彩，也平添了教训的深刻。或许正因为如此，项羽死后，留下许多成语、典故，像是一座纷繁的文化素材库，让人永远开发利用，其数量之多，传播运用之广泛，甚至没有哪个历史人物或文化大师可以企及。俯拾皆是，如"作壁上观、"衣锦夜行"、"猕猴而冠"、"破釜沉舟"、"四面楚歌"、"霸王别姬"，还有"鸿门宴"、"项庄舞剑意在沛公"、"无颜见江东父老"等等。李清照咏志五言绝句："生当作人杰，死亦为鬼雄，如今思项羽，不肯过江东"，豪放慷慨，巾帼不让须眉。毛泽东"宜将剩勇追穷寇，不可沽名学霸王"，充满哲理，由西楚霸王沽名钓誉、坐失良机，为刘邦所灭的悲剧，进而对中国几千年古代历史反思，对几十年中国现代革命史反思，同时还大气磅礴，一翻《孙子》兵法中"穷寇勿追"的旧说，号召人们将革命进行到底。毛主席在 1945 年还将唐人章碣的《焚书坑》诗书赠傅斯年先生。"竹帛烟消帝业虚，关河空销祖龙居，坑灰未冷山东乱，刘项原来不读书。"诗人批判秦始皇焚书坑儒，终于是咎由自取。主席拿这首诗书赠友人，在这里除了提醒对历史教训的记取外，我想更多应该是对历史文化的品味，对"刘项原来不读书"作为一种文化现象来鉴赏。谁说刘项不读书！正是这两个"不读书"的人，留给了后人读不完的书。

自信的自以为是

◆一得录

先哲们视自以为是者为自负，甚至狂妄之极，自有自省省人的道理。其实，在实际生活中，人有时又需要有自以为是的精神。

柴可夫斯基创作了他的《降 B 小调第一钢琴协奏曲》，老师认为这一作品一无是处。如果没有自信的勇气，没有自以为是的自信，他不可能坚守"自己的作品一个音符也不改"，也就不可能产生这首传世之作。

"自以为是"这个成语，最早出自谁手，各种工具书上引据不一。相同的都把这个词用来形容主观自大、不虚心的人，总认为自己什么都正确，是个贬义词。如荀子在专论"荣辱"时列举，"凡斗者必自以为是，而以人为非"。意思说好斗的人表现争强好胜，往往因此招辱。而好斗的原因之一就是自以为是。老子也指责："自是者不彰（明白）"。孟子则斥自以为是为"德之贼也"。他说"居之似忠信，行之似廉洁，众皆悦之，自以为是，而不可与入尧舜之道，故曰'德之贼也'"。而《艾子杂谈》更以"自道我是"直接表示责骂。说艾子喜欢养猎犬猎鹰捕捉野兔，每当猎犬捉到兔子时，艾子就会把兔的内脏让猎犬饱餐一顿，因此每当猎犬捕得兔子时，它总会站到艾子面前，沾沾自喜地不停摇着尾巴，等待艾子喂它。一次，猎犬误把猎鹰咬死了，当艾子手拿死鹰痛惜不已时，猎犬依然如常，喜形于色，等着艾子犒劳。这时艾子盯着猎犬痛骂，你这莫名其妙的东西，不知咬死了猎鹰，还在这里自以为是哩！

先哲们视自以为是者为自负，甚至狂妄之极，自有自省省人的道理。其实，在实际生活中，人有时又需要有自以为是的精神。不唯上，不唯师，不迷信权威的自以为是，既是具有自知之明的体现，又是自信的体现。

名家史话传说，1874 年，在莫斯科音乐学院任教的柴可夫斯基，创作了他的《降 B 小调第一钢琴协奏曲》。对此作品他十分满意，满心欢喜地交给了自己的老师、学院院长尼古拉·鲁宾斯坦，希望得到他的肯定和推荐。万没想到的是，老师认为这一作品一无是处，根本不能演奏，并耐心指点他认真修改，争取能公开演奏。

面对老师的表态，柴可夫斯基坚定地认为，自己的作品一个音符都不改，现在就付印。然后他把作品寄给了德国钢琴家汉斯·冯·彪罗。汉斯·冯·彪罗接到作品，拍案称奇，认为该作品深情地表达了作者对生活的热爱与对光明的追求，钢琴与乐队协奏可以达到真挚的感情抒发与强烈的激动人心的交响化效果，产生极其巨大的音乐感染力。1875 年 10 月 26 日，汉斯·冯·彪罗在波士顿首演该协奏曲，果然获得空前成功，这首协奏曲成为世界上第一流的钢琴协奏不朽之曲目。

试想，当柴可夫斯基在遭到自己的老师，同时又是学院院长这一权威否定自己的作品时，若没有自信和勇气，没有自以为是的自信，他不可能坚守"自己的作品一个音符也不改"，也就不可能产生这首传世之作。因此我们说，人只要不是自负，应该有自信的自以为是。

锯箭、补锅二法没有失传

◆一得录

> "锯箭法"指办事时只敷衍那些表面事宜，而将办事的难点推诿给别人。"补锅法"的实质是夸大问题的严重性，从而换取更多的好处。
>
> 了解"锯箭、补锅"二法，不仅有助于洞悉旧中国的官场作风的社会病态，还可以帮助我们认识现实生活中所存在的"锯箭补锅"遗风，从而自觉地揭露它、批判它、克服它。

大家都知道，箭是古代的一种兵器。长约二三尺的细杆装上箭头，搭在弓弩上发射，可以杀人猎物。要是在箭头上添些毒药，那么见血封喉，杀伤力就会更大。所谓"射人先射马，擒贼先擒王"，可见在冷兵器时代箭的威力非同一般。

这箭能伤人害命，自然就有救死扶伤、专门医治受箭伤的人。我们虽然不可能目睹战场上像关公受箭伤，自己拔出箭头再刮骨疗毒那样的英雄气概和顽强毅力，可以想见，医治箭伤的人会先敏捷地把箭杆锯下，再设法取出箭头进行施治。如今除了在体育竞技场上，看运动员挽弓瞄靶，射出环环成绩外，未曾听说哪里出现有受到箭伤害和锯箭疗伤的人和事了，于是担心这锯箭之法是否已经失去了传承。

补锅的事很常见。小时候经常听到，铜铃咣当咣当响，吆喝一声接一声，就知道有补锅匠进村来了。大人小孩围成一团，补锅匠手拉风箱，让炉火把生铁片熔成水。一口破锅经过敲敲打打再浇上几滴铁水，虽然锅上形成了一排补丁，却马上可以拿去煮饭炒菜了。因为这铁锅是每家每户每日每餐都要用到的炊具，补锅技艺虽也简单，倒真正能解燃眉之急。如今家庭炊具多了，虽然说铁锅有很好的保健功能，大家都继续在使用，但不像过去那么节省，破锅子还请人补一补，买口新的方便又划算。因此，这补锅的从城里到乡下早已销声匿迹了。

锯箭和补锅，原本是生活中发生的实实在在的事情，如今渐渐离我们远去，然而留下的故事以及故事蕴含的道理，依然那样广泛那么深刻。把锯箭和补锅借喻为"办事二妙法"乃至"做官二妙法"的是民国时期的李宗吾先生。如此以来，锯箭补锅之法非但没有失传，而长期有人相袭沿用，遗风尤在。

其一，锯箭法。来源于锯箭的故事：古代，有人中了箭，请外科医生救治。医生将箭杆锯掉后便向伤者要酬金。问他为什么不把箭头拔出来？医生说：那是内科的事。属于外科的事已经处理好了，现在你得去找内科！

这锯箭法指办事时只敷衍那些表面事宜（锯断箭杆），而将办事的难点（取出箭头）推诿给别人（内科）。现在一些机关办事的在工作中擅长"锯箭法"。基层群众来办事，属于他分内的工作，且理所当然应当要办，他也不好推辞的，就采取锯箭杆的办法，反正该我办的我已经办了，至于下步的实质性问题，则属于另一个人或另一个部门，这也就是所谓的分工负责、责权分明。表现得最多的是对待群众的来信来访。亲自接待、亲自批示，显得尤其重视、格外关心，就是不解决实际问题，批这里转那里，让来访者苦不堪言。

其二，补锅法。一户人家锅子破了，请补锅匠来补。补锅匠一面用铁片刮锅底烟灰，一面对主人说："请点火来"。乘着主人转背的时候，补锅匠用铁锤在锅上轻轻敲几下，那裂痕就增加了许多。等到主人转来，就指给他看，说："你这锅的裂痕很长。过去由于被油腻了，看不见，我把锅烟刮开，就全现出来了。要补上十个钉子才能补好。"主人低头一看，很诧异地说："那是，那是。幸亏你今天查看得仔细，不然的话，这锅不久就将报废了，帮忙补好，就收几个钉的钱吧。"补好锅后，主人与补锅匠皆大欢喜。

这补锅法的实质是夸大问题的严重性，从而换取更多的好处。具体采取的是纵、拖、敲等手法将事态扩大，然后去治理，以显示成绩功劳。如今一些公职人员往往运用"补锅法"处理公务，不说能办，也不说不能办，只是模棱两可地搪塞你："这件事情挺复杂的，很难办，得好好地研究研究，你先回去吧。"非要使原本很小很容易处理的事情神秘化、复杂化、扩大化，让人家多跑几趟，得"意思"一番，待事情办好，还会让你更多地感恩戴德，以为他最有才能，最肯帮忙。尤其是现在各级在处理应急事件或抢险救灾时某些人的表现，现时那种对下和对上负责任的态度和行为，与补锅匠和锅主人当时的情形何等相似。

李宗吾先生生活在国民党时期，有感于官场上办事的流弊，在他所著的《厚黑学》一书中将锯箭和补锅借喻为办事二妙法。李先生曾痛心地说，在旧中国，"上述二妙法，是办事的公例……合乎这个公例就成功。""二者交为运用，更是成功的不传之秘"。我们了解李氏所称的锯箭、补锅二法，不仅有助于洞悉旧中国的官场作风和社会病态，还可以帮助我们认识现实生活中所存在的"锯箭、补锅"遗风，从而自觉地揭露它、批判它、克服它。

愿锯箭、补锅二法早日失传了好！

明太祖发动群众整肃吏治

◆一得录

"官逼民反"这个千古真理对朱元璋而言印象实在是太深刻了，他本人就是从这条路上走过来的。

明太祖用发动群众的办法祛除害民官吏，"许民赴京陈诉"，甚至捉拿扰民官吏。因为在他眼里，治天下与打天下当有共同之处，打天下时，靠得百姓支持，治天下也可以利用百姓之力，整肃吏治。

吏治腐败是封建社会官僚政治的必然现象。但是作为封建统治者，要巩固自己的统治，又必须同腐败现象作斗争。

在中国封建社会历史上，在惩治腐败这方面，明太祖朱元璋是位与众不同的皇帝。他本人出身于一个贫苦农民家庭，少年时吃了不少苦，又当过小和尚，后来参加红巾军义军，打下天下，做了皇帝。"官逼民反"这个千古真理对朱元璋而言印象实在是太深刻了，他本人就是从这条路上走过来的。为了巩固政权，明太祖采取了两个方面的办法，一方面是鼓励农民垦荒立业，减轻赋税，均平徭役；另一方面则是惩治腐败，整肃吏治。

朱元璋对地方官贪污害民的，用极其严厉的手段惩治，进行了长期残酷的斗争。史籍记载："帝初即位，惩元政驰纵，用法太严，奉行者重足而立……明祖严于吏治，凡守令贪酷者，许民赴京陈诉。赃至六十两以上者，枭首示众，仍剥皮实草……使之触目惊心"。洪武十八年，户部侍郎郭桓等私分税粮案发后，朱元璋命法司追查，亲自处理此案，结果将户部左右侍郎及其以下均处死刑，追赃 700 多万石。牵连到各地方官吏，株连处死多达数万人。

明太祖整肃吏治的许多办法都是出人意料的，比如用发动群众的办法祛除害民官吏，就是朱元璋的一大发明。

洪武十八年（1385），明太祖颁布《御制大诰》，一开头就说道："朕闻曩古历代君臣，当天下之大任，闵生民之涂炭，立纲陈纪，昭示天下，为民造福……今将害民事理，昭示天下诸司，敢有不务公而务私，在外贪赃，酷虐吾民者，穷其原而搜罪之"。在这部《御制大诰》中明确规定了乡里耆民奏报地方官善恶："自今以后，若欲尽除民间祸患，无若乡里年高有德等，或百人，或五六十人，或三五百人，或千余人，岁终议赴京师面奏，本境为民患者几人，造民福者几人。朕必凭其奏，善者旌之，恶者移之，甚至罚之。"为了保证百姓入京面陈，他还告示各处关津把隘，为面奏来京的百姓放行。

《御制大诰》一经公布，果真奏效。从洪武十八年到十九年，先后有无为州同知李汝中下乡扰民，湖州府官吏和乌程县官吏易子仁、张彦祥勾结豪富，欺压百姓均被处罚。常熟县民陈寿六，看到县吏顾英为非作歹，不仅害及自己，而且害民甚众，于是同弟弟、外甥三人，动手将顾英擒住，带上《御制大诰》，赴京面陈。明太祖见此情形，非常高兴，严惩了顾英，表彰了陈寿六，赏给他们钞二十锭，衣各二件，还免了陈寿六三年的杂泛差役。

明太祖为了整肃吏治，"许民赴京陈诉"甚至捉拿扰民官吏，其实不是什么创造发明，而是老办法。在他眼里，治天下与打天下当有共同之处，打天下时，靠得百姓支持，如今治天下，也可以利用百姓之力，整肃吏治。要是说明太祖发动群众，整肃吏治的作法有什么新意的话，在于它能够为后世提供有益的借鉴。

七步诗与七步智

◆ 一得录

> 七步诗才高八斗，七步智可训愚氓。两个故事告诉我们同一个大道理：冷静是智慧的最好体现。

一提到七步诗，大家就知道是说曹氏兄弟的事了。是的，在中国历史上像曹氏这样一家，不仅在政治上耀眼，在文学上亦辉煌，称得上是前无古人，后无来者。

曹丕继承父亲曹操当了皇帝以后，对才华横溢的胞弟曹植一直心怀忌恨。有一次，他故意挑逗曹植，说人家都夸你才学高，今天能在七步之内作首诗看看，要是作不出诗来，那就问你的欺君之罪，将行大法（处死）。

曹丕话音刚落，曹植就说出五句来，待到第七步，便吟成了一首千古流传、脍炙人口的好诗来。这就是：

> 煮豆持作羹，漉豉以为汁；
>
> 萁在釜下燃，豆在釜中泣；
>
> 本自同根生，相煎何太急。

诗中以豆与萁生动地比喻兄弟如手足，不应该互相猜忌与怨恨，曹植晓以大义，而且出口成章，才华非凡。文帝听之"深有惭色"，于诗于文，自愧不如，兄弟相煎，更为天地不容。后人在评价曹植诗才时，最具代表性的是谢公灵运。他说"天下有才一石，曹子健独占八斗，我得一斗，天下人共分一斗"！谢公虽狂，却非常佩服曹植。

也许正因为世人都被曹植的才气折服了，长期以来忽略了一个更重要的问题，那就是当此兄弟相煎、手足情断，让人心头喷血、七窍生悲的情势下，能控制和支撑曹植七步成诗，有没有比才气更重要的东西？下面举出一则现代寓言，进而讨论这个问题。

从前有个又贫穷又愚鲁的人，一夜之间富了起来。他有了钱之后，却不知道如何来处理，便逢人就问：我现在有了钱，没有智慧，哪里可以买到智慧吗？

一位哲人告诉他："倘若你遇到疑难的事，不急着处理，而是先朝前走七步，然后再往后退七步，这样进退三次，智慧便来了。"

那人听了将信将疑，难道智慧就这么简单？

当晚回家，他一推门进屋，昏暗中发现自己的妻子居然与另一个人睡在一起，顿时怒从心起，拔出刀来便要上前去砍杀。

这时，他忽然想起白天买来的智慧，心想试试看能否管用。于是便照着哲人告诉他的做，先前进七步，又后退七步，这样往复三次，然后他想到还是点亮灯看看，竟然发现与妻子同床共枕的原来是自己的母亲！

七步诗才高八斗，七步智可训愚氓。两个故事似乎"风马牛不相及"，其实这两个故事告诉我们同一个大道理：冷静是智慧的最好体现。试想如果遇事不冷静，纵然曹植才高八斗也成不了七步诗，而那个寓言中买智慧的人，依靠七步智，进而冷静，退而忍耐，终于避免了一场弑母悲剧！

七步诗与沉住气

◆一得录

> 　　曹植七步之内吟成千古绝唱，正所谓悲愤出好诗。这悲愤之际，首先需要沉得住气，要是沉不住气，哪怕你才高八斗，也无法运用和表现出来。
> 　　原来人的最大智慧、最高才气莫过于沉得住气。

　　本人曾经写过一篇短文，标题叫做"七步诗与七步智"。讨论曹植凭什么能在七步之内吟出绝妙好诗来。答案当然是凭才气。既凭才，更凭气。能沉得住气，能保持冷静，这是最大的智慧、最高的才气。

　　曹植的七步诗见之于史书或文学作品集中一般是六句，这里恕不抄录。到了刘义庆的《世说新语》里。成了四句，显得更明白如话，而又晓以大义。这就是：

　　　　煮豆燃豆萁，豆在釜中泣；本是同根生，相煎何太急。

　　试想当时的情景，老兄（曹丕）身为皇帝，实在是在为难小弟（曹植），激怒小弟。说人家夸你有才气，我让你在七步之内作首诗来看看，要是作不出就该问欺君之罪，那就行大法，砍你的脑袋。如此兄弟，由忌才妒能，到寻衅攻击，直到欲置人于死地，对此，一般人都会心口喷血，方寸全乱。

　　这时曹植处险不惊，以静制动，打掉牙往肚里吞，七步之内吟成千古绝唱，正所谓悲愤出好诗。这悲愤之际，首先需要沉得住气，要是沉不住气，哪怕你才高八斗，也无法运用和表现出来。并且曹植能以生动贴切的比喻，晓以兄弟如手足之大义，劝诫兄弟不要相猜相忌，相煎相残，何等才高气大，使曹丕"深有惭色"，无以面对，自然折服于才，屈服其气。

这里不妨再举一则寓言故事，证明无论是在困境中还是在即将成功之时，沉得住气比什么都重要，才高气短是人生的大忌。

一群人上山打猎，其中一个猎手不小心掉进了深洞里，他的右手和双脚都摔断了，只剩下一只左手能使用。坑洞很深，又很陡峭，地面上的人发现了都束手无策，只能在外面叫喊。

那猎人艰难地用左手撑住洞壁，用嘴巴咬着洞壁上的草藤，慢慢地艰难地往上爬。

时间一分一秒在过去，洞外的人越来越多，叫喊声越来越纷杂。有的说赶快派人去找绳索，有的急于下洞去帮扶，有的直说猎人没希望，死定了……那猎人虽然往上爬行速度很慢，但毕竟离洞口越来越近，听见洞面上的人说话也越来越清楚了，于是他看到了希望，更鼓足了勇气。这时他忽然大叫一声：我会上来的！……随着这一声叫喊，紧接着的是一声巨响传了洞外。原来这位猎人在大叫时松了口咬草藤，只手支撑不住，终于跌进了洞底，再也不能起来了。

猎人沉不住气，说了一句话而失去了生命的希望。曹植能沉住气，七步成诗而化险为夷。猎人手嘴并用是智慧，曹植七步成诗凭才气。原来人的最大智慧、最高才气莫过于沉得住气。

自古英雄气短，哀莫大焉！沉得住气，不是要人在沉默中死亡，而是能在沉默中爆发，爆发产生的是宇宙之大气、人间的正气。

杨修聪明死了

◆一得录

> 在一个自视甚高而又刚愎自用，绝不能容忍任何人比他高明的主子面前，你还每每自逞聪明，惹祸上身乃至自取灭亡，就是必然的了。
>
> 杨修"聪明死了"，正所谓聪明反被聪明误！

本人没有研究过方言，不知道"死了"这个词，是不是只在我们这些地方话语中使用，而且用得很经常、很普遍。比如像"热死了"、"冷死了"、"饿死了"、"胀死了"、"忙死了"、"累死了"、"气死了"、"骂死了"等等，还有如"蠢死了"、"聪明死了"，比比皆是。

从语言修辞来看，这"死了"不一定就真的死，而是表示事物达到了某种程度或极点，形容极甚，往往带有夸张的成分。然而在现实生活中这类现象的例子不少。热死了的，冷死了的，饿死了的，胀死了的，忙死了的，累死了的，气死了的，骂死了的……都大有人在。至于"蠢死了"的，也不乏事例可举。唯有"聪明死了"，往往更多的时候用于夸奖别人。比如杨修，三国时曹魏人，在他故去多少年后，人们仍然在流传着夸奖他聪明的故事，而没看出他是"聪明死了"的典型代表。这是历史的也是现实的悲剧或悲哀。像这样的悲剧或悲哀，其意义又远远超出了"典型代表"的本身。

杨修是曹操的手下，不仅有文才，更具有政治才能。《三国志·陈思王传》上说，杨修任曹操的主簿，"是时，军国多事，修总知外内，事皆称意"。《三国演义》一书，对杨修的聪明智慧有着十分生动的描述，试举几例，可以证明杨修这个人真的是聪明绝顶。

第一件，曹操建一座花园，快完工时去察看，不加褒贬，只在门上写了一个"活"字，便走了。杨修马上令工匠将围墙加长，把门改窄一点。众人不解其意。杨修说："'门'内加'活'，是'阔'字，丞相嫌园门太宽了。"

第二件，有一次，属下给曹操送去一盒糕点，曹操尝了尝，便在装糕点的盒上写了一个"合"字，交给属下。众人看了，都不知道该怎么办。等糕点传到杨修手中，立刻取匙与众人将糕点分而食之。曹操问谁这么大胆？杨修说："盒上分明写着'一人一口'，岂敢违丞相之命？"这件事曹操虽然不再说什么，但心里已对杨修如此聪明过人心生忌妒。

第三件，曹操曾由杨修陪同参观曹娥墓碑，看到碑文旁边有八个题字："黄绢幼妇外孙齑臼"，便问杨修："你看懂了这八个字的意思了吗？"

杨修答："我看懂了"。

曹操又说："你先别讲出来，等我好好想一想。"

他们离开曹娥碑去了大约30里路的时候，曹操才说："我已经弄明白这八个字的意思了。"他让杨修转过身去，各自写下自己的答案，然后互相对照，两人写的完全一样，答案是："绝妙好辞"。

原来这"黄绢幼妇外孙齑臼"是灯谜。"黄绢"，染色的丝，于字为"绝"；"幼妇"，少女也，于字为"妙"；"外孙"，女儿生的孩子，于字为"好"；"齑臼"，承受辛辣的容器，于字为"辤"（古时"辞"的另一种写法）。四字连在一起，便是谜底"绝妙好辞"。曹操的答案和杨修的虽然完全一样，但他还是不无惭愧地对杨修说："我的才智与你相距30里"。也许正是由于差距而产生出惭愧，由惭愧而产生了忌恨，杨修则全然不觉得！

第四件，最著名的是"鸡肋"的故事。曹操占领汉中之后，进攻刘备的计划没有进展，要守汉中又再不能有什么建树。全军不知道是该继续前进呢，还是该留下来防守。中军去请示发布夜间军营口令，曹操随口说了个"鸡肋"。杨修一听到这两个字，便叫随行军士，各自收拾行装，准备退兵。有人报知传令官，传令官大惊，问杨修这是为什么。杨修说："从今夜的口令看，便知魏王（曹操）不日即将退兵回中原。'鸡肋'这东西，吃起来没有什么肉，丢掉了又觉得可惜。但啃几下，终究还是要扔掉的！它就好比汉中这块地方，我们占了，没有多大意思，想舍弃又有点不忍心，最终还得走。所以我看出魏王拿定了主意早晚要撤兵回去了。叫你们先收拾行装，以免临时慌乱"。传令官觉得有理，也收拾行装，一营将士纷纷效法。当夜曹操巡营查夜，发现这一情况，忙召传令官询问。传令官道出原委，曹操大怒，以制造谣言，扰乱军心的罪名，将杨修斩首。

杨修被斩之后，曹操很快下令撤了军。看来这造谣乱军，不过是曹操早要发泄忌恨，而终于找到杀了杨修的借口。

有理由相信，杨修的被杀并不完全因此，或许由于他卷进了曹家的权位之争。但这些故事，也并不全是闭门虚构，而是很符合人物的性格特点。杨修确实聪明过人，但他有的不过是小聪明，而无大智慧。他不了解，在一个自视甚高而又刚愎自用，绝不能容忍任何人比他高明的主子面前，你还每每自逞聪明，惹祸上身乃至自取灭亡，就是必然的了。杨修真的是"聪明死了"，正所谓聪明反被聪明误！

杨修的"聪明死了"，是太显露了自己。看来做人需得显露有术，不可不露，不可太露。诚如《红楼梦》在谈及薛宝钗时所言："人谓装傻，自云守拙"，这不仅是过去为人处世的一种态度，也是现在处理人际关系的一种政治智慧。

通道悟玄机

◆一得录

通道人谈起"通道转兵"这件事，或津津乐道于荣耀，或神乎其神于玄秘。……当年毛主席住在恭城书院，得一仙人指点，感悟玄机，……找到了通达大道。

其实敢于从实际出发，永远是事业成功的通达大道。

出差通道县，入住的宾馆房间里摆放着一本《通道转兵》，是这个县里组织编写的一本文史资料读本。

《通道转兵》不仅是一本书，更是一件重要的事。随着中共党史、中国革命史研究工作的不断深入，许多证据表明当年红军高层曾在这里举行过一次重要会议——通道会议，做出过一项重大决策——通道转兵。这件事使"通道"这个名字愈加神秘高深，让更多的人琢磨品味。

书中第一页上印着刘伯承元帅回忆录中的一段话："部队在十二月占领湖南西南境之通道城后，立即向贵州前进，一举攻克了黎平。当时，如果不是毛主席坚决主张改变方针，所剩三万多红军的前途只有毁灭。"还节录有英国人菲力普·肖特《毛泽东传》中引语："在中国，今天已经很少有人听说通道这个小集镇，它是湘、黔、桂三省交界之处的一个少数民族集聚区……这儿几乎没有发生过什么有趣的事情。然而1934年12月12日，红军领导曾聚集在那儿举行过一次会议，这次会议标志着毛泽东从此开始升为红军最高领导。"

关于"通道会议"，以及会议做出"通道转兵"的决策，中共党史、军史、中国革命史，只有很少简略的记述，至今未发现留存有当时的文件记录之类。这本《通道转兵》算不上权威史料，却值得重视，具有填补研究红军长征这一段历史空白的意义。

关于"通道会议"的时间、地点、人员、决策等，目前更多的只能运用这本书中的材料。

第五次"反围剿"失败之后，红一方面军不得已退却，原计划去湘西与先期到达那里的红二、六军团会合，在那里建立革命根据地。为此，红军突破四道封锁线，强渡湘江，付出了沉重的代价，辗转到达通道。在前有重兵拦截、后有顽敌追击的紧要关头，12月12日，中央在通道县溪恭城书院召开临时紧急会议。会议由周恩来主持，毛泽东、博古、朱德、张闻天、王稼祥和军事顾问李德出席。经过激烈争论，毛泽东同志主张放弃原定去湘西与红二、六军团会合的计划，改向敌人薄弱的贵州进军，这一主张得到通过。这是临时会议做出的"通道转兵"的重要战略决策，是我党我军生命前途攸关的战略转移，是不久后的"遵义会议"的前奏，为"遵义会议"创造了关键性条件。从此确立了毛泽东在党和军队中的最高领导地位。

通道人谈起这件事，或津津乐道于荣耀，或神乎其神于玄秘。说是通道这个地方深藏玄机。当年毛主席住在恭城书院，得一仙人指点，感悟玄机。红军只有向贵州进发，才是可以走向取胜的通达之道。其实这个决策毛泽东早有考虑。湘江之战失利后，毛泽东患了一场大病，一直被人抬着行军。他不停地在为红军下一步寻找出路，如外国人评论所说，通道转兵不过是毛泽东担架上的"阴谋"，找到了通达大道。尽管后来雪山草地，千难万险，历尽艰苦，终于胜利到达了陕北。事实证明，敢于从实际出发，永远是事业成功的通达大道。

老子是水做的

◆一得录

> 世人把《老子》一书视为"生命之大智慧"，水是生命之源，老子由"生命之源"而发觉"生命之大智慧"。
>
> 老子的全部思想，发觉于水，以水为载体，用水来诠释。
>
> 原来老子是水做的。

这里的"老子"，特指《老子》一书。现在通行的《老子》，分为上下篇。上篇首句说"道可道，非常道"。下篇第一句为"上德无德，是为有德"。取其上下篇开头语的主题词，合起来又叫做《道德经》。

《老子》是道家的主要经典。书中用"道"来说明宇宙万事万物的演变，提出"道生一、一生二、二生三、三生万物"和"天下万物生于有，有生于无"的观点。指出"道"是"夫莫之命而常自然"的，所以说"人法地、地法天、天法道、道法自然"，形成了一个以道为核心的思想体系，文章简约而思想博大精深。全书一共只有5000多个字，专门教人修德养生的道理。据说老子深谙此道，活了160多岁（有的说是200多岁），得以善终。因此，世人相传，把《老子》一书，视为"生命之大智慧"。

近来读《老子》发现：如果说《老子》是"生命之大智慧"，那么"水"是生命之源，老子由"生命之源"发觉"生命之大智慧"。老子的全部思想，发觉于水，以水为承载，用水来诠释。老子原来是水做的。

自古以来，人们总是教人要坚强，教人以聪明。老子思想教人柔弱，教人愚鲁。柔弱就是谦下不争，愚鲁就是弃华取实。谦下不争，就能无私无我，一切依循自然；弃华取实，就能反省内观，最后返璞归真。这样最终就能达到明"大道"，至"上善"，成为有道德的人。

何谓大道？何以上善？老子明确回答："大道似水"、"上善若水"。在书中，老子给水赋予人格魅力，以水喻道，以水明德，博而有约，形象生动，十分精彩。这里抄录上篇第八章全部文字，备以赏析。

上善若水。水利万物而不争，处众人之所恶，故几于道。居善地，心善渊，与善仁，言善信，正善治，事善能，动善时。夫惟不争，故无忧。

这段话的大意是：有道德的人，就像水一样。水有三种特性七种形态，第一是能够滋养万物；第二是本性柔弱，顺其自然而不争；第三是蓄居流注于人所瞧不起的卑下的地方。有这三大特性，所以水是很接近道了。水处于卑下的地方，有道德的人为人谦下；水渊深清明，有道德的人虚静沉默；水施与万物，有道德的人也是博施而不望报；水照万物，各如其形，诚实不妄，有道德的人所言所说，也都出自至诚，绝不虚伪；水能滋养万物，清除污垢而有绩效，有道德的人清静无为而人民自然归于纯朴，也有绩效；水性柔弱，能方能圆，功能广泛，有道德的人施教立化，毫无私心，也能产生教化的功能。以上都是有道德的人像水的情形。但其中以"不争"为最主要的。正因为不争，所以不会招致怨尤。

老子借水来比喻"道"。水有"利万物"、"不争"、"就下"三大特性，而特别着重于"不争"，因为"不争"是"利万物"和"就下"的基础。人能效法水的不争，就能产生"利万物"、谦下的效果，如此就可以算是近于道了。而"居善地、心善渊、与善仁、言善信、正善治、事善能、动善时"，这七句表面上是叙述水的不同形态，也是对前面水的三大特性的具体说明，实际上是比喻"上善"的德。

上述水的三大特性、七种形态，构成了老子"大道"、"上善"的全部内容，体现出老子处世哲学思想的精髓。因此，我们说老子是水做的，并由此进而领悟"天下莫柔于水，而攻坚强者莫之能胜，以其无以易之"！

不要放弃对自己的控制

怎样三思而行

◆一得录

"三思而行"，不是遇到问题多次思考而决定行动，而是经过三道程序来思考决定。

"利、弊"权衡，"正、反"思考，合起来想一遍，在综合分析的基础上得出自己的结论和决定。

至于多思少思，因事而异。事有须千思百思的，亦有一思便可的。思而后行，却包含了"三思"的全过程。

"三思而行"，也就是"三思而后行"。这句话出自《论语·公冶长·第五》"季文子三思而后行"。对这句话，人们耳熟能详，公认的意思是经过反复考虑，然后才去做，形容做事慎重。也就是说，"三思"应该和"慎思"一样，未必一定是三。

值得讨论的是，怎样解释"三思"，更具体来讲怎样理解"三"。如再三，作反复考虑之解释，把"三"当作概数看待，表示不确定。汉语言中有"三、六、九"等经常不是表示具体数目，而是表示概数。把这里的"三"当概数看待，有《论语正义》佐证："三思者，言思之多，能审慎也"。可是，孔子原本不这样认为。《论语》中完整的这段话是："季文子三思而后行。子闻之，曰：'再，斯可矣'。"孔子在这里说，不一定要三思，再思亦即作两次思考就行了，可见孔子这里把"三"和"再"都作为实数对待。这在《论语》中还可以举出同类型的例子。比如我们把"吾日三省吾身"，理解为经常自我检查反省自己，把这里的"三"当概数理解虽然也没有错，但在原著中表示有明确而具体的三项内容。见诸《论语·学而·第一》，即"曾子曰：'吾日三省吾身'：为人谋而不忠乎？与朋友交而不信乎？传而不习乎？'"至于像《三国志·吴志·诸葛恪传注》中的"每事必十思"，不知道他离孔子要求那么远，实际意义在哪里。

　　既然认为季文子的"三"和孔子的"再"（思）都表示实数，那么具体该怎样来理解呢？有人说这"三"包括"开始、过程、结果"；有人说包括"利、弊、权衡利弊"；还有人说应该包括"正、反、合"的思考方式。概括起来，应该说"三思而行"，不是遇到问题多次思考而决定行动，而是经过三道程序来思考决定。如俗话所讲，思前想后左思右想。有了"利、弊"权衡，经过"正、反"思考，事情的优势、长处、机会和事情的劣势、短处、问题等，都弄清楚了，自然而然就会合起来想一遍，在综合分析的基础上得出自己的结论和决定。

　　这是一种非常理智而缜密的思考方式。我们应该在实践中，更好地学会三思而后行。至于多思少思，要因事而异。事有须千思百思的，亦有一思便可的。思而后行，却包含了"三思"的全过程。

感悟生肖

◆一得录

> 子鼠为害百姓除，丑牛不丑有颂歌，寅虎威严当自重，卯兔教人学自知，辰龙今日遭人戏，巳蛇腹行能屈伸，午马不需伯乐相，未羊美善多忌讳，申猴紧箍成功名，酉鸡创造德才机，戌狗悲剧人决定，亥猪何必待体肥。

生肖是以十二地支与十二种动物对应相配，用来记载人生年的一种方法。即子鼠、丑牛、寅虎、卯兔、辰龙、巳蛇、午马、未羊、申猴、酉鸡、戌狗、亥猪。如子年生的人属鼠、丑年生的人属牛等，也叫属相。

十二生肖之制，何代兴起？起于何人？见于何典？至今尚无定论。长期以来，不少人将《论衡》视为最早记载十二生肖的文献。《论衡》是东汉唯物主义思想家王充（27—97）的大作。该书《物势》篇载："寅，木也，其禽，虎也。戌，土也，其禽，犬也……午，马也……子，鼠也。酉，鸡也。卯，兔也……亥，豕也。未，羊也。丑，牛也……巳，蛇也。申，猴也。"这里所缺者为龙。作者在《言毒篇》中又说："辰为龙，巳为蛇，辰巳之位在东方。"这样，十二生肖便齐全了，而且一直到今天，都没有改变过。

人原本动物，不过自"人猿相揖别"之后，成了万物之灵长。何以肖鼠属牛，其妙莫名。至于由生肖而推断一生之荣枯，评定百年之贵贱，更加大谬不然。君不见，从来为鼠遭千夫，自古老牛有颂歌。肖鼠者有之，属牛的未必。身在人与物之中，感悟系之：

子鼠为害百姓除，丑牛不丑有颂歌，寅虎威严当自重，卯兔教人学自知，辰龙今日遭人戏，巳蛇腹行能屈伸，午马不需伯乐相，未羊美善多忌讳，申猴紧箍成功名，酉鸡创造德才机，戌狗悲剧人决定，亥猪何必待体肥！

　　生肖感悟，感悟生肖，见仁见智，一吐为快而已。肖者虽然不必对号入座，或自鸣得意，或自寻烦恼，却总是提醒检点约束些好。

子鼠为害百姓除

◆一得录

　　生肖老鼠排在第一，别无殊荣，只是子时夜深人静，老鼠最为活跃，世界当属鼠的天下。

　　爱国卫生运动，消灭老鼠有经验；"以阶级斗争为纲"，打"过街老鼠"有教训。

　　而今"老鼠"为害百姓，与人民群众"灭鼠除害"的觉悟与勇气不无关系，与时代的正气和社会的正义不无关系。

　　鼠在十二生肖中排在首位，与十二地支"子"相配，表示一天十二时辰中的第一个时辰"子时"，又称"鼠时"。

　　我国从汉代开始，就采用十二地支来记录一天的十二个时辰，每个时辰相当于两个小时。23点整至次日凌晨1点整为子时，次第论推，为丑时、寅时……戌时、亥时。十二地支配上十二种动物，组成完整的生肖族系统。关于生肖的选用与排序，流传着许多故事传说。这些故事，或似开心解闷的笑话，或似惩恶扬善的寓言，人为添加了许多让后人说长论短的话题，只是没有必要也不可能去问个来龙去脉，找个水落石出。通常的说法，是根据动物每天的活动时间来确定生肖顺序。生肖老鼠排在第一，别无殊荣，只是子时夜籁人静，老鼠最为活跃，世界当属鼠的天下。

　　尽管相爷们恭维肖鼠者如何思想灵活、机智警觉，有很强的环境适应能力和知变能力，毕生可享中上层阶级之荣华富贵。但是，老鼠俗称"耗子"，从来口碑不好，相貌也不讨人喜欢，甚至遭"鼠子"、"鼠辈"的轻蔑和鄙视。因为为害农林草原，盗食粮食，破坏家具建筑物，传染疾病，终于落个"人人喊打"的骂名。

最早诅咒老鼠的，可举《诗经·魏风》中的"硕鼠"篇。诗曰："硕鼠硕鼠，无食我黍，三岁贯女，莫肯我顾，逝将去女，适彼乐土。乐土乐土，爰得我所……"诗中把贪官污吏比做硕大的老鼠，指控硕鼠贪财沾物，与民争利，使百姓难以安身立命，而又无可奈何，徒生叹息！老鼠种类繁多，生命力强，繁殖得快。硕鼠不除，鼠辈相延，到了后来有了危害国家安全的"社鼠"。如《韩非子·外储说右上》所举：齐桓公问管仲说："治理国家最害怕的是什么？"管仲回答说："最怕的是土地庙中的老鼠。"桓公问："为什么害怕土地庙中的老鼠呢？"管仲回答说："您见过那筑土地庙的情形么？树起一排排木头，涂上泥土，筑成墙壁，谁知老鼠钻了进去，打一个洞，寄住在那里。想用烟熏跑那老鼠，却担心烧着了木头，想用水淹死那老鼠，又担心涂在木上的泥土会塌下来。这就是土地庙的老鼠始终捕不到的缘故。"此正所谓内奸难除，投鼠忌器呀！延及现代，爱国卫生运动不断，除"四害"时，老鼠当先。至于在那"以阶级斗争为纲"的年代里，打过老鼠，肖鼠者，不肖鼠者，几乎人人自危。然而，老鼠并没有被消灭。到了今天，"硕鼠"累出，"社鼠"群结，"过街老鼠"非但没有销声匿迹，反而成队成帮。虽然很多过不了街，很多落网挨打，人们称快之余，仍然难免为鼠所害，常常忧鼠之患。希望治鼠要用猛药，除害须坚决彻底。然而，现在更多的人只知道自己趋利避凶，做起了君子来，或动口不动手，或"不立于危垣之下"，只求老鼠不抠着了自己的屁股。如此这般，法纪部门孤军深入，独自为战，"鼠害"能除吗？！

说鼠需要总结灭鼠的经验教训。爱国卫生运动，消灭老鼠有经验；"以阶级斗争为纲"，打"过街老鼠"有教训。经验是宝贵的，吸取教训也是经验。而今"老鼠"为害百姓，"硕鼠"当道，"社鼠"难除，与人民群众"灭鼠除害"的觉悟和勇气不无关系，与时代的正气和社会的正义不无关系。依法治国，从严治党，除了加强法纪部门和党的自身建设，还必须加大对人民群众的政策武装和思想发动，增强群众的护法意识，鼓起群众"灭鼠除害"的觉悟和勇气，做到社会治安社会治，这样才会让"硕鼠"在劫，"社鼠"难躲，"过街鼠"难逃，才能够让人们真正"适彼乐土"。

丑牛不丑有颂歌

◆一得录

> 牛在中国传统文化中是勤劳奉献的象征和标志。
>
> 而今人们离牛类越来越远了。勤恳踏实、不计私利、任劳任怨的"牛们"也越来越少，而人类对"牛"的呼唤声音却一直不断。生活在地球村，永远不可以缺少"牛们"。
>
> 耕田犁地，孺子至今不贬值；丑牛不丑，老牛自古有颂歌。

丑牛不丑。相爷们对属牛的人夸赞很多，说是生性能容、勤勉踏实、自行节俭、大器天成。这些话难免有吹牛之嫌，而牛几乎是勤劳、忍让、任劳任怨等许多优秀品质的代名词，的确是最受人们喜欢的动物之一。

牛在中国传统文化中是勤劳奉献的象征和标志。牛与人类社会诸多方面的联系，构成了一种内涵极丰富的文化现象。在古代，牛几乎是"最先进的生产力"，古代皇帝曾经把牛看得比人还重要，有过市场牛价比人价高的现象。如果一个朝代耕牛越多，就意味着开垦荒地的能力越强，众生就越富裕。史书记载，刘邦建汉时，因为长年战火连绵，民不聊生，登基时刘邦想找两匹马来拉车却找不着，最后好不容易找到两头牛。表明在农耕社会，人类离不开牛。牛还是交通甚至军事上的重要工具。随着现代工业文明的发展，牛的作用发生了历史性转变，但在我们许多地方，牛仍然还是最主要的生产劳动工具。人们衣、食、住、行都离不开牛。就连有了股票之后，人们还以股票价格持续上升称为"牛市"，下跌称"熊市"，原因就在于牛象征着生产与增值，而熊象征着"破坏者"与"威胁"。

而真正命运与牛相似的是广大劳动人们。中国农民从古至今都是面向黄土背朝天的"刨食族"。他们躬耕田野，勤奋劳作，春种秋收，终年一身汗水一身泥，他们的品性勤劳善良、厚道敦实，以极强的韧性和吃苦耐劳的精神，祖祖辈辈俯首在田间，与牛生存相依，即便是外出打工，也不免如同做牛做马，赚几个苦力钱。

历史上有一族歌颂牛、仿效牛的人，他们决心做民族的脊梁。诸葛孔明，"鞠躬尽瘁，死而后已"，以牛自诩，做了牛的化身，为牛增添了光环。王荆公在《和圣俞农具诗》中写道："朝耕及露下，暮耕连月出。自无一毛利，主有千箱实。"表明这位改革者为君为民谋利，不计个人得失的牛耕精神。牛最辉煌的时代要数20世纪中叶。那时，因为鲁迅先生的一句名诗："横眉冷对千夫指，俯首甘为孺子牛"，唤醒一代人直面社会，改造中国与世界。自报与鲁迅的心相通，来自牛的身边的一代伟人毛泽东，号召国人学习鲁迅的榜样，做无产阶级和人民大众的"牛"。毛主席不单彰扬了鲁迅，还实践了鲁迅笔下的牛。他本不属牛，但他深知牛是农家的宝贝。他要求共产党人，包括党的干部，要做人民大众的牛。他以牛的气概，与天斗，与地斗，与人斗，斗出了个新中国；他以牛的精神，淡泊一生，奉献一生，耕耘时代，耕耘民族，建设成一个社会主义新国家。他造就了一个牛的时代，造就了一代人都属牛。他的身边有周恩来、张思德、雷锋、焦裕禄……有千万个人民大众的牛——人民公仆。这班牛虽然都已经"耕罢荒野卧残阳"，而他们留下的真理永放光芒！这告诫我们，公仆与主人任何时候都不能错位，更不得颠倒。

牛是一尊象征。牛的话题永远说不完。如今有说改革开放的拓荒牛，有说以身殉职的忠贞牛，有说勤政为民、洁身自爱的清廉牛……乡下人传说，某年某月，某人亲手养的牛，用角把主人触死了，这是牛的反目；群众责言：名曰人民府，自称是公仆，天天酒和舞，谁问百姓苦，这是牛的蜕变；某报道说，某乡长由于农民上访冒犯尊严，他授意"收拾一下"，属下把人家勒死，抛尸荒野，这是牛的发疯。对于这些反目牛、蜕变牛、发疯牛，必然受到主人的惩治。

令人遗憾的是，如今牛类已"辉煌不再"了。这年头是猫、狗、鸟、鱼们的时代，据说有它们才能显露出主人的"爱心"、"温柔"、"高贵"、"典雅"。动物世界格局向多极化发展，人们的兴趣爱好可以更广泛，无可非议，这符合历史潮流。然而我们却发现，而今人们离牛类越来越远了，勤恳踏实、不计私利、任劳任怨的"牛"们也越来越少，而人类对"牛"的呼唤声音却一直不断。生活在地球村，永远不可以缺少"牛们"。牛们是民之宝，国之才。耕田犁地，孺子至今不贬值；丑牛不丑，老牛自古有颂歌。人们依然赞赏像宋人李纲诗中的牛："耕犁千亩实千箱，力尽筋疲谁复伤？但得众生皆饱暖，不辞羸病卧残阳！"人们总是期望时代造就更多的"人民大众的牛"：能够"竭力负犁枷，肩留伤疤，任劳任怨落农家，淡泊一生从主人，老少皆夸。莫患得失苦，蹄奋安嗟。无私无畏度生涯，愿以一生争贡献，不计年华"。

寅虎威严当自重

◆一得录

> 　　在自然生态中，虎处于生物链的顶端，君临百兽，威风八面。可见虎作为生肖配寅时，均有取其勇猛镇卫之义。
> 　　然而，物竞天择，虎威日渐消减。或虎威狐假，或虎归属猫，而猫又失去了天性，值得人们认真总结，吸取教训。

　　说到虎，人们自然想到它的威风来，所谓"乳虎啸谷、百兽震威"。于是，虎背、虎步、虎气、虎视，大凡与虎沾着边的词儿总也露出几分虎的生气和勇猛。

　　虎作为十二生肖之一配属"寅"，一种说法是，寅时为凌晨三点至五点，老虎昼伏夜出，此时到处觅食，最为凶猛。另一种说法见之清人刘献的《广阳杂记》，书中有一段文字专门说明十二生肖的选用与排序。说"天开于子，不耗则其气不开。鼠，耗虫也。于是夜尚未央，正鼠得令之候，故子属鼠。地辟于丑，而牛则开地之物也，故丑属牛。人生于寅，有生有杀，杀人者，虎也，又寅者，畏也。可畏莫甚于虎，故寅属虎……"在自然生态中，虎处于生物链的顶端，君临百兽，威风八面。可见把虎作为生肖配寅时，均有取其勇猛镇卫之义。

　　虎乃兽中之王，威严自重，独善其身。大凡居权位者，好以虎自踞，学虎威以镇一方。成者，虎视何雄哉；败者，虎落平地也；亡者，英雄本色在。

　　然而，物竞天择，虎威日渐消减。或为狐所假，虎助狐；或归科同属，虎亦猫。

　　人们熟悉"狐假虎威"的故事。说的是狐狸借助老虎的威势，招摇撞骗，悲哀的是老虎居然不知道百兽敬畏的是自己，反以为狐狸可以驾驭百兽。岂只可悲，其后果更为可怕。可见古人早就告诫当权者，要提防别有用心的人，借助你的权威，图谋不正当行径。但是尽管这个故事广为流传，为人熟知，而时至今日，不单有更狡猾的"狐"，也有更糊涂的"虎"，或许是"狐"更具灵性，假道更高明，使出"用共产党的钱，买共产党的权；再用共产党的权，赚共产党的钱"的招数来。明眼人清楚，狐本是狐，只是狐为虎作伥了。

虎属猫科，传说它还是猫的徒弟。猫传教给虎纵、跳、蹿、扑诸般技能。保守了爬树一招没教给虎。尽管如此，猫与虎的天性迥然不同，一个温顺，一个威猛，直到驯虎人的手中，虎才变得俨然如同猫一般，这本不足为怪，家猫也是驯化过来的。即便是猫，只要能捕鼠就好。殊不知当代中国一场"猫论"，直接影响大中华的历史进程。今天确认"不管白猫、黑猫，只要能捉老鼠，就是好猫"。"猫论"既定，"好猫"理应更放开手足，更多起来。然而，也许是现代捕鼠的办法更多了，猫往往被许多人豢养了起来，作为宠物，颈上戴着佛珠，只要能动听地叫几声，捉不捉老鼠，同样可以吃鱼食荤。据说聪明人还发明了电子猫，摹拟猫的叫声，试图使老鼠退避三舍，让人们免遭鼠害。如此这般，捕鼠猫少了，声叫猫多了，老鼠既然没有灭种，就不会为声叫所征服，鼠害反而越来越多了起来！

虎威狐假、虎归属猫，而猫又失去了天性，这些值得人们深思，以吸取教训。鼠害在，猫就得发挥捕鼠天性。有狐狸，老虎更应当护威自重。

卯兔教人学自知

◆一得录

> 兔子这个小生灵活泼可爱，不单由于天生丽质，更重要的在于它能给人们许多道理。卯兔教人学自知。

兔，是个象形字，其甲骨文、篆文描画的是"兔"长耳短尾的形象。

由兔派生的字不多，但很有意思。取兔子"善逃""飞奔"之意造出"逸"字。置兔子于网罗栅栏之下，使之不能舒展，不得脱身谓之"冤"。兔为有冤之首，可见它招人喜欢又最受人同情。

从来人们以为兔子是瑞兽、吉祥之物。宋画《瑞应图》上说："赤兔大瑞，白兔中瑞。"古代发现白兔，要载歌载舞献给朝廷，显示君主贤明，海内大治。据载，汉建平元年、元和三年和永康元年，人们曾三次向朝廷晋献白兔。原来中国野兔毛色为灰褐色，白兔极为稀有，是一种变异现象，现在却多得上亿万。赤兔属兔科红色属，生长在非洲灌木丛林中，古时候，可求而不可得。

汉代王充《论衡》说："卯，兔也。"两者组成"卯兔"，在汉语中是一对美好的字眼。它既是生肖之一，也与人类的生命、人们的美好希望密切相连。在一天十二时辰中，"卯"时指早晨五点至七点。这时太阳准备露脸，月亮尚未完全西沉。月宫中唯一的动物玉兔清辉犹在，于是将卯配之以兔，又称"兔时"。"卯"代表黎明，表示春意，充满无限生机。许慎《说文解字》说："卯，冒也，二月，万物冒地而出。"与兔相配，暗示兔在十二生肖中最秀嫩，恰似破土新芽，代表发展性，具有无限活力，因此，相爷们总是说，兔年出生的人是十二属相中最走运的人。

兔子这个小生灵活泼可爱，不单由于它天生丽质，更重要的在于它能给人们许多道理。卯兔教人学自知。

人们常说，"自知最难"。兔者通晓自知之明。它后肢长于前肢，虽然善跳，时速可达每小时七八十公里，比马还跑得快，但走起下坡来，容易翻跟斗，难逃猎手，因而心细胆小，不与人一争长短，甚至与小乌龟赛跑，也甘愿输在后边。处世经营，深明大义。生活中是"深挖洞，广积粮"的高手，常备有三个窝，非别墅行宫，贪图享受，而深知自本弱小，须得多有几个藏身之处，才好免灾避祸，就连尾巴也藏不了，便于不暴露目标，保护自己。修身养性，做到"不吃窝边草"，不是不想吃，而是懂得不能吃，吃了的话，草枯鹰眼疾，免不了要遭报应的。还有兔子耳朵长而听觉灵敏，在夜间百米之内敌人的任何动静都瞒不过它。至于兔子繁育能力极强，一年可产6窝，一窝能有6只，小雌兔4个月性成熟，能传宗接代，也是因为兔子的天敌太多，只有修炼禀赋，才不至遭遇种族灭绝。恰如李杜所推崇的"孟尝习狡兔，三窟报冯谖"，"鹏碍九天须却避，兔藏三窟莫深忧"。

说肖兔者气质高雅、洁身自好、处世谨慎，一生运气良好，能如此，倒真有几分兔性兔运。然而时下的"兔"者，几多背离了兔性，难得自知，也少有修养。他们信奉"有权不用，过期作废"的庸俗哲学，一朝权在手，便把私来谋。或靠山吃山，或傍水吃水，干哪行吃哪行。这些人满以为自己属兔，有兔的好运，殊不知众目睽睽，伸手必被捉，免不了迟早翻了跟斗！

辰龙今日遭人戏

◆一得录

中国龙经过漫长的历史演进和升华，已经成为海内外华人普遍认同的中华民族的图腾、精神象征、文明标志和情感纽带。

不料在当今国运隆昌之时，却出现了辰龙今日遭人戏的无奈。提出要废弃"中国龙"，重树中国形象。如此标新立异，实乃妖言惑众！

龙是十二生肖中唯一属于古代传说的神异动物。《说文解字》释龙为：鳞虫之长（首领）。能幽、能明、能细、能巨、能长；春分而登天，秋分而潜渊。宋人郭若虚在论画龙时说："龙须折出三停（自首至膊、膊至腰、腰至尾），分成九似（角似鹿，头似驼，眼似兔，项似蛇，腹似蜃，鳞似鱼，爪似鹰，掌似虎，耳似牛）。"其实龙的取象还远不止这九种动物，云雾、雷电、虹霓、龙卷风等，都不同程度地参与了龙的融合。人们以无限的想象力，将龙叙说得无比伟大而神奇，赋予龙有兽的野性、人的悟性、神的灵性，能腾云驾雾、呼风唤雨，地位崇高。国人爱龙、敬龙、惧龙，进而升化为对龙的崇拜。

龙与十二地支配"辰"，一天十二时辰中，"辰时"即上午七时至九时，又称"龙时"。龙时日出东方、阳气萌生、万物复苏，是最活跃、最善变的时刻，寓意着希望和发展。相爷们说属龙的人天生具有权威感。据知古罗马凯撒大帝、法国拿破仑、美国总统约翰逊，还有基督耶稣、圣女贞德，都是龙年或龙时出生的。中国人更是争着说自己属龙。帝王自以为是真龙天子，百姓都追随是龙的传人。中国龙经过漫长的历史演进和升华，已成为海内外华人普遍认同的中华民族的图腾、精神象征、文明标志和情感纽带。

形容一个人时乖命蹇有龙游浅滩遭虾戏的说法，不料在当今国运隆昌之时，却出现了辰龙今日遭人戏的无奈。最近某市某大学一教授，兼有"某市公共关系学会副会长"头衔，提出要废弃"中国龙"，重树中国形象。还说该教授这一提议又被采纳为某市哲学社会科学规划课题。废弃中国龙的理由是，"龙"的英译"dragon"，是一种充满霸气和攻击性的邪恶象征。"中国龙"的形象容易让对中国历史文化了解甚少的外国人由此产生一些不符合实际的联想。对外开放，与国际接轨，中国需要废弃"龙"这一形象标志，"重新建构和向世界展示中国国家形象品牌"。此论一出，某教授原以为能够坐收名利，谁知道是骂声四起。温和者以为：问题不在中国龙本身，只是不要把中国的"龙"译成"dragon"，而直接译成"Long"为英文名字就行了；慷慨者批评：废弃中国龙形象标志，是牺牲民族文化和自卑心理的表现；激昂者声讨：数典忘祖，无聊至极。殊不知你父亲没文化，样子长得又不好，见不得外国人，该先废弃自己的父亲，认外国人作父好与人家接轨。这些年里，真有那么些文化人为了沽名钓誉，借媒体炒作，什么话都想得出说得出，比如主张废弃中医这门"伪科学"，称岳飞为民族英雄会影响少数民族关系，认为学生教材不宜采用诸葛亮《出师表》，以防止培养愚忠人才……等等，如此标新立异，实乃妖言惑众！

对于弃龙说，其实也没有必要多么义愤填膺，中国人或许真的有当惯了奴隶的劣根性。多少年多少代，多少志士仁人，盼望奋斗，为了睡狮猛醒，巨龙腾飞。而今当龙有所抬头，世界上就鼓噪起"中国威胁论"来，其实威胁不了别人，却把中国人搞得诚惶诚恐起来。于是生怕惹恼了别人（或者得讨别人开心），中国不仅需要废弃"龙"形象，连虎、猴、狮这类雄者勇者形象也都敬而远之了。君不见 2008 年在中国北京举办奥运会，吉祥物选了一组福娃，有羔羊有紫燕有鲜鱼有小猫，还有温暖的火形象，因为许多外国人要来了，让他们呈猛虎、称皂雕、作刀俎吧，如此中国可以避"威胁论"之嫌。

抛开这些晦气话，对待传统的东西，确实有个发掘和研究的问题。又拿龙来说，代表强大，代表权势，象征男人，象征皇帝，的确霸气十足了点。发掘研究，一要清理、扬弃。如帝制龙，帝王专制早已成为过去，一个具有现代文明的劳动人们当家作主的国家，已不再需要所谓的"真龙天子"了。如灾祸龙，它是发洪施旱，给老百姓带来灾难祸害的龙，像孽龙、恶龙、妖龙等，或应帮其改邪归正，成为福生龙。或当由龙族彻底剔除，不让传存好。二要传承、弘扬。比如融合龙能使中国龙成为中华民族的文化标志和情感纽带，是中国龙文化、最本质、最重要最需要传承和弘扬的部分，具有很强的现实意义，大到国家统一，民族团结，构建和谐社会，处理国际关系，小到个人事业，人际交往，家庭生活，它都可以提供智慧参照，精神动力和象征载体。如福生龙，是造福众生，诚心诚意为众生服务的龙。它既是水利农业神，又是人格神、吉祥神。如奋进龙，表现在形象和内涵两个方面的与时俱进，彰显着龙的"好飞"神性，人人努力，龙龙争先，总是令人感奋，给人鼓舞。

总之，中国龙从简单质朴的"原龙"，到复杂华丽的"黄龙"，到当代喜庆嘉瑞的"祥龙"，不断开拓，不断发展，不断吸纳，不断创新，相信还会创建诞生更多的文明龙、科学龙、环保龙。古老神奇、丰富多彩的中国龙文化，必将随着中华民族前进的脚步，更加多姿多彩，灿烂辉煌！

巳蛇腹行能屈伸

◆一得录

　　　　人们对蛇的看法，蛇的是非今昔，或许可以让我们从中悟出这样的道理：最明显的缺点，便是最大的优点。弱者的狡猾，是机智、聪明的表现。

　　蛇在十二生肖中很特别，它是唯一没有足的匍匐类动物。从发生学的观点看，应该先有蛇后有龙，蛇是中国传说龙的主要原形。人们对蛇有着相互矛盾的感情。

　　人类天开辟地神——盘古"龙首蛇身"，反映出原始社会对蛇的图腾崇拜。伏羲和女娲的标准像为人面蛇身，两者交合产生了人。古埃及法老的雕像上，装饰着天地之间最原始的两种动物鹰和蛇，认为大地的权力是由蛇来掌管的。中国历代君与臣的礼服上绣的非龙即蟒，表示对蛇的尊崇。人们还有把蛇雅称为"小龙"的，把蛇蜕称之为"龙衣"，把惊蛰前后蛇结束冬眠，出洞活动的日子农历二月初二称为"龙抬头"，祈望龙抬头，兴风作雨滋润万物，泽化生灵。

　　更多的时候一提起蛇，大家便想到它那狠毒、阴险、狡猾的特性。尤其是《农夫和蛇》的寓言，广为流传深入人心，是关于蛇狠毒、忘恩负义的最典型的故事。记得小时候大人还教导过关于蛇的许多忌讳，比如看到蛇不能问它的脚长在哪里，见到两蛇相顾（雌雄蛇绞在一起交配）要装着没看到，千万别做声；还说"见到蛇蜕皮，不死也要脱一层皮"等等，把蛇讲得很可怕甚至于恐怖的地步。

　　殊不知，蛇原来比现在人说得更可怕。传说很久以前，蛇是长有四条腿的，好吃懒做，见畜就吃，见人要咬，弄得人间不得安宁。玉皇大帝知道后把蛇传到天庭审问，劝它改恶从善。蛇却口出狂言，决无悔改之意。玉帝大怒，令神兵斩去蛇的四条腿。玉帝当时听说青蛙勤快，专门捕食害虫，对人类功劳很大，可惜没有腿脚，于是就把蛇的四条腿赐给了青蛙。蛇失去腿以后，痛定思痛，决心更新改造自己，开始拖着长长的躯体，不声不响地为人类做好事，比如吃老鼠和其他害虫，从此不再主动伤人，一旦恶念萌发，便将恶念化成一层皮蜕下，以示重新做人，蛇蜕以及蛇死后的躯体，也献给人们作为药物救治病人，还跟着龙学治水，为人间造福。玉帝得知蛇受惩罚后知过能改，又跟着龙学好，于是在册封生肖时，把蛇排在龙的后面，当上了人类的生肖。不过从此以后，蛇对青蛙获得它那四条腿怀恨在心，青蛙也自知沾了蛇的便宜，直到今天，青蛙一见到蛇就急忙躲开，蛇见到青蛙就要咬吃。

蛇是动物中对身体控制能力最出色的，能屈能伸，匍匐求生存，无足行天下。人们对蛇的看法，蛇的是非今昔，或许可以让我们从中悟出这样的道理：最明显的缺点，便是最大优点。弱者的狡猾是机智、聪明的表现。玉帝封蛇为生肖，惩治其缺点，奖励其优点。而蛇无足腹行实属艰难，还要供给人类医药业、饮食业之用，如果不再神秘狡猾甚至还阴毒一点，即便是再不主动伤人，人会更容易把它作为盘中羹、杯中酒了，蛇类怕是早已种族灭绝了。

好在人们终于对蛇有了更为全面的认识。据统计，世界上有2500至3000种蛇类，中国是蛇类比较丰富的国度，共有亚蛇科目8种64属209种。中国的传统医药业和饮食业是蛇类受到威胁的主要因素，加之自然环境和生态系统的破坏，使得蛇类已经出现无处栖身的困境。蛇类资源不断减少，许多种类处于濒临灭绝的边缘，到了需要特别关注和保护的时候。中国继1988年将蟒蛇列为一级保护动物之后，2000年又将其余208种蛇类全部列入了"保护名录"。这是一大举措，也是一大进步。因为蛇类在生物进化过程中占有重要的地位，也是生物多样性的重要组成部分，在维持生态平衡方面起着不可替代的作用。蛇类是人类的朋友，人类有责任保护好蛇类，让已蛇凭自己的智慧腹行走天下，屈伸求生存。

午马不需伯乐相

◆ 一得录

在生肖属相中，最被人化了的算是马。

伯乐善于相马，举贤荐能，未尝不值得称道。因为世界上确实有很多人好歹不识、良莠不分。

而千里马不是谁都能相出来的。随着时代的发展，经济社会日趋多元化，对伯乐相马也相继产生出疑窦和不满来。或伯乐相马，为我所用；或伯乐相马，被人利用；或伯乐相马，别人不

在生肖属相中，最被人化了的算是马。

马为六畜之首，与"午"相配，为"午时"，也称"马时"。二十四时中十一时到十三时，中午太阳当顶，阳气达到极点，阴阳换柱，这时一般动物都休息了，只有马依然站着，从不躺下，用"午马"表示这一时刻，表达出人类对马之精神的高度认同和仰慕。

中国有历久不衰的"面相"说。被相爷们推崇备至的所谓"生具异相"，其中就有一个是"马相"。说是生成一副"马相"的人，办事干练，而且掌生杀大权……"易贵者也"。其实早在5000万年前马就出现在北美大陆上，那时的马叫始祖马，只有狗那么大，小巧玲珑。后来驯化成为一种极其常见的家畜，因其善奔，忠于主人，成为名人雅士的良伴，使用马者显示着权贵和战将们的特权。因为马能累建赫赫战功，古代帝王将相在魂归地府的时候，也不忘记要带上它。比如汉朝大名鼎鼎的大将霍去病，在他的墓道里，有一尊著名的石像"马踏匈奴"——怒马踏着主人手下的败将，向后人昭示着主人的不朽功勋。唐太宗李世民把他征战中原时所驱驭过的骏马，全部刻在石头上，带去冥府为伴，史称"昭陵六骏"。

马是华夏民族精神的象征。《易经》里说："乾为马"。乾即天，"天行健，君子以自强

不息!" 这匹由中华民族之魂所生造出的天马、龙马,雄健无比、力大无穷、追月逐日、披星跨斗、乘风御雨、不舍昼夜,是中华民族战天斗地、征服自然的生动写照,是炎黄子孙奋斗不止、自强不息、进取向上的生动比喻,代表了华夏民族的主体精神和最高道德。

马是贤良人才的象征。古代常常以"千里马"来比喻人才。千里马是日行千里的骏马。相传周穆王有八匹骏马,常常驾着它们巡游天下。这八骏一个叫绝地,足不践土,脚不落地,可以腾空而飞;一个叫翻羽,可以跑得比飞鸟还快;一个叫奔菁,夜行万里;一个叫超影,可以追着太阳飞跑;一个叫逾辉,毛色灿烂无比,光芒四射;一个叫超光,马身有十个影子;一个叫腾雾,御云雾而奔;一个叫挟翼,身上长有翅膀,像大鹏一样翱翔。在有的典籍中还把"八骏"描绘得毛色各异,名字悦耳动听,分别叫做赤骥、盗丽、白义、逾轮、山子、渠黄、骅骝、绿耳。实际上这"八骏"比喻的是周穆王的人才集团,他们个个才华卓越,本领非凡,各自用特有的本能共同辅助周天子创天下大业。

因为把"千里马"比喻人才,所以善于相马者就被喻为善于识才、善于举才的人了。如历史上的王良、伯乐、九方皋等相马专家,都被喻为慧眼识才者,伯乐成了举贤荐能的代名词。伯乐之于千里马,往往伯乐显得更重要。就连那样有才气的大家韩愈,也一会儿说"千里马常有,伯乐不常有",一会儿又说"世有伯乐,然后才有千里马"。把一件事情强调到不恰当的程度,往往容易误导视听,被人利用。

伯乐善于相马,举贤荐能,未尝不值得称道。因为世界上确实有很多人好歹不识、良莠不分。而千里马真的是伯乐相出来的,或者非要等得伯乐来相吗?未必。因为客观事实是"千里马常有,而伯乐不常有",不是"世有伯乐,然后有千里马"。千里马不是谁都能相出来的。况且,随着时代的发展,经济社会日趋多元化,对伯乐相马也相继产生出疑窦和不满来。为什么呢?或因伯乐相马,为我所用。千里马自然感叹:多想到赛场上纵情驰骋啊,可朋友告诉说,而今要有个好前程,就得多去"伯乐"府上走一走!早也盼,晚也盼,盼出一个伯乐,最后却发现自己只不过改变了被奴役的方式而已,命运总是操纵在别人手里;或因伯乐相马,被人利用。君不见,现在"伯乐一顾,马价十倍"的人和事太多了!不是伯乐"相马失之瘦,相人失之贫",而是人家利用了伯乐,利用了千里马;或因伯乐相马,别人不用。如刘基《郁离子·千里马篇》所记录的:郁离子的马生了匹好驹,经善相马者看定是千里马,进献皇上。皇帝叫太仆查阅各地特产贡品名录,回报说,这马是千里马,但不是冀州正宗生产的,不能用,于是被退了回去。像这样的人和事,无论什么时候都会有。

既然如此,我们相信伯乐能相千里马,更相信千里马不须等着伯乐相。

未羊美善多忌讳

◆一得录

> 羊是美善吉祥的化身、知礼至孝的代表、公平正义的象征。对生活表现得平静、淡薄、知足、从容不迫。
>
> 然而在不公平不公正的面前，羊的善良、忍让、沉默、道德，往往遭欺负，被利用，而被迫得没退路，成为弱者。

羊能入选生肖，全凭自身美善和众人抬举，有几分得民心者得天下的味道。

在中国民间传说中，羊是一位如希腊神话中的普罗米修斯一样伟大的人物。普罗米修斯因盗得天火给人间而被送上祭台，羊则因偷来五谷种子给人间而舍身成仁。

传说在远古洪荒时代，人间没有稻稷麦豆黍五谷，食野菜，衣树叶。有一天，一只神羊从天宫来到凡间，发现人类营养不良，面有菜色，原来是不种粮食，连什么叫稻麦都不知道。神羊善心大发，决定回天宫把御田里才种有的五谷粮种带到人间。吝啬的玉帝坚决不允许。神羊趁御田守护神夜半熟睡之际摘来种籽送到人间，从此人类播五谷，食杂粮，衣麻裳，生生不息。玉帝知道后迁怒神羊，命令天官宰羊于人间，并要人们吃掉羊的肉。但人类永远忘不了神羊的恩德，得知玉帝要挑选十二种动物封为生肖时，人们一直举荐羊成为生肖。人心所向，众意不可违，玉帝终于让羊当上了生肖。羊在生肖中排第八位，与地支"未"配。"未"时在一天中的下午一点至三点。羊配未时，据说在这个时候它撒尿最勤，羊的尿可以治疗一种惊疯病。事实上羊以草为食，把自己的奶，自己的皮和肉都无私奉献给了人类。人类总是拥戴无私者、奉献者。

羊是美善吉祥的化身。人们向往"三阳开泰日，万事亨通年"。"三阳开泰"表示冬去春来，阴消阳长，为一年吉祥的开头语。人们有意把"三阳开泰"写成"三羊开泰"，迂腐者往往讥讽错误，笑话"三羊怎么开泰"，其实是知其然不知其所以然。个中奥妙至少有三：一是"阳"、"羊"谐音，"阳"的意思比较抽象，通过借喻，使抽象的概念变成了具有形象的"羊"。二是早在东汉许慎老先生专门研究文字就解释过："羊，祥也。"也就是说，古文"羊"与"祥"通用。古人认为羊是吉祥、吉利的象征，因而书写时则以"羊"为"祥"字。殷商青铜器上金文"吉羊"实际上就是"吉祥"。三是甲骨文中"美"字由"大"和"羊"两字组成，有羊大（羊肥）则美的说法。美源于羊，羊是美善的象征。于是许慎、徐锴等文字学家还认为，羊口会意造"善"字，羊我会意造"義"字（义的繁体字）等等。美与善同义，《诗经》中用"羔羊"比喻品德高尚的卿大夫。

羊是知礼至孝的代表。《春秋繁露》指出："羔食于其母，必跪而受之，类知礼者。"羔羊跪着吸母乳这一现象吻合了传统伦理道德观念的忠孝仁义，被赋予"知礼"和"至孝"的意义，懂得母亲的艰辛和不易，无形中提高了羊在人们心目中的地位。

羊是公平正义的象征。古文"法"字为"灋"。《说文》解释说："平之如水。廌所以触不直者去之。"意思是法要像一碗水端平似的，所以从水。"廌"是古代传说中的一种独角神羊，即獬豸，其性忠厚，见人相斗，则以其角去触那理亏的一方，使之屈服。因此"灋"的右半边用"廌"和"去"两字，是驱除邪恶公平公正执法的象征。

如此等等，羊真的像一位洞察世事的老者，对生活表现得平静、淡泊、知足，从容不迫。然而在不公平不公正的面前，羊的善良、忍让、沉默、道德，往往遭欺负，被利用，而被迫得没退路，成为弱者。因此，羊又是最悲哀的代表。在称颂羊的同时，尤须从羊的身上吸取教训，千万不要犯了羊的忌讳。生活要忌歧路亡羊，人生要忌羊肠小道，为人要忌羊质虎皮，处世要忌羝羊触藩，言行要忌挂羊头卖狗肉，公干要忌顺手牵羊，工作要忌亡羊补牢，管理要忌如狼牧羊，为政要忌羊狠狼食……纵然集美善于一身，切切要忌得意洋洋。

申猴紧箍成功名

◆一得录

"猴"本来写为"候"，又同"侯"。封侯拜将，是一种人生荣耀的价值取向，这使得猴成为飞黄腾达的吉祥符号。因此说属猴的人在生活中多半是幸运儿。

原来美猴王的成功之处，也是最可宝贵之处，就在于一个"能舞金箍棒"，还有一个"敢念紧箍咒"！

十二地支以"申"来配猴，说是下午三到五时，即申时，猴子最喜欢啼叫，声音拉得最长、最洪亮，所以申时属猴。"申"还代表立秋到白露一段时节，这是一个成熟和收获的时节，含有勤劳而又有成果的意思。

"猴"本来写为"候"，又同"侯"。封侯拜将，是一种荣耀人生的价值取向，这使得猴成为飞黄腾达的吉祥符号。因此说属猴的人在生活中多半是幸运儿。

猴子机灵、俏皮、精明、干练，表现出总是赢家的形象。有人为猴拟了一段自鸣得意的表白，说马善跑，终身被人骑；牛善犁，一辈子牛轭加身；猪善长膘，免不了挨刀子的命运；咱猴啊，不需要多少实际的本事，就凭着点小聪明小伶俐，能够把人们玩得围着我团团转。这话真还不假，猴子善于模仿物，也善于模仿人，先曾傍着老虎出过名。

传说老虎是镇山制兽威名赫赫的兽中之王。山中百兽见了老虎都会立即回避，这让老虎过足了威风的瘾，却又使它感到孤独无味。猴子善解虎意，慢慢由贴近虎到做邻居，到称兄道弟，二者过得十分亲热。后来老虎要是外出，干脆委托猴子代行镇山之令，百兽慑于虎王的威风，也只好听猴子的召唤。这样便有了"山中无老虎，猴子称大王"的故事。

有一次，老虎不幸陷入了猎人布的网中，脱身不得。猴子心灵手巧，帮着解脱网绳，救出了虎王。虎王为了保全自己的面子，要求猴子千万不能把这桩事情说出去，表示一定会好好回报猴。后来，玉帝选生肖，虎为百兽之王，理所当然当上了生肖，于是就在玉帝面前举荐猴子，说猴经常代行镇山之令，功劳很大，是百兽之首，推荐猴子也顺利当上了生肖。后来猴子救虎王的故事还是让别人知道了，虎王自然迁怒猴子，于是虎猴反目，友情断绝，收回委托授权后，百兽再也就不怕猴子了。这以后"山中无老虎，猴子称大王"，便成了讽刺人的大笑话。

猴子沾老虎的光，出过名，最终出的是笑话名。真正帮助猴子功成名就的是两样东西：一样是金箍棒，一样是紧箍咒。这两样法宝成就了美猴王、孙大圣。《西游记》中那个小毛猴，要是没有金箍棒，怎能有偌大的本领连连降魔除妖，保护唐僧完成西天取经？要是这小毛猴有了金箍棒，没有紧箍咒，孙行者十八般武艺，一个跟斗十万八千里，它自己约束不了自己，而谁又管束不了它，没能保唐僧完成取经，也成就不了这个孙悟空、美猴王。

孙悟空的故事，可以说妇孺皆知。孙悟空的道理大多数人或悟得不多，或根本不曾去悟过。我们没有必要去清点孙悟空有多少次使用过金箍棒，见过金箍棒的威力之大，降魔除妖能使"玉宇澄清万里埃"。见过孙悟空因舞金箍棒而遭受紧箍咒，头疼得尖叫在地上直打滚。这一方面说明金箍棒威力无穷，一方面说明紧箍咒法力无边；我们也不需要去统计唐僧念过多少次紧箍咒，见过紧箍咒的厉害，能使孙悟空服服帖帖，关键的时候，唐僧念咒管束住了孙悟空。事实上唐僧敢念咒也没有把咒念歪过，所以每次都显灵了。只是有不该念的时候，唐僧也念了咒，把孙悟空弄得相当痛苦。即便如此，悟空能接受，人们也能理解，因为毕竟"僧是愚氓犹可训，妖为鬼蜮必成灾"！好在孙悟空火眼金晴从不乱舞金箍棒，总是舞之有据，舞而适时，舞得坚决。唐僧念咒也不是存心要让孙悟空受头痛之苦，而是不让他出乱舞金箍棒之错。唐孙这对师徒，维系和表现他们之间关系的主要是金箍棒和紧箍咒，尽管有误会的时候，但他们总是成功地把握和运用了这对关系，维护了唐僧紧箍咒的威严，成就了孙悟空金箍棒的功业。

原来美猴王的成功之处，也是最可宝贵之处，就在于一个"能舞金箍棒"，还有一个"敢念紧箍咒"！这正是我们今天规范市场经济秩序，开展反腐倡廉，建设社会主义民主法制国家所最需要的。

酉鸡创造德才机

◆一得录

> 鸡自知自强，勇于表现自我，称得是毛遂自荐，脱颖而出，赢得了自己的价值和地位。
>
> 鸡有五德：文、武、勇、仁、信，让人敬佩，值得称颂。
>
> 鸡与机同音，是机遇的幸运者，也是机遇的创造者。

鸡在十二生肖中排行第十，与地支"酉"配为"酉时"，也称鸡时，即下午五点到七点。这个时候日落西山，鸡次第归笼，于是酉时属鸡。

相爷们对鸡年出生的人恭维颇多：如漂亮、伶俐、勇敢、勤奋、有魅力，还有过人的预见力和决策力等等。当然也提醒属鸡的人别老自鸣得意，轻慢卖弄多了。其实这些只不过都是人在附会鸡的"德行"而已，但鸡能受封为生肖，真还有几分值得称道和借鉴的。

第一，鸡自知自强，勇于表现自我，称得是毛遂自荐，脱颖而出，赢得了自己的价值和地位。马牛羊鸡犬豕，六畜中唯有鸡是飞禽。十二生肖中飞禽唯一只有鸡。这是为什么呢？据说玉帝在封生肖时原本只选择走兽，不要飞禽。鸡得知马受封生肖便主动去请教，问马大哥凭什么获得受封的。马大哥告诉鸡，它平时耕地驮物，战时冲锋陷阵，给人类立下了汗马功劳，受人爱戴而受封。鸡想到自己有天生的金嗓子，何不用来报晓司晨，也为人类建功立业呢？于是它从此每天拂晓早早起来，亮开金嗓，打鸣报晓，唤起众生。人们由此十分感激鸡的功劳。玉帝也为之感动，想到挑选生肖只要走兽不要飞禽有失公正，于是特意把鸡召来殿前，奖赏给鸡一朵红花戴到头上，让鸡去见四大天王参选生肖。四大天王认出鸡头上戴的是"御炉红花"，知道是玉帝赏赐的，马上破格让鸡参与生肖。到排定顺序的时候，鸡随狗一同前行，觉得总是被狗的身子挡着，后来它一下子钻到狗的前面，正好被排定在生肖中第十位，而狗则落后排在了十一位。鸡因此得罪了狗，狗见到鸡就追，"狗撵鸡飞"的现象至今可见。不是鸡飞狗跳，而是狗跳鸡飞。而鸡呢，至今头戴漂亮的大红花冠，涨红着脸，照样每天司晨，忠于职守，并不在意什么。

第二，鸡有自己的特长，或者叫"德行"、"本能"，没有奴颜媚骨，不靠溜须拍马，或"官由财进"，或"政以贿成"。人们赞赏鸡有五德，文、武、勇、仁、信，让人敬佩，值得称颂。"头戴冠者，文也；足傅距者，武也；敌在前敢斗者，勇也；见食相呼者，仁也；守夜（司晨）不失者，信也。"古往今来，围绕"五德"称颂鸡的不乏绝妙好辞。如刘桢的"丹鸡披华彩，双距如锋芒"；徐寅的"峨冠装瑞璧，得爪削黄金"、"守信催朝日、能鸣送晓阴"；白乐天的"深山月黑风寒夜，欲近晓天啼一声"……天下熙熙，皆为利趋；天下攘攘，皆为利往。鸡被人格化的五德，在今天更具有启迪作用和借鉴意义。

第三，鸡与机同音，是机遇的幸运者，也是机遇的创造者。试想如果鸡不是凭借自己的德行，发挥自己的特长，就不可能因司晨主动有恒而博得人类的推戴，就不可能感动玉帝的发现。如果玉帝不改变他选封生肖的条件，坚持只要走兽不要飞禽，鸡纵然照样打鸣不已，也不可能获得封赐为生肖。如此造势乘势之外，还要有一个公正的平台。与其说酉鸡五德集一身，不如说鸡者创造德才机。人生是属于机遇的。机遇是属于有准备的头脑的。但愿鸡能真正"唤醒人间蝴蝶梦，起看天上火龙飞"！但愿更多的人都属鸡，更多的人具有德才机。

戌狗悲剧人决定

◆一得录

> 狗对人忠心耿耿，忠贞不渝，是世界上人类最虔诚、最慈爱、最可信托的伙伴。
>
> 事业需要更多的看门狗，国家需要更多的人建狗功。至于狗捉老鼠、兔死狗烹，不是狗的悲剧，而是人之悲剧，国之悲哀。

生肖狗配以戌，一般的说法是晚上七时至九时，黑夜来临，狗看家守夜的警惕性更高，并产生一种特殊的视力和听力，看得最远，听得最清楚，所以戌时属狗。也有说狗在争取当生肖的过程中很不顺利，先是被猫纠缠不放，猫在玉帝面前与狗争功，花言巧语，差点取代了狗的生肖席位。后又遇到鸡连飞带跳，争着排在了狗的前面。除了笨重缓慢的猪排在十二生肖最后，狗居第十一位为倒数第二，总觉得委屈。狗因此宿怨难消，不能原谅猫和鸡，见到它俩，容不得要狠狠地追咬一番，直到今天还是这样。

狗对人忠心耿耿、忠贞不渝，是世界上人类最虔诚、最慈爱、最可信托的伙伴。"义犬救主"、"牧羊狗千里寻主"等例子，都是很好的证明。狗之对人忠贞，还表现它在任何情况下，都不会背叛自己的主人，不分人美丑也无论你贫富。人类把狗视为吉利的动物，有所谓"猫来穷、狗来富"的说法。从远古时代开始，人类就已经驯化狗为自己服务，捕捉猎物，看守家园，守护农田，巡逻放牧，供人观赏。可以说，动物之于人，功高莫过是狗，得宠莫过于狗。

　　或许是对于主人过多的依赖，狗有爱仗人势的时候，因此有"走狗"、"哈叭狗"、"懒皮狗"等等骂名也不冤枉。而狗真正蒙冤受辱，或遭遇悲剧，却完全是人为造成的。试举两例，足以说明。

　　狗捉耗子多管闲事，其实是不辩贤愚，让狗委屈受嘲，终身蒙冤。事实是这样的，《吕氏春秋》上记载得很清楚。说是齐国有位善于相狗的人，他的邻居请他帮助选购一只能捉老鼠的狗，等了很长时间才买得。相狗的人告诉他：这是一只良狗。邻居买到这只狗好心喂养了数年，就是不见它捉老鼠。于是他又去找相狗的人，相狗的人明白告诉他：这是一只良狗啊！它的志向本能在捕捉獐麋豪鹿这些猎物，不在于捉老鼠。你如果要让这良狗捉老鼠的话，那就把它的后脚捆绑起来。邻居照此办理，那狗也就只好捉起老鼠来了。

　　外面的人看到了，传说这狗捉老鼠，真的是多管闲事。明明是非常优良的狗，不让去发挥本能，施展志向，却要它捉老鼠，还把它的后脚捆绑起来，让它只有捉老鼠的本事。委屈冤枉不算，由此得了不务正业，好管闲事的骂名。明明狗捉老鼠是逼出来的，还要蒙冤受辱，岂不哀哉！

　　兔死狗烹是春秋越国名臣范蠡发现的人间悲剧。范蠡辅佐越王勾践灭吴雪耻后，功成身退，漫游五湖，四处行商，后来成了富豪，人称"陶朱公"。他在写给同朝臣子文种的信中对自己的行为决定解释说：我听说天有四时节气，春天来临冬天就去了。人的运气也有盛衰之分，得意的时候过去了就该倒霉了……如今天上的飞鸟已经散尽，良弓就会被收藏；狡猾的兔子已经猎走，良狗就可能被杀来煮食。越王心地狭窄，只能与他共患难而不可共安乐。如今吴国已灭，天下太平，谋臣会遭猜忌，若不适时抽身退隐，最后自己将要受害。范氏委实聪明过人，不仅自己隐退全身，他的话屡屡得到佐证。如同文种大臣一样，汉代韩信自以为劳苦功高，不听朋友劝退，等到刘邦要杀他时，才明白"飞鸟尽，良弓藏；狡兔死，走狗烹"！慨叹"果如人言，我当死也"。可惜为时已晚！有功无赏，反而受烹，岂不悲哉！

　　由此可见，狗的命运，集宠辱悲哀于一身。忠诚仁义得宠，逼捉老鼠受辱，功成遭烹可悲。还有一条就是不吠主人是哀。狗不吠主，哀其不争，哀其不幸。

　　狗的悲剧又是正剧。单位需要有更多的"看门狗"，国家需要有更多的人来立"狗"功。至于狗捉老鼠，兔死狗烹，不是狗的悲剧，而是人之悲剧，国之悲哀。

亥猪何必待体肥

◆一得录

> 民间把"肥猪拱门"作为吉祥之兆。肥猪则成为一个传送福气带来殷实富足的使者。
>
> 其实，在人与猪的关系中，说到底，最本质、最微妙的莫过是利用猪的贪婪来实现人的求财。
>
> 要是有人也像猪一般贪婪，我们却万不能把这种人当作猪一般来对待，等到贪足养肥了再由人去"宰杀"。

马牛羊、鸡犬豕，六畜都是生肖。唯有猪体肥身笨，行动缓慢，在排生肖座次的那天最后一个赶到天庭报到，被安排在十二生肖最末。有说因为亥时为晚上九至十一点，是猪睡得最酣，发出鼾声最洪亮，全身肌肉抖得最厉害，长膘最快的时候，于是生肖猪配亥，亥时属猪，也称"猪时"。

亥时是一个沉寂的时刻，时令中代表万物枯萎的严峻冬天。"亥"字亦即"核"，指坚固在核中的种子要度过生命中的冬眠方能得以再萌生。在这样的背景下，首先需要有沉着、坦然、忍耐的心态，同时具有强烈的欲望、抗争的能力，才能获得生存发展的空间。猪原本被视为神圣之兽，有镇宅避邪之功，也是福禄财喜的象征。在民间猪有不少别名，如"亥氏"、"刚鬣"、"黑面郎"、"乌将军"、"天蓬元帅"等等，都很被人化神化了。至若杜甫诗"家家养乌金，顿顿食黄鱼"，诗中"乌金"也是猪的别称。有人解释称猪之为"乌金"，比喻养猪生财之意，这正好是下文要继续谈论的。

中国人与猪的关系非同一般，在农耕社会，居室之下养头猪才成其"家"。"家"字宝盖头下有个"豕"，或许还与古代以猪作祭祀品有关。古人常常以拥有牲畜的多寡来显示地位和富裕程度，因而用猪来做祭祀品（也有以猪作殉葬品）就显得十分重要。家祭时陈豕于室，合家而祭，这也许就是我们今天所用"家"字的由来，与猪的关联如此紧密。

有首古诗写得好："年逢亥岁红运开，人遇贤君定发财。抬头见喜迎富贵，肥猪拱门进福来，满腹经纶题朱笔，进士及第添光彩"。这首诗把人猪福禄喜庆相生相依描写得让人格外舒心惬意。民间把"肥猪拱门"作为吉祥之兆，肥猪则成为一个传送福气带来殷实富足的使者。

中国是农业大国，猪与亿万农民有着不解之缘。人们肉食品的大部分来自猪。猪的一身都是宝，供人采用。据资料介绍，我们国家养猪的历史有七八千年了。目前世界上养猪发达者中国第一，美国第二。养猪总量中国稳居第一。全球共有 300 个家猪品种，中国占三分之一，有近百个，是世界上猪种资源最丰富的国家。作为家猪令人宠爱，诚恳老实、安然居福、肥家添财，为人们带来经济富足，生活丰富，被誉为百姓家的"摇钱树、聚宝盆"，素有聚财纳福之尊，给人们带来好运之兆，是福禄、富贵的象征。

其实，在人与猪的关系中，说到底，最本质、最微妙的莫过于利用猪的贪婪，来实现人的求财。易卦以"猪为财"，一语道破玄机。猪生性贪婪好吃，具有极大的贪图享受的潜在奢望，是最典型的物质主义者。《西游记》中有个人化了的猪代表，叫猪八戒又称天蓬元帅。它在去西天取经的一路上，动辄嚷着要回高老庄，忘义贪利，还贪美色，抢民女摸洞房，只不过都未遂而已。而老猪贪敛钱财，却是明摆着不争的事实。它经常在大耳朵里藏上碎银子，攒私房钱。人们利用猪贪财好吃的本性，加料催膘，养它个肠肥脑满，然后杀猪的肉赚猪的钱。这原本无可厚非，叫做生财有道。

不过，要是有人也像猪一般贪婪，我们却万不能把这种人当作猪一般来对待，或看着他贪，或让着他贪，或容着他贪，或帮着他贪，等他贪足了养肥了再由人去"宰杀"。这样的结果非但不能生财，只会祸国殃民，损人损财。类似这种现象，在我国反腐败斗争中时有发现，常常被人民所诟病。而今官场上贪腐层出，数量越来越大，性质越来越惊人，有的人明明长久腐败，却能"边贪边升"、"边升边贪"。尽管这种现象往往多属局外嫌疑，容易查无实据，个中原委更加耐人寻味。就算是养猪生财吧，现在有卖肥膘猪的，有卖架子猪的，还有卖乳猪的，只要有市场有价值，就应当在所不惜。此所以"亥猪不必待体肥"的含义所在。对于某些像猪一样贪的人，可以也应该早发觉早提醒早帮助早挽救，毫不姑息养奸。只有这样做好了，反腐倡廉惩治贪腐，才会效果更好，意义更大，更顺民意，更得民心。

古有三恐　今有三怕

◆一得录

　　"三恐"规谏君主应该常怀忧患意识，自警自省，做到清明、谨慎、勤勉；

　　"三怕"告诫我们各级党组织和党员领导干部，要正确对待和行使权力，加强自身建设，增强执政本能，提高执政水平。

　　常怀"三恐"，自觉"三怕"，最要做到的是"立党为公应去私，执政为民当有畏"。

　　西汉文学家刘向，在他编撰的历史故事集《说苑·君道》中记载着著名的"三恐"说。指出一个清明的君主应该常怀三恐，这就是处尊位而恐不闻其过；得意而恐骄；闻天下之至言而恐不能行。

　　刘向提出这"三恐"，目的在于规谏君主，应该常怀忧患意识，自警自省，做到清明、谨慎、勤勉。这段规谏语，今天无论对于执政党还是执政的人民，仍然具有很好的警示和教育意义。

　　无独有偶。作为共产党的第二代领导核心邓小平，他在倡导改革开放要有敢试、敢闯、敢冒的精神和心理素质，同时令人敬畏地告诫共产党人要有"三怕"。

　　邓小平同志说："共产党员谨小慎微不好，胆子太大也不好。一怕党，二怕群众，三怕民主党，总是好一些"。"怕党"就是要牢记党的纪律，自觉接受党组织的监督。"怕群众"就是不能违背群众的意愿和利益，自觉接受群众的监督。"怕民主党派"，就是要坚持共产党领导的多党合作和民主监督制度，增强自觉接受党外监督的意识。"三怕"意味深长，其实质就是告诫我们各级党组织和党员领导干部，要正确对待和行使权力，加强自身建设，增强执政本能，提高执政水平。

"恐"与"怕"二字，在这里意义上没有多少需要辩证分析的，都有畏惧、害怕的意思。而"恐"比"怕"或许更多一些主动性和自觉性。"怕"比"恐"或许更具有刚性，或者更到位。

其实，无论是古之"三恐"还是今之"三怕"，不可能完全凭借个人内心发现和自我约束能做到的。想起小时候大人教育小孩时，对小孩失规逾矩的言行，总是指出他是没怕惧。原来这规矩就是怕惧。如长幼尊卑，礼貌友善等等，都有怕惧，都得按照怕惧的要求去做。大而推之，执政党要求每个党员干部在行使权力时，一定要讲规矩。这讲规矩除了自觉增强本人的党性修养和锻炼，更重要的在于要立规矩并使之成为怕惧，使其在"怕"的要求面前有所惧。现实中严重的问题是既缺少规矩，又不讲怕惧。无论是小孩，还是大人，也不管是私事或是公务，这就太可怕了。

而今而后，常怀"三恐"，自觉"三怕"，作为共产党员和党的干部最要做到的是"立党为公应去私，执政为民当有畏"。

不要放弃对自己的控制

◆一得录

> 别人骂不倒，就怕自己倒。
>
> 要知道，一个人什么时候觉得不值得，不耐烦，无所谓了，他便难以适应赖以生存的环境，他的前途也就到了终点。
>
> 认识一个普通而又伟大的道理：当你放弃对自己控制的时候，别人就要控制你了！诚如雨果在《悲惨世界》中所说的："知道在适当的时候自觉管住自己的人，才是一个聪明人。"

记不清楚是不是鲁迅先生说过这样一句话：别人骂不倒，只怕自己倒。这话很深刻、很经典，耐人寻味、发人深省。

大千世界，物竞天择，名缰利绳，世事纷繁，生活原本不那么容易。加之不免尔虞我诈，明枪暗箭，受人伤害也就是经常的事。不过，那属于"自己倒"的人又另当别论。"自己倒"怪不上别人，大多怪自己放弃了对自己的控制。

古代有位官吏想排挤取代他的同僚职务，遂向深谙世道的师爷求计。师爷问："那个人近来的言行举止怎么样？"

"他工作辛苦，但表情乐观；他生活清苦，但操守廉洁；他处境孤单，但不求闻达。"官吏如此介绍了一番。

师爷摇头说："毫无办法，你现在挤不掉他，打不垮他，等有机会再说吧！"

一年之后，这位用心发起攻势的官吏又来找师爷商讨。师爷照样问对方的言行举止如何了。回答说："对方工作辛苦，而表情烦恼；操守廉洁，而言谈偏激；不求闻达，只饮酒博弈。"

师爷感叹说："情况大有改变啊，露出了你的希望。不过，你想要挤掉他，目前仍然为时过早。"

又过了一年，旧话重提。同僚现在的景况是："表情倔强，言语沉默，不以为然，纵酒享乐。"师爷听到后长叹道："时候到了！这个人有了自暴自弃的心态，他必然焦躁消沉，甘居末流，不求上进，你的机会来了。"

那位官吏急不可耐地继续问："我现在该怎么办呢？"

师爷告诉说："第一，可设法刺激他，常常给他一些小瓜葛，他会更加心烦意乱；第二，利用各种方式告诉你的同事、长官，说他消沉潦倒，使他有苦无处诉；第三，如此同事、长官就会疏远他，进而批评点破他，使他难以接受，导致全面崩溃。"

"然后呢？"

"然后你就可以取而代之了。不过你得好好想一想，你是怎么成功的。要知道，一个人什么时候觉得不值得，不耐烦，无所谓了，他便难以适应自己赖以生存的环境，他的前途也就已经到了终点。"

从这个故事本身，与其看到那位官吏如何算计别人，依计行事，终于奏效，是多么可憎可恶的话，不如从那位同僚身上认识一个普通而又伟大的道理：当你放弃对自己控制的时候，别人就要控制你了！诚如法国大文豪雨果在《悲惨世界》中所说的："知道在适当的时候自觉管住自己的人，才是一个聪明人。"为了这个世界不悲惨，为了你的人生不悲惨，切记不要放弃对自己的控制。